中 国 儿 童 文 学
博 士 文 库

北 京 师 范 大 学　　2 0 0 9

李蓉梅 著

多维视野中的
动物小说研究

作家出版社

图书在版编目（CIP）数据

多维视野中的动物小说研究 / 李蓉梅著 . -- 北京：作家出版社，2022.7

（中国儿童文学博士文库）

ISBN 978-7-5212-1212-9

Ⅰ.①多… Ⅱ.①李… Ⅲ.①儿童小说 - 小说研究 Ⅳ.①I058

中国版本图书馆CIP数据核字（2020）第259290号

多维视野中的动物小说研究

作　　者：李蓉梅
策　　划：左　眩
责任编辑：邢宝丹　桑　桑
特约编辑：苏侻君
装帧设计：康　健
出版发行：作家出版社有限公司
社　　址：北京农展馆南里10号　邮　编：100125
电话传真：86-10-65067186（发行中心及邮购部）
86-10-65004079（总编室）
E-mail:zuojia@zuojia.net.cn
http://www.zuojiachubanshe.com
印　　刷：中煤（北京）印务有限公司
成品尺寸：148×210
字　　数：195千
印　　张：7
版　　次：2022年7月第1版
印　　次：2022年7月第1次印刷
ISBN 978-7-5212-1212-9
定　　价：35.00元

作家版图书，版权所有，侵权必究。

作家版图书，印装错误可随时退换。

总序 | 我国儿童文学博士论文的生产方式、学科分布与发展空间

王泉根

金秋十月，橙黄橘绿。作家出版社计划高规格出版我国首套儿童文学博士文库，希望我为文库写一篇序言。作为长期执教儿童文学学科的高校教师，能不欣然应命？儿童文学博士文库的出版，既是儿童文学理论研究的一件幸事，也是儿童文学学科建设与高素质专业人才培养的一件大事。我的这篇序言，试就这两方面谈点浅见。

一

我国现行高等学历教育分为专科生、本科生、研究生三个层次，研究生根据学位，又分为硕士研究生与博士研究生。因而博士研究生是高等教育中的最高学历、最高端。只有把最高端的事做好了，相关学科的人才培养，才有可能做大做强。博士研究生学习阶段的主要任务与目标是撰写博士论文，只有当博士论文通过答辩，才能获得培养学校的博士研究生毕业证书和博士学位证书，由此足见博士论文的重要。

根据教育史料，我国高校的儿童文学学科研究生，最早培养是在二十世纪五十年代。东北师范大学蒋锡金教授（1915—2003）曾在五十年

代招收过儿童文学研究生，因当时我国高校还未实行学位制，因而东北师范大学只是研究生培养而不存在学位。

1982年元月，浙江师范学院（今浙江师范大学）蒋风教授招收中国现当代文学专业儿童文学研究方向的硕士研究生，首批录取的研究生是来自北京师范大学的汤锐与来自西南师范大学的王泉根。虽然蒋风先生曾在1979年招收了第一位研究生吴其南，但据吴其南介绍，他算"阴差阳错"，由于当时浙江师范学院还没有资质独立招收研究生，因而是与杭州大学中文系联合招收的，吴其南报考的是杭州大学中文系现代文学研究专业，在被录取以后，经两校商量，由杭州大学转至浙江师范学院蒋风名下。所以蒋风先生公开招收儿童文学方向研究生是在1982年。1984年11月，杭州大学中文系在对吴其南、王泉根、汤锐经过规定的研究生课程考试后，举行了我国首次儿童文学硕士研究生论文答辩，答辩委员会由杭州大学吕漠野、郑择魁、陈坚等五位教授组成，一致通过吴其南、王泉根、汤锐三人的硕士学位论文，并由杭州大学授予文学硕士学位。三位研究生是我国高等学历教育中第一批以儿童文学作为明确培养方向的硕士研究生，三人的论文也是第一批专业意义上的儿童文学硕士学位论文。

2001年，北京师范大学决定面向全国和海外，招收我国第一届中国现当代文学专业儿童文学研究方向的博士研究生，博士生导师为王泉根教授。2001年9月，录取入学的首届博士生为王林、金莉莉、张嘉骅（来自中国台湾）。2004年5月，北京师范大学举行我国首次儿童文学博士研究生论文答辩，答辩委员会由刘勇、张美妮、曹文轩、邹红、樊发稼五位教授组成，一致通过王林、金莉莉、张嘉骅三人的博士学位论文答辩，授予文学博士学位。这是我国高等学历教育中培养的第一批儿童文学博士，王林等三人的博士论文也是第一批专业意义上的儿童文学博士学位论文。

自北京师范大学王泉根教授以后，上海师范大学梅子涵教授（2002年）、东北师范大学朱自强教授（2005年）也开始招收儿童文学博士生。进入新世纪第二个十年，兰州大学李利芳教授、东北师范大学侯颖教授、浙江师范大学方卫平与吴翔宇教授、北京师范大学陈晖与张国龙教授等，相继招收儿童文学博士生。

二

根据国家图书馆、北京师范大学图书馆以及网络资源中的博士论文资料，抽检1999年至2016年间的100篇与儿童文学相关的博士论文，发现有69篇博士论文属于中国现当代文学专业，出自17所高校与中国社会科学院研究生院。其中北京师范大学29篇，上海师范大学14篇，山东师范大学5篇，东北师范大学4篇，吉林大学3篇，中国社会科学院研究生院2篇，北京大学、复旦大学、南京大学、四川大学、中山大学、兰州大学、苏州大学、华东师范大学、华中师范大学、南京师范大学、湖南师范大学、上海大学各1篇。

再加辨析，我们发现：北京师范大学、上海师范大学均是明确以"中国现当代文学专业儿童文学研究方向"招收录取博士生，东北师范大学情况有点特殊，既有明确的儿童文学研究方向，也有现代文学方向；而山东师范大学、吉林大学、北京大学、中国社会科学院研究生院等则是以"中国现当代文学专业现代文学研究方向"或"当代文学研究方向"等招收录取博士生的。因而可以看出，北京师范大学、上海师范大学的中国现当代文学专业有明确的培养儿童文学博士生的愿景，东北师范大学也重视儿童文学。当然这三所高校的中国现当代文学专业还有其他研究方向与培养任务，但能从中特别分出招生名额留给儿童文学，这是十分难得与宝贵的。

正因如此，这三所高校的中国现当代文学专业儿童文学研究方向的招生简章要求—博士生新生考试、面试、录取—博士生课程教学—博士论文选题设定—博士论文预答辩—博士论文答辩—博士学位授予、毕业的全过程，均以儿童文学为目标，导师本人也均是当代儿童文学界活跃的理论批评家或作家。这些高校的博士生，从被录取进校起，就有明确的儿童文学博士生身份与攻博目标。难能可贵的是，他们毕业后从事的职业，绝大部分都与儿童文学有关，或在高校执教儿童文学，或在出版机构从事儿童文学图书编辑，或专注儿童文学创作等，他们之中已有部分成长为新时代儿童文学界的知名理论批评家、作家、出版家与阅读教学专家。因而从北京师范大学、上海师范大学、东北师范大学等高校毕业的儿童文学博士生，是我国儿童文学理论研究人才培养的最高端与重镇，这批博士研究生所撰写的博士学位论文，构建了我国儿童文学博士论文的主体。这是儿童文学博士论文生产的第一种方式，也是最重要的方式。为方便研究，我们把这部分儿童文学博士论文称为"第一方阵"。

统计1999年至2016年百篇儿童文学博士论文，"第一方阵"共有47篇，几乎占了百篇论文的一半，其中北京师范大学有29篇，占比四分之一以上。上海师范大学有14篇，东北师范大学为4篇。

这47篇博士论文按内容分析，涉及儿童文学基础理论研究与作家作品研究，儿童文学发展历史研究，儿童文学文体研究（含童话、儿童小说、儿童诗歌、儿童戏剧、儿童电影、图画书等），中外儿童文学关系与比较研究，儿童文学跨界研究等。以下是对此47篇博士论文内容的具体分类（按论文题目、学校、博士生姓名、答辩时间、导师排序）。

1. 儿童文学基础理论研究与作家作品研究 14篇

《儿童文学叙事研究》，北京师范大学金莉莉，2004，导师王泉根。
《儿童文学的童年想象》，北京师范大学张嘉骅，2004，导师王泉根。
《都市里的青春写作：论"70后"作家群的小说创作》，北京师范大学李虹，2005，导师王泉根。《幻想世界与儿童主体的生成》，北京师范大学王玉，2005，导师王泉根。《植物与儿童文学研究》，上海师范大学谢芳群，2005，导师梅子涵。《轻逸之美——对儿童文学艺术品质的一种思考》，上海师范大学陈恩黎，2006，导师梅子涵。《童年之美》，上海师范大学唐灿辉，2006，导师梅子涵。《雅努斯的面孔：魔幻与儿童文学》，上海师范大学钱淑英，2007，导师梅子涵。《老头子做事总不会错——论儿童文学中的老人角色》，上海师范大学孙亚敏，2007，导师梅子涵。《论现代中国儿童文学经典的生成——以〈百年百部中国儿童文学经典书系〉为中心》，北京师范大学许军娥，2008，导师王泉根。《论儿童文学的教育性》，东北师范大学侯颖，2008，导师朱自强。《儿童文学理论的基本问题与方法》，东北师范大学赵大军，2008，导师逄增玉。《儿童文学的游戏精神》，上海师范大学李学斌，2010，导师梅子涵。《从文学经典到数码影像——跨媒介视域中的〈宝葫芦的秘密〉》，上海师范大学王晶，2010，导师梅子涵。

2. 儿童文学发展历史研究 9 篇

《中国儿童文学与现代化进程》，东北师范大学朱自强，1999，导师孙中田。《论现代文学与晚清民国语文教育的互动关系》，北京师范大学王林，2004，导师王泉根。《从谢冰心到秦文君——中国儿童文学中的女性主体意识》，北京师范大学陈莉，2007，导师王泉根。《三维视野中的香港儿童文学》，北京师范大学苏洁玉，2007，导师王泉根。《生态批评视野下的中国当代儿童文学》，北京师范大学郝婧坤，2008，导师王泉根。《论中国现代儿童文学初创期（1917年至1927年）的外来影响——以安徒生童话为个案》，北京师范大学王蕾，2008，导师刘勇。《中国新疆维吾尔族儿童文学研究》，北京师范大学阿依吐拉·艾比不力，2011，导师王泉根。《天籁的变奏——中国童谣发展史论》，北京师范大学涂明求，

2012，导师王泉根。《新疆多民族儿童文学主题研究》，北京师范大学王欢，2016，导师王泉根。

3. 儿童文学文体研究（含童话、儿童小说、儿童诗歌、儿童戏剧、儿童电影、图画书等）13篇

《成长与性——中国当代成长主题小说的文化阐释》，北京师范大学张国龙，2005，导师王泉根。《论以儿童文学为根基的儿童戏剧教育》，上海师范大学赵靖夏，2006，导师梅子涵。《论中国当代儿童电影的基本精神》，北京师范大学郑欢欢，2007，导师王泉根。《动物小说——人类的绿色凝思》，上海师范大学孙悦，2008，导师梅子涵。《多维视野中的动物小说研究》，北京师范大学李蓉梅，2009，导师王泉根。《类型视野中的儿童幻想电影研究》，北京师范大学左昡，2009，导师王泉根。《童话论》，上海师范大学李慧，2010，导师梅子涵。《现代中国儿童小说主题研究》，北京师范大学王家勇，2011，导师王泉根。《论图画书语言》，北京师范大学赵萍，2011，导师王泉根。《论中国动画电影》，上海师范大学林清，2012，导师梅子涵。《少年小说中的成长书写——以台湾"九歌现代儿童文学奖"获奖作品为研究对象》，北京师范大学谢纯静，2013，导师王泉根。《中国当代比较儿童戏剧研究》，北京师范大学马亚琼，2016，导师王泉根。《童话空间研究》，北京师范大学严晓驰，2016，导师王泉根。

4. 中外儿童文学关系与比较研究7篇

《中西童话的本体论比较研究》，北京师范大学舒伟，2005，导师王泉根。《倾空的器皿——成长仪式与欧美文学中的成长主题》，上海师范大学徐丹，2006，导师梅子涵。《中日现代儿童文学发生期平行比较研究——以中国〈儿童世界〉与日本〈赤鸟〉为核心》，北京师范大学浅野法子，2008，导师王泉根。《中韩现代儿童文学形成过程比较研究》，北京师范大

学张美红，2008，导师王泉根。《格林童话的产生及其版本演变研究》，上海师范大学彭懿，2008，导师梅子涵。《安徒生对孩童世界的开启及其现代意义》，北京师范大学李红叶，2011，导师王泉根。《日本儿童文学中的传统妖怪》，上海师范大学周英，2011，导师梅子涵。

5. 儿童文学跨界研究4篇

《出版文化视野下的中国当代儿童文学——以20世纪90年代末至今为个案》，北京师范大学陈苗苗，2007。《儿童文学与新马华文教育研究》，北京师范大学陈如意，2008。《改革开放以来中国儿童书籍出版史论》，北京师范大学崔昕平，2012。《儿童文学与香港小学语文教育的对策研究》，北京师范大学谢炜珞，2012。以上4篇博士论文的导师均为王泉根。

如上所述，1999年至2016年间的100篇与儿童文学相关的博士论文中，有69篇博士论文属于中国现当代文学专业，除了北京师范大学、上海师范大学、东北师范大学的47篇博士论文是以"中国现当代文学专业儿童文学研究"为方向以外，还有22篇博士论文是以"中国现当代文学专业现代文学"或"当代文学"作为研究方向的，以下是按答辩通过的时间顺序整理的这22篇博士论文的题目、学校、博士生姓名、答辩时间、导师名单：

《蝶与蛹——关于中国当代小说成长主题考察与思考》，北京大学李学武，2001，导师曹文轩。

《"主体"之生存——当代成长主题小说研究》，南京大学樊国宾，2002，导师丁帆。

《从"训诫"到"交谈"——中国新时期童话创作发展论》，华中师范大学冯海，2003，导师张永健。

《儿童的发现与中国现代文学》，复旦大学王黎君，2004，导师吴立昌。

《近二十年来中国小说的儿童视野》,四川大学何卫青,2004,导师赵毅衡、曹顺庆。

《中国现代文学中的儿童叙事》,中国社会科学院研究生院朱勤,2005,导师杨义、李存光。

《精神探索、苦难展示与被动化存在》,吉林大学王文玲,2006,导师张福贵。

《重塑民族想象的翅膀——20世纪中国科幻小说研究》,兰州大学王卫英,2006,导师常文昌。

《荆棘路上的光荣——中国现代儿童文学史论》,山东师范大学杜传坤,2006,导师姜振昌。

《新时期小说中的未成年人世界》,华东师范大学齐亚敏,2007,导师马以鑫。

《呼唤和谐的儿童本位观——儿童文学与小学语文教育》,吉林大学赵准胜,2007,导师张福贵。

《"人"与"自我"的诗性追寻——中国现代文学中的回忆性童年书写研究》,南京师范大学谈凤霞,2007,导师朱晓进。

《20世纪中国成长小说研究》,上海大学徐秀明,2007,导师葛红兵。

《行进中的"小说"中国——当代成长小说研究》,苏州大学钱春芸,2007,导师曹惠民。

《当代儿童文学的文化大革命十年——1966~1976文革儿童文学史研究》,吉林大学杜晓沫,2009,导师黄也平。

《中国现代成长小说研究》,山东师范大学顾广梅,2009,导师朱德发。

《中国现当代幻想文学研究》,中国社会科学院研究生院金南玑，2010，导师张中良。

《另一种现代性诉求——1875~1937儿童文学中的图像叙事》，山东师范大学张梅，2011，导师魏建。

《尘埃下的似锦繁花：中国现代儿童诗史论》，湖南师范大学刘汝兰，2011，导师谭桂林。

《大众传媒语境下的儿童文学传播障碍归因研究》，山东师范大学王倩，2012，导师王万森。

《自娱与承担：中日儿童文学比较研究——以创始期为中心》，中山大学刘先飞，2012，导师林岗。

《新时期儿童文学中的生态伦理意识研究》，山东师范大学田媛，2013，导师吕周聚。

以上22篇博士论文的选题内容有一显著特点，即均是立足于现代文学或当代文学，在中国现当代文学历史范围内探讨儿童文学，以及与儿童文学密切相关联的成长小说、幻想文学、科幻文学等，论题都集中于"中国""现当代时期""作家作品"这几个关键词，基本上不涉及中外交流，更不涉及古代。这22篇博士论文有力地丰富并扩大了儿童文学的研究视角、研究内涵，是新世纪儿童文学理论研究的重要收获。我们把这22篇论文称为儿童文学博士论文生产方式的"第二方阵"。

三

根据博士论文来源，我国儿童文学博士论文的生产还有另一种方式，即不是出于中国现当代文学专业，而是分布在其他更多的学科专业之中，包括文艺学、外国文学、教育学、民俗学、传播学等。博士生导师既不专门研究儿童文学，也不从事现当代文学，而是文艺学、外国文学以及教育学、传播学、民俗学等相关学科的教授、专家。为方便研究，我们把这部分论文称为儿童文学博士论文生产方式的"第三方阵"。

经抽检1999年至2016年的100篇与儿童文学相关的博士论文，属于"第三方阵"的论文计有31篇，分述如下：

中国古代文学1篇：《汉魏晋南北朝寓言研究》，复旦大学权娥麟，2010，导师郑利华。

文艺学4篇：《西方寓言理论及其现代转型》，南京大学罗良清，2006，导师赵宪章。《中国发生期儿童文学理论本土化进程研究》，南开大学李利芳，2006，导师刘俐俐。《女性创作与童话模式——英国十九世纪女性小说创作研究》，华中师范大学戴岚，2007，导师陈勤建。《论安徒生童话里的"东方形象"》，暨南大学彭应翃，2011，导师饶芃子。

文艺民俗学1篇：《林兰民间童话的结构形态与文化意义研究》，华东师范大学黎亮，2013，导师陈勤建。

中国少数民族语言文学2篇：《伪满时期的蒙古族儿童文学研究——以伪满洲国蒙古文机关报为中心》，中央民族大学永花，2009，导师萨仁格日勒。《内蒙古当代儿童小说主题研究》，内蒙古大学乌云毕力格，2013，导师全福。

比较文学与世界文学4篇：《马克·吐温青少年题材小说的多主题透视》，上海师范大学易乐湘，2007，导师郑克鲁。《晚清儿童文学翻译与中国儿童文学之诞生——译介学视野下的晚清儿童文学研究》，复旦大学张建青，2008，导师谢天振。《从歌德到索尔·贝娄的成长小说研究》，吉林大学买琳燕，2008，导师傅景川。《格林童话在中国》，四川大学付品晶，2008，导师杨武能。

英语语言文学3篇:《无尽的求索和虚妄的梦——美国成长小说艺术和文化表达研究》,上海外国语大学孙胜忠,2004,导师虞建华。《幻想与现实:二十世纪科幻小说在中国的译介》,复旦大学姜倩,2006,导师何刚强。《童话的青春良药:"白雪公主"与"睡美人"的青春改写》,上海外国语大学阙蕊鑫,2009,导师张定铨。

德语语言文学3篇:《德国浪漫主义时期童话研究》,北京外国语大学刘文杰,2006,导师韩瑞祥。《"童话"中的童话——论童话〈渔夫和他的妻子〉在君特·格拉斯小说〈比目鱼〉中的改写和作用》,上海外国语大学丰卫平,2006,导师卫茂平。《埃里希·凯斯特纳早期少年小说情结和原型透视》,上海外国语大学侯素琴,2009,导师卫茂平。

戏剧戏曲学1篇:《中国儿童剧导演艺术研究》,中央戏剧学院徐薇,2006,导师白栦本。

广播电视艺术学2篇:《中国儿童电视剧的审美文化研究》,中国传媒大学朱群,2009,导师蒲震元。《中国儿童电视剧55年》,中国传媒大学王利剑,2013,导师刘晔原。

学前教育学6篇:《幼儿喜爱之幽默图画书的特质》,北京师范大学周逸芬,2001,导师陈帼眉。《幼儿图画故事书阅读与发展研究》,北京师范大学康长运,2002,导师庞丽娟。《童话精神与儿童审美教育》,南京师范大学闫春梅,2007,导师滕守尧。《教师引导对大班幼儿故事听读理解影响研究——以"同伴交往"主题作品为例》,北京师范大学高丽芳,2008,导师刘焱。《小、中、大班幼儿对故事的阅读理解与听读理解的比较研究》,北京师范大学张玉梅,2009,导师刘焱。《学前儿童图画故事书阅读理解发展研究——多元模式意义建构的视野》,华东师范大学李林慧，2011，导师周兢。

教育学原理（课程与教学论）2篇：《儿童文学，一种重要的课程资源》，北京师范大学赵静，2002，导师裴娣娜。《清末民国小学儿童文学教育发展研究》，北京师范大学张心科，2010，导师郑国民。

中国近现代史1篇：《近代儿童文艺研究》，北京师范大学谢毓洁，2008，导师史革新。

新闻学1篇：《中国近代儿童报刊的历史考察》，中国人民大学傅宁，2005，导师方汉奇。

"第三方阵"儿童文学博士论文生产的特点是：博士生导师属于相关学科的教授、专家，他们指导的博士研究生的博士论文选题，无疑是立足于自身学科专业范围，并不是为了儿童文学，但论文选题内容所提出与需要解决的问题则与儿童文学密切相关，因而明显地具有跨领域、跨学科的交叉研究性质。例如，《林兰民间童话的结构形态与文化意义研究》（华东师范大学黎亮，2013），是民俗学中的文艺民俗学与儿童文学的交叉研究。《童话精神与儿童审美教育》（南京师范大学闫春梅，2007），是学前教育学与儿童文学的交叉研究。《清末民国小学儿童文学教育发展研究》（北京师范大学张心科，2010），是教育学中的课程与教学论与儿童文学的交叉研究。《"童话"中的童话——论童话〈渔夫和他的妻子〉在君特·格拉斯小说〈比目鱼〉中的改写和作用》（上海外国语大学丰卫平，2006），是德语语言文学与儿童文学的交叉研究。《中国儿童电视剧55年》（中国传媒大学王利剑，2013），是广播电视艺术学与儿童文学的交叉研究。

如上所示，"第三方阵"儿童文学博士论文的撰写主体是其相关学科专业，如文艺民俗学、学前教育学、教育学（课程与教学论）、德语语言文学、广播电视艺术学等。这些学科都有自己的研究领域、理论体系、研究方法和专门的术语系统。这些与儿童文学相关的博士论文，显然需要立足于自身学科的理论体系、研究方法和专门术语，运用跨学科的研究方法，拓宽新的理论话语。因而这类儿童文学博士论文，对于自身的学科专业而言，是一种新问题的提出，新资料的发现，新领域的开拓。对于儿童文学而言，则拓宽了儿童文学的研究领域与理论视野，给儿童文学提供了新的研究成果与理论启示。这就是跨学科、跨领域研究带来的好处。

跨学科研究根据视角不同，可分为方法交叉、理论借鉴、问题拉动、文化交融四个层次。试以北京师范大学教育学专业博士论文《清末民国小学儿童文学教育发展研究》（张心科，2010）为例，该论文属于教育学中的课程与教学论研究，"试图对清末民国小学儿童文学教育发展历程做深入研究，来探索当下儿童文学和语文教学中的文学教育问题，并力图预示儿童文学教育的走向"[①]。论文"采用文学、教育、历史跨学科交叉研究的方法，以教育宗旨、儿童观及文学功能为视角，以课程（课程思想、文件及教材）和教学（教学内容、过程及方法）为切入点，对清末民国的小学儿童文学教育进行了较为系统、深入的分析，梳理出其发展的脉络"。儿童文学教育是语文教育的重要内容，儿童文学直接联系着语文教材、课程资源与未成年人的文学阅读能力培养，因而这篇博士论文提出和研究的问题，对于当前儿童文学与小学课程资源、语文教育研究、阅读传播、校园文化建设等，都有实质性的意义与启示。

四

如上所述，我国儿童文学博士论文的生产主要来自以上三种方式：一是明确以儿童文学作为博士研究生培养方向的儿童文学主体性研究方

[①] 郑国民：《〈清末民国儿童文学教育发展史论〉序》，见张心科著《清末民国儿童文学教育发展史论》，北京师范大学出版社，2011年。

式,即上文所述的"第一方阵";二是立足于中国现当代文学历史范围内探讨儿童文学的衍生性研究方式,即上文所述的"第二方阵";三是以原学科研究为中心涉及儿童文学的跨领域、跨学科的交叉研究方式,即上文所述的"第三方阵"。以上三种出于不同研究目的的博士论文汇聚在一起,共同促进了新世纪以来我国儿童文学理论研究的发展与高层次专业人才的培养。如果我们将这三种方式及各自的特色、优势加以比较与综合分析,或许能从中找到当代儿童文学学科建设与学术研究的一些基本规律,并从中探析制约儿童文学学科建设的瓶颈,拓宽儿童文学学术研究的发展空间。应当说,由此引发的启示与思考是多方面的。

第一,儿童文学是一门综合性学科。

现行的学科分类与学科级别是由国务院学位委员会办公室、教育部学位管理与研究生教育司(一套班子两块牌子)制定的,名谓《授予博士、硕士学位和培养研究生的学科、专业目录》,于1997年公布实施。按此文件,现行所有学科分成学科门类、一级学科、二级学科(三级学科实际上是二级学科下属的研究方向)。其中,中国语言文学为一级学科,下设8个二级学科,即文艺学、语言学与应用语言学、汉语言文字学、中国古典文献学、中国古代文学、中国现当代文学、中国少数民族语言文学、比较文学与世界文学。儿童文学被归整到中国现当代文学二级学科里面。

但在中国语言文学范畴之中,儿童文学与其他文学专业,如文艺学、中国古代文学、中国少数民族语言文学、比较文学与世界文学等相比较,具有明显的交叉性与跨学科性。其根本原因在于,儿童文学是以读者对象(儿童)命名的文学类型,因而如何理解与把握儿童的特点以及儿童接受文学的特殊性,就成了这门学科的前义。这样儿童文学自然而然地与教育学、心理学、艺术学、传播学等相关联。更重要的是,从系统论的观点看待儿童文学学科，儿童文学研究实际上包含了文学内部研究与文学外部研究这样两个系统。具体而言，儿童文学的内部研究包括儿童文学的基础理论，儿童文学发展史论（古代、近现代、当代），儿童文学文体论，儿童文学作家作品论，儿童文学创作方法论，儿童文学中外交流互鉴论等；而儿童文学的外部研究则涉及儿童文学与教育学（特别是学前教育、课程与教学论中的语文教育），儿童文学与传播学（特别是其中的出版学），儿童文学与艺术学（如儿童文学与戏剧学、儿童文学与电影学、电视学、儿童文学与美术学），儿童文学与民俗学（特别是民间文艺、民间文学），儿童文学与语言学（特别是外国语言文学、中国少数民族语言文学）。

第二，儿童文学不能被束缚在"中国现当代文学"二级学科里面。

由上分析观之，按照《授予博士、硕士学位和培养研究生的学科、专业目录》所规定的现行学科、专业分类，将儿童文学仅仅放在中国现当代文学二级学科专业里面，作为其中的一个研究方向，显然既不合理，更不科学。借用唐代诗人韩愈《山石》诗中的一句，那真是"岂必局束为人鞿"，严重制约了儿童文学的学科建设与学术研究。

因为，如果我们只是将儿童文学视为中国现当代文学专业下面的一个研究方向，那么，儿童文学只能在中国现当代文学范围里面兜圈子、找题目，有关儿童文学基础理论、儿童文学文体论、古代儿童文学、外国儿童文学、少数民族儿童文学，尤其是儿童文学与教育学、艺术学、传播学、民俗学等跨学科跨领域的研究课题，都将是师出无门，不属于现当代文学本专业研究范围。本文所论述的以上100篇儿童文学博士论文，出于中国现当代文学专业的论文，有多篇突破现当代文学的束缚，而涉及儿童文学基础理论、文体类、外国儿童文学以及教育学、传播学、艺术学等学科，主要出自北京师范大学、上海师范大学、东北师范大学这三所高校的儿童文学博士生，是这三所高校的博士生导师有意识地突破学科专业束缚，开疆拓土，将博士论文的选题引向并渗透到更广阔的领域之中。

但据笔者所知，这些具有跨专业意图的博士论文，实际上在送外校专家评审以及预答辩等环节中，多少会遭到现当代文学"同行专家"的质疑，甚至提出不符合专业范围的评审意见。为了求得儿童文学的发展，相关导师自然必须与现当代文学"搞好关系"。笔者从2001年起在北京师范大学担任"中国现当代文学专业儿童文学研究方向"的博士生导师，先后指导29位博士生顺利毕业。当时为使博士生的论文选题突破现当代文学范围的束缚并顺利通过评审、答辩，实在是煞费苦心。幸蒙现当代文学学科带头人王富仁、刘勇教授等对儿童文学的全力支持与呵护，方使儿童文学博士生培养在北京师范大学有了从容发展的平台，营造出一方天地。特别难得的是，在北京师范大学研究生院的支持下，经学校评审决定，从2006年起，儿童文学作为与中国现当代文学并列的二级学科，单独招收儿童文学硕士研究生（博士研究生招生仍在中国现当代文学专业）。

儿童文学要突破中国现当代文学二级学科的束缚，实在亟须"自立门户"。实际上，我们从以上100篇博士论文的学科布局可知，那些跨学科跨领域的交叉研究，也即儿童文学外部研究的论文，更多地来自教育学、艺术学、民俗学以及中国语言文学一级学科下面的文艺学、少数民族语言文学等二级学科，这也从另一个方面印证了儿童文学不能被束缚在"中国现当代文学"二级学科里面的必然性。

第三，儿童文学学科新的生长与发展希望。

综上所述，无论是儿童文学研究自身的学科特点，还是本文所论述的这100篇儿童文学博士论文的现实生产状况，都在明确地揭示一个观念：儿童文学应当而且必须独立成类，自立门户，成为一门中国语言文学一级学科下面的并列于文艺学、中国古典文献学、中国古代文学、中国现当代文学、中国少数民族语言文学、比较文学与世界文学等学科的独立的二级学科。非如此，儿童文学学科无法得到应有的发展，那种"局束为人靰"的不合理不科学的状况，也无法得到根本的改变。正因如此，国内多所高校的教授尤其是儿童文学学科先辈专家、浙江师范大学蒋风教授，曾多次撰文吁请相关职能部门给儿童文学二级学科的地位（蒋风：《儿童文学在中国：作为一门学科处境尴尬》，《文艺报》2003年9月2日），但情况依然照旧。

转机出现在2009年，教育部印发了《学位授予和人才培养学科目录设置与管理办法》，对二级学科设置办法进行了改革：学位授予单位可在获得授权的一级学科下，自主设置与调整二级学科和按二级学科管理的交叉学科。同时，1997年颁布的《授予博士、硕士学位和培养研究生的学科、专业目录》中的二级学科，仍是学位授予单位招生、培养人才的重要依据。

根据这一文件精神，凡是国内高校已经获得授权的一级学科，可以：(1)自主设置与调整二级学科；(2)自主设置按二级学科管理的交叉学科。前提是这个学科必须已经获得教育部授权的一级学科资质。按此文件，我们已经欣喜地看到，在新世纪进入第二个十年后，在教育部逐年公布的《学位授予单位（不含军队单位）自主设置二级学科和交叉学科名单》中，北京师范大学已经在授权的一级学科"中国语言文学"下，自主设置了"儿童文学"为二级学科。浙江师范大学则将"儿童文学"设置为交叉学科（涉及教育学、中国语言文学、外国语言文学三个一级学科，设儿童文学创作与批评、中外儿童文学史、儿童文学的跨学科研究三个研究方向）。这是新时代儿童文学学科建设的新力量、新作为，相信儿童文学博士研究生的培养与儿童文学博士论文的生产将踏上一个新的台阶。

正是在新时代新作为的惠风吹拂下，作家出版社决定推出我国教育史、出版史上的第一套"儿童文学博士文库"，第一辑21种，其中包括5位导师的著作与16位博士的博士学位论文。这16部儿童文学博士论文，主要来自北京师范大学、上海师范大学、东北师范大学，很明显，所选都是明确以儿童文学作为博士研究生培养目标的儿童文学主体性研究方式（即上文所述的"第一方阵"）产生的博士学位论文。

"儿童文学博士文库"的出版，既是对儿童文学专业高层次人才培养与学科建设的有力支持，同时也是促进新时代儿童文学理论发展的有力举措。我们欣喜地看到，新世纪以来我国自主培养的这一大批儿童文学博士生，正在成长为新一代儿童文学理论工作者，他们中的拔尖人才，已成为当今知名的理论批评家、作家、出版家与阅读教学专家，是中国儿童文学新一代的理论批评、学术研究、学科建设的接力者、领跑者。长江后浪推前浪，相信中国儿童文学理论建设与学术研究在一棒接一棒的接力中，必将日日新，又日新，为建设具有中国特色、东方智慧的儿童文学理论体系做出更大的成绩。

2020年10月15日于北京师范大学

目录 Contents

引　言 ... 1

第一章　动物小说动物形象研究 ... 6

　　第一节　精怪形象 ... 6

　　第二节　人类社会中的动物形象 ... 20

　　第三节　丛林世界中的动物形象 ... 29

第二章　动物小说叙事视角研究 ... 39

　　第一节　人看动物的视角 ... 40

　　第二节　动物看人的视角 ... 48

　　第三节　动物间互看的视角 ... 55

　　第四节　动物小说叙事的"难度"：动物能否开口说话 ... 63

第三章　动物小说生命哲学研究 ... 73

　　第一节　生命与价值 ... 73

　　第二节　生命与归宿 ... 76

第三节　生命与自由　　　　　　　　　　83
　　　第四节　动物的生命悲剧　　　　　　　　89

第四章　动物小说生态伦理研究　　　　　　　　101

　　　第一节　哲学、宗教的生态伦理思想　　　　102
　　　第二节　人与自然的冲突　　　　　　　　　109
　　　第三节　人与自然走向和谐　　　　　　　　120

第五章　作家作品研究　　　　　　　　　　　　130

　　　第一节　查尔斯·G.D.罗伯茨研究　　　　　130
　　　第二节　欧内斯特·汤普森·西顿研究　　　150
　　　第三节　吉姆·凯尔高研究　　　　　　　　168

结　语　　　　　　　　　　　　　　　　　　　190

参考文献　　　　　　　　　　　　　　　　　　193

后　记　　　　　　　　　　　　　　　　　　　203

引 言

　　动物对于人的意义，在《真德亚吠陀》里被公认为最古最真的《温底达》篇是这么表述的："世界赖狗的理智而维持存在，狗若不守护街衢，盗贼和狼便要劫尽一切财物。"[①]换言之，人类离不开动物，人的存在依靠动物，人类仰仗动物推进人类社会的进程。对动物的关注，无论是在文学作品里还是在风俗习惯、传统礼仪中都留下了清晰的发展轨迹，尤其是在文学作品中。以民间文学为例，在国际民间故事分类编码体系中，动物故事都被放在最前面，中国的几部故事类型索引也是如此。丁乃通的《中国民间故事类型索引》列出的动物故事类型达299个。[②]动物作为人的艺术创作对象，走过了渔猎时代的动物神话，农业时代的动物寓言、童话和传说阶段，发展成为现代动物小说的主角。"动物小说"这个概念在中国最早界定于1928年。1928年，《中华教育界》杂志刊发夏丏运的长篇文论《艺术童话的研究》，第一次明确提出了"动物小说"的概念，论者认为野蛮人的物谈里有一类就是关于动物的小说："动物小说里的内容，起初必说动物和人一块儿出来，人和动

---

① 转引自［德］费尔巴哈:《宗教的本质》，王太庆译，商务印书馆，2003年，第4页。
② 丁乃通:《中国民间故事类型索引》，郑建成等译，中国民间文艺出版社，1986年，第1页。

物还可以结婚；人变了动物，还能转变过来等。"①这里所谓的动物小说应该是动物传说或动物传奇，起源于先民的万物有灵思想，不是我们现代意义上的动物小说。有的研究者认为"动物小说都要以动物为题材、为描写的中心。动物小说之名，即因此而得"②。有的研究者把动物小说作为动物故事来进行研究，如英国的约翰·洛威·汤森，"为方便起见，动物故事可被分为两大类：拟人化的动物和保有原来面目的动物"③。汤森所说的第二类动物故事与动物小说有很多相似之处，实际上，很多这类故事都被认为是动物小说。比如，欧内斯特·汤普森·西顿和查尔斯·G.D.罗伯茨的作品。西顿的《我所知道的野生动物》一书里就塑造了很多个性鲜明的动物形象。中国著名动物小说作家沈石溪认为，并非所有以动物为主人公的作品都是动物小说，他认为严格意义上的动物小说应当具备如下要素："一是严格按照动物特征来规范所描写角色的行为；二是沉入动物角色的内心世界，把握住让读者可信的动物心理特点；三是作品中的动物主角不应当是类型化而应当是个性化的，应着力反映动物主角的性格命运；四是作品思想内涵应是艺术折射而不应当是类比或象征人类社会的某些习俗。"④综合上述观点，动物小说是以刻画动物形象为中心，通过完整的故事情节和具体的环境描写来反映动物的生活世界或借此反映人类社会生活的一种文学体裁。动物小说同样具有人物（动物形象）、情节和环境（自然环境和社会环境）三大要素。"虚构性"是小说的本质，动物小说同样离不开虚构。并且由于动物小说特殊的描写对象，作品自然会有很多幻想成分。"想要自动物的内心来描写一个真实动物的作者需要面对一个基

---

① 王泉根：《中国现代儿童文学文论选》，广西人民出版社，1989年，第493页。
② 胡君靖：《关于动物小说美学特征的思考》，《鄂州大学学报》1995年第2期。
③ [英]约翰·洛威·汤森：《英语儿童文学史纲》，谢瑶玲译，台湾天卫文化图书有限公司，2003年，第103页。
④ 沈石溪：《闯入动物世界》，民生报社，2005年，第17页。

本事实：我们不知道，也不可能知道身为一个动物的感觉。"[1]因此，动物小说的作者须凭借丰富的想象力，以对动物的了解为基础，深入到动物的内心世界。

基于很多作者把某些具备小说特色、以动物为主角的作品称为动物故事，故论者从动物故事开始来梳理动物小说的发展。

加拿大文学之父罗伯茨认为，最早的动物故事是讲述人们打猎胜利归来的故事[2]，因为在当时，打猎成功对一个忍饥挨饿的家庭而言就意味着活命，或者是关于在猛兽的威胁下绝处逢生的故事。这种故事对当时那些跪在火边瑟瑟发抖的听众来说非常逼真，因为在他们周围，各种猛兽的鼻息声清晰可闻。无论是狩猎凯旋还是绝处逢生，都会涉及对动物习性的描述。因为如果不了解动物的出没规律、特征习惯，是既无法捕获猎物，也无法保护自身安全的。在原始社会，动物是人类的主要食物来源，因而认识动物、了解动物就成了原始人要学习的最基本的生存知识。英国著名学者爱德华·泰勒在其所著《原始文化》一书中也认为最早的动物故事是在原始文化的背景下描述动物的生活习性，没有掺入任何训诫。[3]后来，这些纯粹的动物故事逐步过渡到动物寓言，动物开始在故事中反映人类的道德观念。而此期出现的动物童话也同样在反映人类的世界观、价值观、人生观，这些动物童话在民间文学里有大量的记载。动物开始在各种文体中担当主角，著名的列那狐就是欧洲中世纪伟大的动物叙事诗《列那狐的故事》的主角。十二世纪中叶到十三世纪，在欧洲，特别是在法国，以动物为"人物"的叙事诗十分盛行。这些诗与寓言不同，其中的动物不但高度个性化、人格化，而且被赋予人的社会属

---

[1] [英] 约翰·洛威·汤森:《英语儿童文学史纲》，谢瑶玲译，台湾天卫文化图书有限公司，2003年，第103页。
[2] [加拿大] 查尔斯·乔治·道格拉斯·罗伯茨:《野地的亲族》，韦清琦等译，陕西人民教育出版社，2000年，第1页。
[3] [英] 爱德华·泰勒:《原始文化》，连树声译，上海文艺出版社，1992年，第398页。

性,犹如人在现实社会中分属于一定的阶级一样。这些诗假托动物世界的故事,实际上是反映当时的社会现实。"《列那狐的故事》的魅力就在于把动物的特性和人的特性巧妙地结合在一起。"①在中国,动物的形象逐渐由童话中的精灵演变为精怪,从魏晋南北朝的志怪小说开始,动物精怪大量出现,形象也不断丰满,历经唐、宋、元、明、清,到《聊斋志异》可说是蔚为大观。除了最初的尚奇好怪的心理,究其实,也是"事有难言聊志怪,人非吾与更搜神"②。随着文明的发达,社会的进步,人类开始重新认识动物,关于野兽的历险故事和基于野外观察的动物趣闻,抑或两者交叉的作品成为现代动物文学的一个创作走向,这一类的作品和最古老的动物故事有很多相似之处,比如往往写到如何与猛兽对峙,如何虎口脱险,等等。随着对动物观察的深入,动物的心理活动成为创作关注的核心,出现了一些描写动物心理的作品,如《美丽的乔》和《黑美人》,但即便是这两部引人注目的作品仍然不属于动物心理小说。加拿大文学之父罗伯茨认为,真正的动物心理小说是建立在自然科学的框架上,是动物故事发展的极致。③而以吉卜林的"莫格利"系列故事为代表的动物小说则标志着动物文学的另一个走向,在这些作品中,动物被直接人化,它们的个性化特征显然只有人类才具备,它们的精神、感情、思想等丰富且变化多端。中国的动物小说作家写了大量这样的作品,如《狼王梦》(沈石溪)、《狗的天堂》(牧铃)以及方敏的《大迁徙》《大拼搏》和《大毁灭》"三大系列"等。

纵观当今的动物小说创作,以上所举的各种类型都存在,异彩纷呈,各显所长。文学没有固定的模式,动物小说创作也没有陈规旧习,任何一种类型的创作都在繁荣动物文学的园地,而对各种类型的探索的终极

---

① [英]爱德华·泰勒:《原始文化》,连树声译,上海文艺出版社,1992年,第400页。
② 李庆辰:《醉茶志怪》,齐鲁书社,2004年。
③ [加拿大]查尔斯·乔治·道格拉斯·罗伯茨:《野地的亲族》,韦清琦等译,陕西人民教育出版社,2000年,第6页。

目的就是让动物小说之树常青。这些探索也使我们对动物有了更全面、更深入的了解，引导我们重归自然，重归从前天下一家的时代，以"民胞物与"的境界对同根同源的动物兄弟同怀视之。动物文学的繁荣兴盛及其所承载的文化特征、民族心理、审美特色、生态伦理等，使之成为批评关注的一个重点。

第一章 动物小说动物形象研究

小说以塑造人物形象为中心，动物小说同样要塑造形象。动物小说的人物形象主要是动物，作者通过塑造这些形象来表现动物的生活，表达主题，影射社会现实。动物小说所塑造的动物形象主要有如下几种：报恩型动物形象、伙伴型动物形象、象征型动物形象、本体型动物形象和原生态型动物形象。塑造动物精怪形象的作品并不是动物小说，但是，精怪是动物形象世界里一类非常特殊的形象，所以也被纳入了本书的研究范畴，目的是想更全面地探讨动物形象。

第一节 精怪形象

动物精怪形象起源于原始宗教，它的发展与古代神话、神仙传说、民间鬼神精怪故事以及巫术等紧密相连。原始人认为"万物有灵"，自然界的飞禽走兽、山石草木，都和人一样会说话、能思考，它们生活在各种物种之间能彼此听懂对方言语的世界里，在这个世界，它们有自己的思维意志和社会生活，于是产生了颇多关于动植物的神话。原始人希望从自然界某一种动物或植物身上获得力量和保护的图腾崇拜又给动植物蒙上了神秘的面纱。而巫术思维的盛行，宗教的兴起，又使这些形象的灵异性逐步增强，最后竟能成精成仙，上天入地，无所不能。它们精通变形之术，能够化身为人并参与人类生活，性格更加丰满，内涵更加丰富。

1. 动物精怪与时代心理

中国精怪故事和道教有着深厚的渊源，在发展过程中又深受佛教影响，或者一段时间道教色彩浓郁，或者某段时期佛教思想鲜明，比如《搜神记》，该书产生于道教已全面发展的晋朝，所讲述的故事道教色彩非常明显，从此书的宗旨"发明神道之不诬"[①]就可见端倪。而南北朝时期的精怪故事因深受当时社会弘扬佛典的影响，很多作品都宣扬佛家思想。当时出现了大量的"释氏辅教书"，较有代表性的是《搜神后记》《幽明录》《续齐谐记》等，其中《幽明录》将佛家的地狱观念引进小说，为神怪小说首创。唐朝是道教的鼎盛时期，故精怪故事也最为发达。单以狐为例："《太平广记》载狐事十二卷，唐代居十之九。"[②]精怪故事发展到明清笔记小说，佛道二教对它的影响形成一种合力作用，同一篇故事中既有道教的影子又有佛教的思想，如《聊斋志异》《阅微草堂笔记》《醉茶志怪》等，这体现了艺术对宗教的兼容并蓄。其实，无论艺术还是宗教都源于现实社会，都为现实服务。诚如雅科伏列夫所言："艺术和宗教无论在社会功能上，还是在反映形式上都有许多相同之处。两者的相互影响与这点有关：艺术和宗教都诉诸人的精神生活，并且以各自的方式去解释人类生存的意义和目的。"[③]深受佛道二教影响的精怪故事借助佛道思想解释人的生存现状，剖析人生意义，虽然光怪陆离形象多变，但所言所行都植根于现实生活，使我们可从中看到那个时代社会生活的

[①]〔晋〕干宝：《搜神记》，钱振民点校，岳麓书社，2006年，第14页。
[②]〔清〕纪昀：《阅微草堂笔记》，齐鲁书社，2007年，第221页。
[③]〔俄〕E.F.雅科伏列夫：《艺术与世界宗教》，任光宣、李冬晗译，文化艺术出版社，1989年，第6页。

方方面面，如人们的生存现状、生活理想、社会思潮、文化思潮等。

有"古今语怪之祖"（胡应麟语）盛誉的《山海经》记录了许多难以考稽的动植物，它们具有神秘功能，可以招致吉凶祸福，此时的动物形象已经具有精怪特征。到了两汉，《神异经》里记载了更多的神异精怪，而魏晋南北朝时期的《搜神记》除了讲述大量的精怪故事外，还特别注意精怪形象的塑造。精怪的名号、形体乃至服饰与其原形总有本质上的联系，如山羊精"髯须甚长"，名"高山君"（卷十八《高山君》）；母猪精"著皂单衣"、雄鸡精"冠赤帻"（卷十八《安阳亭书生》），这些都是较之前代的进步之处。《幽明录》是南朝宋临川王刘义庆所撰，全书以鬼神灵怪故事为主要内容，相比《搜神记》里的神怪更具人情味。刘义庆笔下的精怪已高度人化，有了人的思想感情，如《费升》中的狸精、《苏琼》中的鹄精，都写得情意缠绵，隽永有味。魏晋南北朝时期是中国历史上最为动荡的时期之一，朝代更迭频繁，战争频仍，民不聊生，人祸加天灾，使人不禁感叹"宁为太平犬，不做乱世人"，这些情况在志怪小说中都借精怪形象或明或暗，或隐或显，有所反映。到了唐朝，志怪向传奇发展，精怪形象更加高度人化，同时，作家的主体意识空前高涨，对现实的关注力度大大增强，使得这一时期的作品大多别有寄托。传奇继续向前发展，至宋元而为话本，至明清则为章回体，篇幅的增长，内容的增多使作品更有纵横施展的空间，作者往往在精怪故事中融入自己对社会、人生的独特思考，促进了精怪形象内涵的丰富。

动物精怪若逞凶作恶就会被视为妖魔，受到惩处，道士的职责之一就是对付威胁人间百姓的各种妖魔鬼怪。而它们若按道教学说潜心修炼，行善造福，则可以在完全化身为人的基础上得道成仙，进入仙家洞天福地。于是动物精怪形象具有两重性：一类是祸害人类，与人为敌；另一类是与人友善，助人脱危，帮人解困。

道佛二家要借精怪故事宣扬自己的思想，其对理想境界的描绘极大地开发和张扬了人的想象力，靠想象塑造的精怪形象也不断地充实和丰满。精怪形象既是人想象的产物，又植根于现实社会，它们以人的面貌出现，生活于人间，和人杂居，说人言行人事，这都是人依托自身来想象精怪。所以精怪世界是人世间的反映，借精怪言人事。精怪故事内容丰富，涵盖面极广，求学、为人、伦理道德、修身养性，无所不包。品评人事、纵论古今、针砭时弊、嘲讽自况，凡是不能借人而说的事情、观念、思想均借精怪来说出，既达到抒胸中块垒醒人劝世的目的，又不至于招烦惹祸。精怪形象就是人的象征，但因其特殊身份与超人的能力，他们通常前尘后世无所不知，又生活于人间，所以能居高临下观天下苍生，高瞻远瞩论人世变迁，其见解往往高人一筹。

精怪名目繁多，有狐精、虎精、蛇精、鼠精等，本书只着重讨论狐精形象。盖动物精怪故事一般是"寓言为近，纪事为远"，旨在借精怪之事寓深刻之意，别有寄托，对狐精形象的分析或能达到窥一斑而见全豹之目的。

2. 动物精怪的主角：狐精

在各种动物精怪故事中，狐狸出现的频率最高。狐狸精怪的故事《太平广记》里记载有十二卷之多，内容繁复，排在各类精怪故事前列。狐狸虽为精怪但地位又不同于别的精怪。"人物异类，狐则在人物之间；幽明异路，狐则在幽明之间；仙妖异途，狐则在仙妖之间。"[①]这种特别的地位或许是狐狸精怪故事种类繁多的原因之一。狐狸从一般的动物角色演变为精怪角色，经历了一个魔力不断发展的过程。狐妖观念大约最早出现在汉代，东汉许慎《说文解字》中说："狐，妖兽也，鬼所乘之。"可见狐在被妖化之初就带有鬼神特征。汉时关于狐的故事多是讲狐的兴

---

① 〔清〕纪昀：《阅微草堂笔记》，齐鲁书社，2007年，第221页。

妖作怪，如《焦氏易林》卷十说："老狐屈尾，东西为鬼，病我长女。"卷十二说："老狐多态，行为古怪，惊我生母，终无咎悔。"这一时期的狐神通还很有限，还不能变化。到了魏晋南北朝，狐狸才开始人化，变得法力无边，随时可以获得只有人才具有的外貌、感情与智力。小说中的狐幻化为多情女子、翩翩少年、白发老翁游走人间，过着和人一样的生活，一般人很难辨别出来。这一时期的狐虽然能变形，但仍有其自然属性的弱点，如它们一般都怕狗，一旦遇上，轻则原形毕露逃之夭夭，重则命丧犬牙。到了唐宋时期，狐的地位发生了很大的变化，升格为神，成了人们祭祀的对象。张鷟的《朝野佥载》说："唐初以来，百姓多事狐神，房中祭祀以乞恩，饮食与人同之，事者非一主。当时有谚曰：'无狐媚，不成村。'"宋代，民间还出现了狐王庙。在文学作品中，狐也一改以前兴妖作怪之色，与人亲善友爱，情深意切，甚至发生人狐之恋，形象大为改观。明清时期，狐与人的关系进一步改善，狐不仅为人友，而且为人师，且不乏良师诤友。

2.1 狐友

"事有难言聊志怪，人非吾与更搜神。"①此语道尽借鬼狐来托兴寄情的意外之旨。小说家所言虽是鬼神精怪，所比却是人间世事，有晓谕世人、警醒世人之效。狐与人为友的故事多表现狐的正直高义、洞悉世事，以及人的卑琐无义和阴暗的心理。《阅微草堂笔记》卷十二有一则讲述人狐友谊的故事，读来颇令人深思。有一姓柳的人和一只狐狸关系很亲密，柳家很穷，狐狸常常周济他衣食。此人又因欠人钱财无力偿还，不得不以女儿抵债，狐狸又为他盗来债契。后来，有一富贵人家悬赏百金捉拿这只狐狸，柳某竟为了得到百金赏银而买了砒霜想毒死狐友。狐狸早就

---

① 〔清〕李庆辰：《醉茶志怪·序》，齐鲁书社，2004年。

知道了他的所作所为,当众讲述了他们"相契之深""相周之久"的情谊,最后揭发了柳某的阴谋,留下了一匹布、一束棉叹息而去。布和棉是狐狸对柳某幼儿的承诺:"昨尔幼儿号寒苦,许为作被,不可失信于孺子也!"乡里人都为狐狸抱不平,纷纷指责柳某,柳某遂"不齿于乡党"。狐狸扶危济困,待柳某可谓情深义重,一片真心。在知道柳某要加害自己的情况下也要兑现自己的诺言,可见狐狸非常珍惜自己和柳某的友谊。而柳某竟然为了百金之赏就加害朋友,其行为令人惊愕、令人气愤,最后下场也非常可怜,没人肯接济他,"挈家夜遁,竟莫知所终"。柳某的结局是世道人心对卖友求荣者的鞭挞和谴责,而狐狸的叹息"世情如是,亦何足深尤",则是对知人知面不知心的复杂人世的无可奈何。以狐的先知先觉尚且误交损友,更何况人呢?对信任的呼唤,对相互友善、互敬互重的美好友情的呼唤随着狐狸的叹息、乡邻的指责而溢于笔端。

另一则"天狐傲友"的故事又让人看到了人的卑琐和阴暗。有一人与天狐为友,天狐神通广大,可在弹指一挥间往返千万里。这人求天狐把自己放到心仪已久的朋友的爱妾的闺房中,天狐却把他带进了朋友的书房,他被当作盗贼抓了起来。后来,这人非但不知悔改,反而在自己的好友面前诋毁狐狸:"狐果非人,与我相交十余年,乃卖我至此。"没想到他的好友非常愤怒,说:"君与某交,已不止十余年,乃借狐之力,欲乱其闺闱,此谁非人耶?狐虽愤君无义,以游戏傲君,而仍留君自解之路,忠厚多矣。使待君华服盛饰,潜挈置主人卧榻下,君将何词以自文?由此观之,彼狐而人,君人而狐者也。尚不自反耶?"此人心生歹念欲对朋友之妾行不轨,这是对朋友不仁不义;被天狐警告不知悔改,对天狐保全自己面子的苦心不知感激,反而骂天狐出卖自己,这是被欲望之心蒙蔽了心智。仁义礼智信是儒家推崇的美德,是读书人修身的要义,一旦迷失于欲念就会陷入不道德的泥沼。人世间与此人相类者若不能从中吸取教训,那就不是天狐戏之而是"何词以自文"了。此故事深刻的道德寓意由此可见一斑。天狐在此扮演了赏善罚恶的角色，在道家的观念里，并非只有仙家才能罚恶，那些成仙的精怪都可以担此职。这只能"与天通"的狐狸慈心仁义，其对朋友的良苦用心既体现对友情的珍视，又体现对入歧途者的痛惜，以及盼望其幡然悔悟的愿望。世间多阴损之人，良友难求，得此天狐为友当属人生大幸，而书中人竟不懂珍惜，茫茫人世，像这样的人实在不少。小说家托鬼怪而言人世，将人与异类置于同一道德天平上，人竟然不如异类，这是人的悲哀，更是人的耻辱。世人读后，倘能知耻而后勇，诚心思过，过而能改，也不负小说家的殷切寄予。

"柳某"故事中的狐狸和"天狐儆友"故事中的天狐均失之察人不深，而另一只大智大慧的狐狸却深谙交友之道：交友贵在交心。《阅微草堂笔记》卷五："长山聂松岩，以篆刻游京师。尝馆余家，言其乡邻有与狐友者，每宾朋宴集，招之同坐。饮食笑语，无异于人，惟闻声而不睹其形耳。或强使相见曰：'对面不睹，何以为相交？'狐曰：'相交者交以心，非交以貌也。夫人心叵测，险于山川，机阱万端，由斯隐伏。诸君不见其心，以貌相交，反以为密；于不见貌者，反以为疏。不亦悖乎？'田白岩曰：'此狐之阅世深矣。'"以心相交是每个诚心交友者的理想，但人心险恶，往往不能达成所愿。或又被表象蒙蔽，以为表面上的亲亲热热、成日里的呼朋引伴便是亲密至交。这只深阅人世的狐狸所言可谓至理，当为我们交友的准则。狐狸交友尚且有如此高的追求，更何况人呢？

以上以交友为核心分析了三个"狐友"的故事，狐都是作为诚信、正义、赏善罚恶的智者形象出现，其道德情操、谋略韬晦、阅历智慧都远甚于人。小说家旨在以此种类型的狐狸给人树立一个参照的对象，借狐狸的所言所行达到自己劝世的目的。某些话若出自人之口，某些事若是人来做，可能会带来很多麻烦，假托于狐就方便多了。而且，将人与狐放在一起，显出人竟然不如狐，更能激起人对自己的反思，创作目的也更容易达到。

2.2 狐师

除了有狐友形象,还有狐师形象。有一些狐狸精怪以儒者的形象出现,他们对学识的追求和对高雅之士的仰慕,以及对读书的见解都给人很多的思考。《阅微草堂笔记》卷三记载:明朝有个书生走在旷野中,遇上一群狐狸在读书,就问他们"读书何为?"。狐中老者竟说读书是为了炼形成人,继而求仙,"故先读圣贤之书,明三纲五常之理,心化则形亦化矣"。这一说很让人惊讶,圣贤之书竟有如此功能——可助狐狸变形为人,虽为无稽之谈,但说明了圣贤书正德明礼定心的作用。最妙的是狐狸对怎么读书的理解,书生见他们所读的书只有经文而无注解就问:"经不解释,何由讲贯?"老者答道:"吾辈读书,但求明理……何以注为?"一语道尽读书奥妙,引人深思。有些读书人读书不可谓不尽心,可惜只会咬文嚼字,终其一生也不能领悟书中道理,岂不遗憾?

狐仙在中国精怪故事中常代表道家利益,他们先成人道再成仙道,活千百岁,阅历甚广,察世亦深。与人交往进退有步,温和谦恭不卑不亢,并不因身为狐而耻——有狐仙曰:"天生万品,各命以名。狐名狐,正如人名人耳,呼狐为狐,正如呼人为人耳。"[①]言语之中自尊自重,使人不敢轻视。狐狸若想成仙便得先炼形成人,因而对已有人身的人不珍惜自身大感惋惜:"吾曹辛苦一二百年,始化人身。公等现是人身,功夫已抵大半,而悠悠忽忽,与草木同朽,殊可惜也。"[②]勉励人珍视生命、提升生命。中国精怪故事本来就和道家佛家有千丝万缕的联系,精怪修炼成仙与道家求仙访道同为一脉,道家借精怪成仙来宣扬自己的思想,而其瑰丽奇伟的想象又促进了精怪故事的发展。此处所说的狐精就是以

---

① 〔清〕纪昀:《阅微草堂笔记》,齐鲁书社,2007年,第221页。
② 〔清〕纪昀:《阅微草堂笔记》,齐鲁书社,2007年,第222页。

一道士形象出现,而他对佛教的评说既反映出佛道之不同,又反映出时人对信佛还是信道的犹豫:"佛家地位绝高,然修持未到,一入轮回,便迷却本来面目。不如且求不死,为有把握。吾亦屡逢善知识,不敢见异而迁也。"①所论虽是佛道之别,但是正确认识自身、选择合适的发展道路的观念,以及锲而不舍、精诚专一的精神,对我们做人做事做学问都是很好的借鉴。

以儒狐面貌出现的狐精,不仅替人圈点诗词文作,与人吟咏唱和,更有学问高深者为人传道授业解惑,有他们独到的治学方法。《醉茶志怪》中有一篇《狐师》说的就是狐狸为人师的故事。书生宫斯和应考失利,正在那里愤愤不平,一仙狐感念宫斯和前世放生之恩,特来报答。宫生起初以为对方想迷惑自己,以行采补之事。殊不料仙狐正色曰:"予所谓报德者,非床笫之爱,乃衣钵之传。"接着毫不客气地指出宫生考试失利并非考官有眼无珠,也并非他人走门路行别道:"此正人之所胜已也。彼以贿赂,君当自怨无钱;彼以夹带,君当自怨无胆;彼以关节,君当自怨无门径;彼以侥幸,君当自怨无命运。数者并无,然则可凭者,文而已。君平心而论,文果佳乎?"狐仙为报恩而来,从一开始她就要树立自己的严师形象,面对趾高气扬又怨天尤人的宫生,她条分缕析从贿赂、夹带、关节、侥幸这四个方面分析了宫生无钱、无胆、无门径、无命运的现状,然后进一步指出宫生唯一能凭借的就是文章,要想榜上有名就必须要把文章作好,这一番分析推理严密,句句在理,让宫生无言以对,佩服得五体投地,执弟子礼而拜。这以后,每天晚上狐仙都来给宫生上课,督责极严,为其点评《四字章句》,见解非凡。这样过了一年多,宫生文思大进,塾师都不能改一字。后参加春试果然蟾宫折桂。《狐师》塑造了一位学问高深、见解独特、凛然不可冒犯的狐仙形象。这位

---

① 〔清〕纪昀:《阅微草堂笔记》,齐鲁书社,2007年,第222页。

狐仙既是严师又是明师，绝不迂腐，对读书做学问很有见地。她认为"读书之道，当取其精而遗其粗"，并认为当今的读书之法"最是缚人才思，并令人无暇更读他书"，这些关于怎么读书的见解对我们今人也是个启示。狐师对朱熹《四字章句》的点评足可证明她的才学，她首先肯定了《四字章句》的成就，认为此书"如暗室逢灯，夜行见炬，洵属有功于世"。紧接着，她话锋一转指出其不足之处："然其中亦有不可过拘泥者"，并举例说明，可见，狐师教学并不高谈阔论，而是从实际出发，严谨治学，教导学生对待古人之书"当独具眼力，不可为古人所愚"，但也不能"一知半解，强词夺理，欲压倒古人"，取其意不必摘其非，尊其言不必护其短，这种客观对待古人的态度，既利于知识的传承，又利于知识的更新发展。可以说，《狐师》为我们树立了一个优秀的教师形象，她懂治学，懂教学，懂因材施教。当然，狐师对《四字章句》的批评反映的是当时作者对理学的批评，而对当下的意义则在于为我们提供了正确的读书方法和治学方法。《狐师》语言生动传神，读来如见其人，如闻其声。全文贯穿了善恶有报、六道轮回的佛教思想，以及炼形成仙的道家思想。狐仙前来报恩为的是宫生前世对她有放生之恩，前生善行今日得报。而狐仙那时之所以被猎者所获是因为尚未得道，神通有限，一旦得道，炼形成仙，位列仙班，便可赏善罚恶。

3. 动物精怪的极致：人狐之恋

狐精与人友爱亲善的亲密关系发展到极致便是人与狐仙婚恋成家。在《聊斋志异》等明清作品中，"人狐之恋"已成为一种典型的题材。其实这一主题很早就出现了。人狐相恋直至成家的故事，最早的是唐朝沈既济的《任氏传》。道教在唐朝被奉为国教，唐人盛行谈论狐怪，这为狐精人性化人情化与人相恋做好了思想舆论上的准备。《任氏传》开篇就点明："任氏，女妖也。"并不避讳任氏是狐妖，也并不因她是异类而多加修饰掩藏。唐朝祭祀狐神的风尚让人能从心理上接受狐妖，所以郑六在知道任氏为异类后不但不感到害怕，反而难以忘怀，任氏也感动于郑六不嫌弃自己为异类而深深地爱上了因贫困寄人篱下的郑六。"若公未见恶，愿终己以奉巾栉。"任氏运用自己未卜先知的能力，帮助郑六置办家业。对郑六妻兄的逼迫，任氏极力反抗，以入情入理、义正词严的劝说和谴责，使对方折服。后来，郑六要去外县任武职，力请任氏同行。任氏明知今年西行不利，但仍然随行前往，不幸在途中被猎犬咬死，让郑六遗恨终生。任氏这个狐精形象比起汉魏六朝的狐精形象有了很大的变化。汉魏六朝人写狐精多视其为善幻化蛊惑者，并且突出其淫的特征，如《搜神记·阿紫》结尾引用《名山记》语："狐者，先古之淫妇也，其名曰'阿紫'，化而为狐，故其怪多自称阿紫。"[1]到了唐朝，狐精形象逐步褪去异物特征，拥有了与人相同的思想、心理、语言、举止，人性化人情味日渐浓郁，并且被赋予很多美好品质，寄托了人们的向往和追求。任氏是一个美丽多情、坚贞不渝、勇智双全的完美女性形象。作者在结尾处叹道："嗟乎！异物之情也有人道焉？遇暴不失节，徇人以至死，虽今妇人，有不如者矣。"这既是对任氏的高度赞美，又是对理想中的人间伴侣的深刻寄寓。

　　作品始终扣紧"人""妖"特性塑造形象。任氏作为一只能幻形的狐，对"人"有一种深切的向往之情，渴望而且热衷于以人形出现于人间，与人交往，享受爱情，过上人的生活。但她本根属狐，不管她如何貌美绝伦、风情万种，都脱不了狐的本质。她深以为苦，也深以为耻，因而她最初与人交往都是"多邀男子偶宿"，就是害怕一旦被人勘破，自己颜面尽失，从中可见任氏自尊心极强。再遇郑六时，任氏极力躲避，无处可逃时，以扇掩面，"事可愧耻，难施面目"，既让人看到了她

---

[1] 〔晋〕干宝：《搜神记》，钱振民点校，岳麓书社，2006年，第150页。

自惭自卑之心,又让人看到了她在极力维护自己的尊严。虽然作品开篇就点明"任氏,女妖也",但任氏一出场的表现非但没让人产生厌恶感,反而对她多有同情,觉得她自尊自爱自重,待人坦诚。任氏虽为异类,却渴望爱情,但她深知作为异类要想获得人的爱情无异于痴人说梦,因而最初她的爱情之火只是以欲望的表象呈现,但一听郑六不嫌弃自己是异类时,她立刻表明心迹:"凡之某流,为人恶忌者,非他,为其伤人耳。某则不然。若公未见恶,愿终己以奉巾栉。"任氏特别点明自己不伤人以区别于其他狐女,可见她仍然担心郑六讨厌自己,想彻底打消郑六的疑忌,也看出她对郑六的重视。一获得爱情,任氏便想像人一样生活于人间,租一间幽静小屋,准备好什物器具,像模像样地过起了人的生活,至此,任氏的人性已全然绽放,她已经把自己看成了一个人,所以后来郑六的妻兄强迫她时,她也只是以人的力量相抗拒,累得力竭,汗如雨下,神色惨变,也不愿动用神力。可见任氏对做一个人是多么的执着坚定,最后,她凭借为人者应有的道义感化了对方。任氏对郑六妻兄的抗拒表面上看是对爱情的坚贞,实质却是对自己作为人的尊严的维护,她能够像人一样自由地生活于世,不再东躲西藏,全都仰仗于她获得了郑六的爱情,因而,她对爱情的拼死维护就成了她对人的尊严的维护。至此,任氏作为一个狐精已全然褪去了异类形象而成为一个完全的人。任氏追求永远成为人的理想因为爱情得到实现,也因为爱情而遭到毁灭。任氏随郑六赴外县任职,途中遇犬,不幸丧生犬口。精神虽已成人,肉身仍是狐质,逃不过猎犬的锐眼利齿。任氏渴望像人一样生活于人间的理想最终以悲剧告终。这个善良聪慧、坚贞勇敢、有情有义的狐女,生命的毁灭让人为之叹息不已。任氏的经历和安徒生的《海的女儿》有几分相似。小人鱼向往人类生活,渴望变成人,为此甘愿放弃人鱼三百年的寿命。她深爱王子,但王子却稀里糊涂不懂小人鱼的爱。眼看生命将逝,自己就要化为泡沫在空中飞散,小人鱼仍然下不了狠心杀死王子，最后她消失得无影无踪。在向往人间、渴望像人一样生活这点上，任氏和小人鱼是一致的，最后又都为了爱情丢失了性命。但任氏至少还享受了爱情的甜蜜，小人鱼却一直啜饮爱情的苦水。任氏在达成所愿后最终命丧犬口深刻反映了"命运"之说的佛家思想，命中注定她难逃此劫，"有巫者言某是岁不利西行"，古人深信违天不祥，逆天而动必遭大难，任氏为了爱情置天劫不顾，最终在劫难逃。其实《海的女儿》又何尝不让人想到佛家所说的"求不得苦"呢？任氏和小人鱼都美丽善良、温柔宽厚，都是由异类变成人，她们爱情生命的毁灭留给人无尽的哀伤。

产生于唐代的《任氏传》固然不能说达到了文艺复兴时期"人的觉醒"的高度，认识到"人是一件多么了不起的杰作"，但是任氏对人类生活无限向往，不甘于永远只是"变美女以惑男"。她渴望像人间普通妇人一样体验爱情，拥有婚姻家庭，过上日常生活，这一向往本身就蕴含着对"能够做一个人是多么幸福"这一观点的肯定，因而在她身上被强调的是人性、人情，是人的忠义和节气，既然是"人"，那就应当以"人"的品格情操要求自己。任氏的所言所行证明她做到了这点。当然，《任氏传》作为人与精怪婚恋故事的开山之作也寄托了世人对美好爱情的憧憬。

人狐之恋在宋人传奇中也有一个经典之作叫《西蜀异遇》，收于李献民的《云斋广录》。这个故事清新奇异。书生李达道遇见少女宋媛，两人相爱。不料有个叫李二的秀才揭穿了宋媛的狐妖身份，还给了李达道一道符使宋媛不能接近他。宋媛对李达道日思夜想，就写了一首《蝶恋花》给他。李读后，感慨万千，仰天长叹："然则吾生之前，死之后，安知其不为异类乎？媛不可舍也。"毅然决然与宋媛相爱，这种爱超脱了人狐界限，令人钦佩。贯穿全文的满含相思情离别苦的诗词哀婉缠绵，打动人心。李达道和宋媛最终能相爱相守和两人的共同努力密不可分。首先，李达道能悟透生死参透轮回，"吾生之前，死之后，安知其不为异类乎？"

这种超人的见识彻底扫除了他接受宋媛的心理障碍。其次，宋媛敢爱敢恨，坚毅执着，勇敢追求爱情。当爱情初遇波折时，她寄情以词，以词动人。"莫学飞花兼落絮。摇荡春风，迤逦抛人去。"当爱再次受阻时就动用神力使李达道的父母无可奈何，后又献一妙方治好李达道母亲的心痛病，改善了双方关系，彻底扫除了横亘在她和李达道面前的爱情障碍，最后得享两载姻缘，生有一子，共享天伦，其乐融融。这一段爱恋无论对李达道还是对宋媛都堪称幸福满足，"虽人间夫妇，亦所不及此"。所以，当缘分已尽，宋媛不得不离去时，李达道不胜感恨叹息。而宋媛临去之前仍不忘妻子之责，叮咛李达道要"力学问，亲师友，以荣宗族，以显父母，则尽人子之道"，夫妻深情溢于言表。宋李之爱让人感动，也让人认识到美好的爱情是要靠斗争争取的，一旦得到就要好好珍惜，善加经营。

这个故事也深受佛道思想影响。宋媛只具备幻化之能，还没有修炼成仙，属于被道士驱逐的妖类。李二秀才使其现出原形，又以一道符拒之，这都表现了道家对妖魔的遇之必杀之心。只不过道家虽法力无边，爱情的力量却更在其上，更何况宋媛并非"贼人之命，伤人之生"的妖媚之狐。而李达道之所以能冲破人狐异类的藩篱，一则爱慕宋媛的慧敏才思、绝色姿容，二则受佛家六道轮回的影响，"吾生之前，死之后，安知其不为异类乎？"。佛教讲六道轮回，认为在业报面前，众生平等，在地狱、饿鬼、畜生、阿修罗、人间、天堂六道中投胎转世。今生为人说不定某一生就是异类，所以怎么能以我今生为人而歧视今生为狐的宋媛呢？因此，"媛不可舍也"。佛道二教对精怪故事的影响除了增加奇异色彩之外，还使情节曲折多致。

以上以"狐"为例剖析了动物精怪形象，总的来说，不管是狐幻化成人还是别的动物幻化成人都是在借精怪写人事，或直陈时弊，或寄寓追求，或抒发愤懑。精怪生活于人间，言行举止与人完全一样，又具有人所不备的先知功能，而且因为善变化，常常化身绝世佳人、美俊少年，且多学识渊博，琴棋书画无所不能。精怪集美貌与才华于一身，这样的形象在人看来堪称完美，正是人所追求和向往的。所以，精怪形象的塑造满足了人对完美人生的追求，满足了人对超越自身局限和不足的渴望。这是这一类作品能够跨越时空备受青睐的重要原因。当代的很多幻想小说也有与动物有关的精怪形象，如著名的"哈利·波特"系列作品里的狼人。随着创作的发展和研究的深入，这类形象的内涵会得到更深更广的挖掘。

第二节　人类社会中的动物形象

人由动物进化而来，和动物有着千丝万缕的联系，尤其是在进化的过程中人对动物的驯化，使得某些动物成为人的家畜，比如牛、羊、马、驴、猪等，某些动物甚至成为人的宠物，和人一起生活，比如猫、狗。不管是看家护院的狗，还是独来独往的猫，由于它们有更多的机会和人"亲密接触"，因此和人上演了无数感人的现实情感戏，这些动物以它们的美德感染了人，也提升了人。人类社会中的动物形象主要有两类：一类是报恩型动物，另一类是伙伴型动物，无论是哪一类，都是在讲述人的故事，倾诉人的情感。

1. 动物与人的"恩怨模式"：动物报恩

在人和动物的关系中，动物对人的感恩是最常见、最基本，也是最重要的。"动物报恩"是传统动物文学的常见母题，属于"动物与人"的恩怨模式。这种感恩大多通过忠贞、信义、舍生相救等形式表现出来，反映了在朴素的自然生态环境中人与动物互相依存、和谐共处的亲密关系。在当代动物小说中，这一母题得到了充分的演绎。作品往往通过与人关系密切的驯化动物如狗、猫、马、骆驼、牛等,尤其是狗,来表现人的性格、命运和丰富的人性。狗是人最早驯养的动物,是人的帮手和朋友,在生存竞争中给了人很大的帮助,人对狗有一种非常特殊的感情。在古埃及,一直存在着狗神庙以及对天狗星的崇拜,相传天狗为人类带来了火种。在基督教的信仰里,狗作为耶稣进入耶路撒冷的伙伴,获得了进入天堂的权利。狗走进文学作品就更多了:美国作家杰克·伦敦的《荒野的呼唤》《白牙》,美国作家埃里克·奈特的《灵犬莱茜》,苏联作家特罗耶波利斯基的《白比姆黑耳朵》,屠格涅夫的《木木》,等等,不胜枚举。作家们从不同的角度关注狗,体验狗。卡夫卡在《一只狗的研究》中这样写道:"我的生活发生了怎样的变化啊;可从根本上看也没什么改变!当初我也生活在狗类当中,狗类所有的忧虑我也有,我只是狗类中的一只狗。"①在卡夫卡的眼里,狗其实就是人类的一面镜子,卡夫卡能够从狗那里获得关于人类生存和心理状态的信息。正如若伯特·若斯路穆在其《艺术中的狗》中所言:"对所有动物来说,狗至今仍然是人类活动与欲求的最生动贴近的一面镜子。"②很多作家通过狗来表达对人类社会、现实人生的感受与体悟。

"动物报恩"是传统民间故事中常见的主题,在民间流传着很多"动物报恩"的故事,并且形成很多类型,如"老虎求医报恩型""蜈蚣报恩型""义犬救主型""动物报恩人负义型"等,讲的都是动物的知恩图报。这些被人救助过的动物通过赠送财物、临危救主、投送野物、赡养老人、代寻妻室、救出关押的恩人等方式来答谢恩人。流传在长白山一带的《三十八万老虎闹县衙》是一个很典型的报恩型故事,塑造了一个知恩必报的义虎形象。③一个叫虎子的后生救了一只老虎,老虎为了报答他给他

---

① 殷国明:《西方狼》,上海文化出版社,2005年,第128页。
② 殷国明:《西方狼》,上海文化出版社,2005年,第126页。
③ 刘守华:《中国民间故事类型研究》,华中师范大学出版社,2002年,第135页。

背回个媳妇，帮助他成了家。县官知道后就把虎子和他媳妇押进县衙。老虎知道后，带领38万只老虎，分别从东南西北四个门涌进县城，闯入县衙，吓死了县官，救出了恩人。这只老虎以代寻妻室、救出被关押的恩人的方式报答了恩人的救助之恩，彰显了它的情义。古人用这些故事生动而朴素地说明了"知恩图报"的道理。选择虎、狼等猛兽作为主角，反映了古代人与自然的关系情况：人们不时遭遇猛兽，对它们又畏惧又好奇。

　　这些民间故事直接影响了现代动物小说创作。有作家曾对自己的动物小说创作进行评价，认为写来写去总跳不出写人与动物恩怨的圈子。奇怪的是，在现代动物小说里，感恩的主体更多的是人类家养的动物，以狗为最，而野生动物却极其少见。这反映出工业社会人与动物关系的疏离。出现于中国古代作品中的"动物舍身救护恩人（主人）"的故事，主角几乎都是狗。如《搜神记》中的义犬黑龙，说主人醉卧草地，忽遇烈火燎原，他的狗往返于水池，用身体沾水来弄湿主人四周的草，使主人免于被火烧死。《太平广记》中的故事说主人"被一大蛇围绕周身，犬遂咋蛇死焉"；另一则说主人樵采入山，遇虎，他养的狗"跳上虎头，咋虎之鼻，虎不意其来，惊惧而走"，后来，这狗"一夕而毙矣"。中国文化强调忠孝侠义，"动物报恩"的故事正是以动物的忠、义、仁来影射人类社会呼吁美善的社会道德。现代报恩型动物小说传承了这一审美追求，又和当今社会现实紧密结合，使报恩型动物呈现出鲜明的时代文化特色。纵观现代动物小说创作，在报恩主题下塑造了不少性格饱满的报恩型动物形象。现代动物小说的报恩型动物多是家养动物，尤其是和人类关系密切的狗，特别是在舍身救护主人的作品中，主角往往是狗。从这些故事可看出，现代动物小说在主题和情节结构上对传统动物故事的继承和发扬。狗之于主人虽是一种被豢养的关系，但在看家护院打猎的日常生活中，狗与主人朝夕相处，日久生情，遂有救主人于危难的义举。我们借这些知恩图报的动物来演绎"滴水之恩，涌泉相报"的传统美德，既具有道德劝善的作用，又隐含人何以不如动物的满腹疑虑和深深遗憾，表达了对人与人之间互救互助、重情重义的美好道德境界的渴望。

黑豹（李传锋《退役军犬》）的故事发生在"文化大革命"时期，它历尽千辛万苦冒着生命危险寻找被关进"学习班"的主人，只因主人对它有救命之恩。黑豹的这种忠诚、信义、不忘恩德的品行，令人感动不已。动物小说其实是把人生放在动物身上，让读者进行远距离的观照。"退役军犬"黑豹，是正义与勇敢的象征，又是真诚与友情的象征。黑豹与老猎人的患难与共、生死相依的感情，象征着动物与人类的和谐融洽，同时也寄寓了对人性美和人情美的呼唤。

这类象征美善人性的肯定性动物形象，在新时期小说中不断涌现，而且往往是作为人情淡薄和人性扭曲的社会现象的反衬。"人不如动物"常被用来凸现对人性和社会阴暗面的批判意识和忧患意识。很多动物小说都以动物的人性化、理想化返照社会背离人性的现象。如沈虎根的《黑黑的始末》和《白白的经历》。义犬黑黑为人类建立了不少功业，最后却被恩主马法骗杀。白白一生忠于主人，捕了上百只老鼠，却被主人用鼠药药杀。黑黑和白白都死于对主人的绝对信任，这和屠格涅夫的《木木》是不相同的。诚然，木木也是死于对主人的绝对信任，但格拉希姆是被地主太太逼迫的，他痛苦，他愤恨，可是无能为力。黑黑和白白的主人以及与之有相同命运的狗的主人却是有意为之的。他们贪婪、狭隘、自私、冷血，没有把为自己尽心尽力的狗当作鲜活的需要疼爱值得尊重的生命来看待。狗临死时对人的不解、怨恨、失望强烈反衬了人心的邪恶。这一类借由动物的美好情怀来批判人的伪善、不义、残忍、卑劣、缺乏人性的作品还有宗璞的《鲁鲁》等。

外国作品中，苏联作家特罗耶波利斯基的小说《白比姆黑耳朵》将动物报恩的主题推向了顶点。比姆的故事在苏联家喻户晓,这是一个令人心酸的故事。比姆因为毛色不符合纯种赛特犬的规定而差点被溺死,伊凡·伊凡里奇救了它,从此他们生活在一起。比姆善解人意,对老人体贴入微,给伊凡晚年的孤独生活带来了欢乐和温暖。后来,老人不得不去莫斯科接受心脏手术,把比姆托付给邻居照顾。比姆不知道生病的主人去了哪里,它不吃不喝,日思夜想,最后离家出走,不顾一切四处寻找。它愁容满面,忍饥受寒,跑遍了主人曾带它去过的所有地方。它饱经邪恶与欺凌,也得到友爱和同情,阅尽人间世态。虽然遇到那么多艰难险阻,受了那么多冤屈折磨,还多次面临死亡,但比姆始终没有停止寻找主人。满身伤痕的比姆回到家门口,再次被社会寄生虫刁娴诬告为疯狗,致使检疫站的工人将它抓进了闷罐车。向往自由和光明的比姆用牙咬、用爪抓闷罐车的铁门,最后含恨死在车里,而第二天,主人就回来了。比姆对老人来说是一个可以依赖的伙伴:"如果没有比姆,难道我能忍受这样可怕的孤独吗?"[①]老人对比姆来说是值得信赖可以亲近的好人。它试着理解老人,在一次又一次的锻炼和训练中慢慢读懂老人的心思,甚至还会对老人表示深切的怜悯。比姆对老人无限眷念,在收到主人从莫斯科专门写给它的信后,寻找主人未果刚刚死里逃生的比姆"突然软弱无力地倒在地板上,挺直了身子,把头枕在纸上。泪水从它眼里扑簌簌地流下来"[②]。谁说狗不懂感情呢?谁说狗不会流泪呢?这是相依为命彼此牵挂的泪水,这是幸福的泪水。对主人情深意厚的比姆以自己的忠贞、善良、勇敢与充满怜悯的心,震撼了卑劣狠毒者的灵魂,唤醒了很多麻木的心灵。"年轻的一代开始对善良这个概念进行讨论,而这

[①] [苏联] 特罗耶波利斯基:《白比姆黑耳朵》,曹苏玲、粟周熊、李文厚译,人民文学出版社,1999年,第28页。

[②] [苏联] 特罗耶波利斯基:《白比姆黑耳朵》,曹苏玲、粟周熊、李文厚译,人民文学出版社,1999年,第108页。

种善良本身包含着对地球上一切有生命的东西的怜悯。"[1]那个年轻的检疫站工作人员深受良心的谴责，放掉了另一只流浪狗，自己也辞职不干了。最后，整个城市都在谈论比姆，都在为寻找比姆而努力，可比姆却早已长眠在森林深处了。虽然比姆临死前对光明、自由、友谊与信任的向往及其坚强不屈的精神只有它的主人才能读懂，但是它在每个人的心里都留下了痕迹，这痕迹促使我们去反省自身，反省社会。1693年，英国著名思想家洛克曾说过这么一句话："折磨和杀死其他动物的这种习惯，会潜移默化地使他们的心甚至对人也变得狠起来；而且，那些从低等动物的痛苦和死亡中寻找乐趣的人，也很难养成对其同胞的仁爱心。"[2]确实，对动物的虐待和残忍所揭示的并不只是人对动物的态度，它最终会变成人对人的态度。比姆以生命为代价寻找主人的经历，"给人们阐述了许多生活的道理，教会人们如何爱护自己的朋友和捍卫自由与幸福，痛斥了那种为了点蝇头小利而出卖良知的卑劣行径"。"作家写出这样一个扣人心弦的故事，绝不仅仅是为了要人们改善对狗的态度，更主要的是为了拯救人们的灵魂，为了生活得更人道、更合乎道义。"[3]

2. 动物与人的伙伴模式：伙伴型

伙伴型的动物是生活在人类社会中的另一类动物形象，前面所提到的比姆、木木其实都具有伙伴型动物的特征。家养犬成为人的伙伴在当代社会频频可见，伙伴型动物反映了人的感情需要。人渴望倾诉，期盼理解，需要安慰，但历来就不能得偿所愿。"人生得一知己足矣""士为知己者死"，说的都是知己难求。人在人类社会里屡遭打击却找不到理

---

[1] ［苏联］特罗耶波利斯基：《白比姆黑耳朵》，曹苏玲、粟周熊、李文厚译，人民文学出版社，1999年，第113页。
[2] 何怀宏：《生态伦理——精神资源与哲学基础》，河北大学出版社，2002年，第374页。
[3] ［苏联］特罗耶波利斯基：《白比姆黑耳朵·前言》，曹苏玲、粟周熊、李文厚译，人民文学出版社，1999年。

解、慰藉，于是就把目光投向动物。人在人类社会里所追求不到的忠诚、信义转而在动物身上寻求，这时动物之于人虽仍是被豢养的对象，但却有了伙伴的实质。另有一类伙伴型动物则并非因为主人在人的世界里无人对话，而是因为彼此长久陪伴，情深意厚，都把对方当成了家庭成员。

莱茜（《灵犬莱茜》）就是这样一位家庭成员。它是小主人乔的爱犬，每到下午四点，它就去接乔放学回家，风雨无阻，时间总是分秒不差，以至于街上的人都拿莱茜来校准手表。后来，乔的父亲山姆迫于生计把莱茜卖给了公爵，莱茜成功逃出，乔又忍痛将莱茜送回公爵家。公爵带着莱茜迁到了苏格兰，莱茜再次出逃，这一次它跨越了整个苏格兰，历尽艰辛，最终回到了主人身边。从苏格兰到英格兰一千英里的距离，一路上，莱茜除了回家的渴望无所依靠。回家，是动物所有本能中最强烈的。家意味着炉火前的地毯、关爱的声音、爱抚的手，还有上好的牛肉。人类至今也不明白，为什么鸟或者狗关在笼子里，在黑暗中被带到远处，一旦放出来，它们依然能找回家去。不管原因有多么复杂，其中最重要的应该就是对家的眷恋。莱茜并不明白它要在荒原上穿行上千英里，等待它的是烈日和暴雨，荆棘和坎坷，高山、溪谷、高原、大湖、饥饿、劳累、病痛，人的恶意伤害、仇恨的子弹、捕狗队的抓捕，还有同类的挑衅。这些它都没有考虑，它只是义无反顾地要回家，回家的渴望给了它勇气、力量、坚持和智慧，什么也阻挡不了它。苏格兰老夫妇的爱留不住莱茜，因为莱茜对于他们只是个过客，不是归人。走四方的陶器贩子也留不住莱茜，莱茜和他的关系，正如他所说："从另一方面看，有时候我觉得不是你跟着我，而是我们两个同路的时候你让我跟着你。"终于，在某一天下午四点的时候，莱茜出现在平时等待乔放学回家的地方，遵守了自小的约定。

莱茜的故事带给人们的不仅仅是感动惊奇，它还让我们思考勇气、信念、坚持、忠诚这些人类最高尚的道德情操，以及对生命的尊重。徒步跋涉一千英里,一片陌生的土地,没有地图,没有食物,很多人都难以做到,但是莱茜做到了。仅仅用"本能"来解释是没有说服力的。的确,莱茜是靠本能引路,但是它的内心充满了爱,这种爱源自小主人一家的爱抚、关心、尊重和需要。特别是需要,正是这份需要夯实了莱茜的爱,并最终指引莱茜回到家园。一个被驯养的动物对人来说不再只是一个动物,而是一个伙伴,生命中不可或缺的需要。当我们对"需要"注入太多功利理解时,想一想莱茜,也许你就会觉得被人需要或需要别人是一件多么幸福的事,因为那里面融入了最深沉的爱。莱茜的勇气、坚持和忠诚无疑是我们人不应缺少的品德,但是,有一些人却在漫漫人生旅途中因为种种原因丢失了,但愿莱茜能帮助他们重新找回。

莱茜在归途中遇到了一些不友善的人,这些人对狗充满了丑恶的恐惧,但它也遇到了一些对生命充满感情和深深理解的人,他们为人和狗之间的关系带来了尊严和道义。没有这些人,莱茜很有可能病死途中。这些人给予莱茜的告别礼物正是莱茜最渴望的自由,只有自由了,它才可能回家。这些人以他们的言行呼唤着,对每一个生命都应充满感情,都应深深理解,如果我们真正做到了这一点,那么,人和动物和谐共处、其乐融融的"至德之世"就指日可待了。

无论比姆还是莱茜,或者那些忠诚可信、值得尊敬的导盲犬,它们对于人不仅仅是伙伴,更是爱的使者和道德的榜样。当我们在人的世界寻找不到安慰,无法与人对话时,我们把目光转向动物,我们对动物说话,对动物倾诉,从动物对我们的回应中感受温暖,驱除孤独。这些被驯养的动物与它们的主人之间建立了一种无论贫穷、疾病、富有、健康都割不断的联系。为了替因车祸受伤的爱犬吉普赛治疗,哲学家盖塔和妻子利用周末去市场上做生意,工作时间冗长,还得迎着能穿透水泥的刺骨寒风。如果遇上生意不好,赚的钱连成本都不够。一个哲学家为自己的狗打工,如果不是因为对生命深沉的爱与尊重,不是朝夕相处的亲情,他怎么会一件衬衫一件衬衫地计算利润呢?[1]而导盲犬阿尔莫在火情肆虐的危急关头没有听从主人的命令撇下主人独自逃命,而是凭借自己灵敏的嗅觉,带领主人逃离了危险。如果不是主人无私的爱,阿尔莫怎么可能去冒死亡的危险呢?([美]W.A.克里斯坦松《烈焰中的导盲犬》)在吉卜林的小说《人狗情》中,英国士兵斯坦利为惩罚自己酗酒闹事,为感谢"我"对他的救助,把自己最珍爱的狗加穆送给了"我",但他又受不了失去爱犬的痛苦,每天步行八英里来看望加穆,只为和加穆见见面说说话。且听他和加穆的告别语:"再见了,老伙计,看在夜晚的分上,别叫,别让那些卑微的流浪野狗激怒你。但是,你要照顾好自己,老伙计。你可不要醉酒,不要东跑西颠地咬你的朋友。看好给你的骨头和饼干,像个绅士那样杀死你的敌人。我就要走啦——别叫——我要去卡绍里啦,到那里我就再也看不到你了。"依依惜别,再三嘱咐,那情形就是在对人说话,哪里是在对一只狗说话呢?不久,加穆和斯坦利都因为太思念对方而形销骨立,直到"我"把加穆还给斯坦利,这一人一狗才恢复了正常。"我一辈子也没有见过像这个年轻人这样孤独、沮丧的人,他坐在这灰蒙蒙的大山边上苦思冥想,简直要崩溃了。"但当加穆整个身子从空中飞过去,扑到斯坦利身上时,"我"就觉得"那个人和那只狗同时丰满起来,身子鼓到了原来的自然状态,正如干瘪的苹果在水中一泡就鼓起来一样"。谁能让干瘪的苹果重现饱满呢?只有爱的汁液能做到。加穆和斯坦利彼此为对方带来了生命的活力,把自己最心爱的狗给了别人,斯坦利感觉自己快要死了。加穆离开了主人,憔悴委顿也快要死了。相思之苦谁说只有人类才有呢?斯坦利与加穆如果没有建立起生死与共的爱,他们的情感不可能达到如此高的境界。爱就是这么神奇,因为爱,很多动物放弃了野性的放纵,成为人的朋友。当人驯养了动物,

---

[1] [澳]雷蒙德·盖塔:《哲学家的狗》,江俊亮、沈航译,人民文学出版社,2004年。

人和动物之间就有了爱。正是因为有了驯养，那个人，那个动物才成了独特的那一个，成了值得去爱和愿意享受对方的爱的独特个体。法国作家圣·埃克苏佩里的《小王子》有一段关于"驯养"的经典剖析，是狐狸对小王子说的，狐狸希望小王子驯养它："我的生活单调乏味……我对这一切都感到有点腻味了，但如果你使得我温驯了，我的生活就会充满阳光，变得温暖。我对人类的脚步声就会有全然不同的感受。我一听到其他陌生人的脚步声，就会赶紧逃进地洞。你的脚步声，却会把我从地洞里召唤出来，有音乐一般的奇效。还有，你看，你看见那边的麦田了吗？我是不吃面包的，小麦对我毫无用处。麦田不会引起我任何回忆。当然，这也是很可惜的事！但是，你有一头金发，于是，一旦你驯服了我，事情将变得妙不可言，那金色的小麦就会使我回想起你，而我，也就会爱上那风儿掠过麦田所发出的声音……"[①]因为驯养，那原本与自己毫不相干的甚至令人原本害怕的事物都变得熟悉和亲切，让它发自内心去爱。

第三节　丛林世界中的动物形象

另有一些个体或群体的动物形象则不再缠绕于动物和人之间剪不断理还乱的感情纠葛，而是转向自然或半自然环境。这些动物往往以撼人心魄的力量迫使人逼视自己，反省自己对大自然的占有欲、征服欲。我们将这类作品塑造的动物总结为"丛林世界中的动物形象"，丛林世界的动物形象主要有三种类型：象征型、本体型和原生态型。

1. 象征型动物形象

作为象征体而出现的动物形象更多地承载了人的伦理道德诉求。这

---

① ［法］圣·埃克苏佩里：《小王子》，柳鸣九译，湖南少年儿童出版社，2008年，第88页。

类作品描写的动物世界没有人的介入，有着类似于人类社会的生活百态，而其中的动物，也都有着自己传奇的命运、鲜明的性格、强烈的爱恨："它们是伪装成动物的人。它们像我们人一样思考、感知、计划、遭遇痛苦。但是在另一方面，它们又保持着动物的特性。"狼、狮子、豺、象等野生动物在种际内的错综复杂的关系，生命个体的复杂情感，被描写得惊心动魄，栩栩如生。

中国作家中沈石溪在这类动物形象的塑造上成绩最大。《牝狼》的主人公母狼白莎为了在西双版纳这块从来没有狼的土地上抚育出真正的狼种，苦心孤诣，"情愿忍受任何痛苦和牺牲"。它先是咬死了伴侣公狗帕帕，接着又咬死了刚出生的狗崽子花花。它以培育狼的方式培育狼崽黑黑和黄黄。一发现黄黄具有狗的恻隐之心，当即一口咬杀，希图"让血的教训唤醒黑黑狼的意识，压抑狗的意识"。可是，黑黑在人类社会走了一遭后，狗的意识被唤醒且强化。回到丛林，血腥的屠杀并没有涤荡尽它身上的狗性。在主人的呼救声中，在母亲的叫唤声里，它无法既扮演一条忠实的狗，同时又扮演一匹孝顺的狼。白莎彻底绝望了，培养狼的理想幻灭了，它狠下心来咬死了黑黑。白莎殚精竭虑就是要培养出纯种的狼，当目的不能达到，为了种族的纯粹，它咬死了最后的狼种，自己也魂归日曲卡山麓，西双版纳从此又回到了没有狼的时代。白莎有惊人的毅力与决心，有超常的坚强和精明，但狼力不能回天，有着狗的血统的后代无论如何也成不了真正的狼。白莎的悲剧就在于其不屈不挠的种族意识、精英意识与无法改变的后代基因的矛盾。

作为一个生命个体，白莎有棱有角，敢爱敢恨，血肉丰满。它有明确的生存目标，努力追求生存的意义。在西双版纳这块没有狼的土地上繁衍出庞大的狼群，就是它孤身漂流至此而不见同类时的最强烈愿望。它有着一匹狼所拥有的全部优秀品质，喜欢搏杀。是狼就注定了要过一种血腥的生活，在与猎物的搏杀中体现自己的价值，在与环境的抗争中磨砺自己的意志。是狼就要活得像一匹狼，要有狼的自由，狼的血腥，狼的果断，狼的狠，决不能有狗的仁慈。白莎厌倦慵懒的生活，渴望在刀光剑影中张扬生命的活力。它也曾有过失去同类孑然一身的孤独愁苦，有过不能和同伴一起血腥搏杀的深深失落。在容易软化狼的意志的环境里白莎并没有沉沦，而是萌生了在这块土地上繁衍庞大狼群的信念。仅此一点，就足以说明白莎是狼之精英。它活得很坚韧，为信念而活；死得很悲壮，为信念而死。纵观白莎的一生，它活出了狼的全部生命意义。搏杀过，怜悯过，果断过，彷徨过。有成功，有失败。品尝了悲欢离合，啜饮了爱恨情仇，最后殉道而亡。白莎的一生精彩壮观。

　　与白莎一样真正意识到自己的存在，而不只是苟且活着的，还有《狼王梦》里的紫岚。这是一匹不为他狼所左右，特立独行，百折不挠，为着理想进行了艰苦卓绝的奋斗的狼中英豪。她的悲苦、悲愤、悲壮令人扼腕。拿破仑曾语"不想当将军的士兵不是好士兵"，紫岚则认为"不想当狼王的狼不是好狼"。紫岚生存的终极追求就是实现狼王梦，让自己的后代子孙做狼群的最高统治者。为了实现伴侣黑桑的遗愿，也为了最大限度地实现自己的生存价值，紫岚一心一意诱发和唤醒下一代争当狼王的意识，殚精竭虑地培养狼王。当希望一而再再而三地破灭，当自己的可供培养为狼王的孩子一个接一个地死去，她并没有绝望，而是寄希望于第三代，为了这个希望她不惜与金雕同归于尽。紫岚终其一生都未能实现自己的理想，但她为了理想奋斗了一生，拼搏了一生。她活得艰辛困苦，但活得酣畅淋漓，活得有意义，活得很清醒，她始终明白自己的生活目的，死时也怀着希望。紫岚活出了一匹狼全部的生命精彩和最有价值的生命意义。

　　紫岚和白莎成为狼形象里追求生命价值最大化的典型。像如此轰轰烈烈地活一生的强者形象还有很多，如《残狼灰满》中的灰满，《混血

31

豹王》里的白眉儿等等。它们活在兽的世界里,这是一个丛林社会。它们要处理纷繁复杂的狼际关系,还要应对危险丛生的兽际关系。兽有兽道,按照兽的原则,它们在丛林中建立了兽的社会,兽的秩序。确立了等级关系、血缘关系、亲属关系。兽间的亲情、友情和爱情在鲜血、饥饿与寒冷的历久磨炼中凝结成各个族群的特有风貌,冷酷与温情并存,牺牲与责任同在。个体的生命质量乃至种群的生命质量被放到了最高的位置。这类动物形象,性格鲜明丰满,具有撼人的"兽格"力量。它们神采飞扬,气韵生动。所谓气韵是指艺术形象蕴含着的气质、情调、风致、生趣等。有了这气韵,动物的生命就有了厚实感、厚重感。紫岚、白莎、灰满、白眉儿等之所以栩栩如生,成了不可替代的"这一个",就是因为它们每一个都独具神韵,都有其各自丰厚而又深邃的社会的、生活的、心理的审美意蕴。文学即人学,尽管塑造的形象是非人,但它们所放射出来的社会的、生活的、心理的信息,总会让读者不自觉地联想到人,联想到人类社会。当我们感慨动物们命运多舛,赞叹其生命意志的卓绝时,人类社会的种种也在眼前浮现。在塑造这类动物形象的小说中,人不出场或人已退居到绝对次要的地位,动物是主角,动物的言行举止、动物的理想和现实的冲突、动物之间各种矛盾关系推动情节发展。但这类小说的丛林世界与野生的丛林世界有一定的距离,在丛林对象中融入了人的主观想象,先在地带有了比照人类社会的意图。

2. 本体型动物形象

另有一类野生动物,它们的生命虽时时遭到来自人类的威胁,却敢和人类斗智斗勇,在不断的较量中提升生存能力。它们知己知彼,讲究战略战术,决不尚武蛮斗。小不忍则乱大谋,该逃就逃,留得青山在,不怕没柴烧,它们深知个中况味。这类野生动物浑身散发着吸取了荒原营养的野性,桀骜不驯,行动迅捷,速战速决。看着它们站在枪的射程之外冷峻地注视摇头叹息的对手，你会觉得那在风中屹立的如同雕像般的身影是力量和智慧的化身。洛波是这类野生动物的一个代表。

洛波（《西顿野生动物故事集》）是一群出色的灰狼的大头领，它们生活在墨西哥喀伦坡河谷，那里有个大牧区，当地人管它叫大王。"农场主们一清二楚，1889年到1894年间，洛波在喀伦坡地区过着狂放的传奇般的生活，按照他们的准确说法，它死于1894年1月31日。"洛波身材高大、狡诈、强壮、勇武，率领它的狼群在牧区为非作歹，它们蔑视所有的猎手，嘲弄所有的毒药，纵横河谷，所向披靡。它们对食物异常挑剔，凡是老死的、有病的或不干净的动物，它们绝对碰都不碰一下，而且只吃自己猎杀的动物。很多猎人为了那一千美元的赏金，带了最好的枪、最好的马、最好的猎狗前来追捕，最后都损兵折将，灰头土脸地打道回府。洛波对自己有绝对的自信，根本不把对手放在眼里，甚至就把自己的窝安在离一个牧人家不到一千码的地方，在那里养儿育女。牧人用烟、用炸药、用机关，全都奈何不了它。"去年整整一个夏天，它们就住在那儿，我对它一点办法都没有。在它眼里，我真像一个大傻瓜。"洛波在和人类的斗争中增长了见识，提高了判断力。它能够嗅出毒药，并且把前面几块毒饵衔在嘴里带到最后一块毒饵那里，然后往上撒一泡尿，以表示对猎人计策的极端蔑视。它能够发觉埋在土里的捕狼机，用后爪使劲扒土疙瘩和石头块，最后把捕狼机全部触发。无论从哪方面来说，洛波都可称得上狼中英雄。抛开它的滥杀无辜，单看它在和猎人的较量中一次又一次获胜，就由不得你不佩服它，承认它是一个值得征服的对手。它的每一次胜利都会激发你想要战胜它的决心。作家西顿在描写洛波时虽然也历数了它的罪恶行径，但是言语之中却流露出对它的崇敬，称它为英雄，甚至对这位英雄的死深表同情。洛波聪明，善于学习，懂谋略，识毒药，无论是陷阱还是捕狼机，它都有办法对付，但它对枪无能为力，所以总在枪的射程之外，这种知己知彼的睿智和小心谨慎的理智让它几乎百战不殆。正如"金无足赤"一样，洛波也有自己的弱点，这个弱点就是它的配偶"白姐"，也正是"白姐"最终让它死于非命。"要不是后来那桩不幸的联姻毁了它，那么直到今天它也许还在干着它那强取豪夺的勾当呢。"洛波的配偶"白姐"大意轻敌触发了捕狼机，死在了猎人的手下，洛波为了找回"白姐"，疯狂到失去理智，不幸被捕狼机夹住，这匹驰骋牧区多年的老狼王终于被活捉了，没有人杀它，但第二天它却死了。谁能断言，这个残酷的强盗能够经得起这沉重打击，却一点儿不伤心呢？洛波集勇猛智慧谋略于一身，敢向人挑战，并战而胜之，公然蔑视人的智慧。它这一生无限风光，享尽了王者的荣耀，更享尽了战胜猎人的快意。也许还不曾有哪头狼像它这么恣意生活过。它凶残暴虐但又柔情似水，听到它痛失伴侣后悠长痛楚的哀嚎，你无论如何也难以将它和永远站在枪的射程之外冷冷地注视人的一举一动，嘲笑人的谋略的无所畏惧的狼王联系在一起。它那伤心欲绝的哀嚎连铁石心肠的牛仔听了都觉得难受。洛波的一生充满传奇色彩和英雄主义色彩，它的一生虽然以悲剧结束，但它在整个河谷的影响，它留给人们的回忆却没有随着它生命的消失而消失。

　　人永远都不可以藐视野生动物，它们不乏智慧、勇气、忠诚，它们同样也有儿女情长。"恨人间、情是何物？直教生死相许！"据说元好问的这首词跟雁有关，《金文最》记载："泰和乙丑，遗山赴试并州。道逢捕雁者捕得二雁，一死一脱网去。其脱者空中盘旋哀鸣良久，亦投地死。遗山遂以金赎二雁，瘗汾水旁，垒石为识，号曰雁丘，因赋此辞。"[1]此地因此得名雁丘。"恨人间、情是何物？直教生死相许！天南地北双飞客，老翅几回寒暑。欢乐趣，离别苦，是中更有痴儿女。君应有语。渺万里层云，千山暮景，只影为谁去？"狼王洛波便是匹痴情狼，它的痴情

---

[1] 〔金〕元好问：《元好问全集》，姚奠中编校，山西古籍出版社，2004年，第987页。

导致了它的毁灭，也冲淡了人们对它的仇恨。为爱而死永远值得人同情。洛波带给我们的反思不仅仅关乎人与野生动物如何相处，还映照了人的情感世界，启发我们思考如何看待爱情、亲情、友情这些美好的情感。

带着尊敬与欣赏塑造的这类野生动物无疑反映出人对独具荒原特色、打上丛林烙印的智慧与力量的向往和追忆。或许在远古的往昔，在我们还不能"假外物"的时代，我们的嗅觉、听觉、奔跑速度、跳跃高度、反应的灵敏度，并不亚于这些野生动物。随着人类越来越远离自然，随着人类对机械力的依赖不断增强，我们渐渐丧失了大地母亲赐予的力量。但奔腾不息的生命活力，阳刚壮美的生命风采，天地任我驰骋的生命豪情，率性旷达的生命自由，始终是无数人心中永恒的追求。充盈着这些自然能量的生命个体才会拥有顽强的生命力，才会在苍穹之下大地之上绽放出岿然挺立于天地的生命的美。野生动物尤其是那天赋不凡的野生动物，不仅触动了我们的梦想，而且让我们惊讶赞叹情绪激昂，血液里流淌的自然母亲所赠予的力量被激发。我们同野生动物的角力不仅仅是人同动物的角力，更是同为自然之子的角力。这类野生动物的故事不单单是在讲述一个个传奇，它也承载了人类与动物兄弟之间纷繁复杂的情感。

3. 原生态型动物形象

另一类动物形象，人生舞台仍然是丛林世界，与前两类不同之处在于，这类形象是自主生活在野生环境里的。作者如实地描写客观自然环境以及在这样的环境下动物的原生态生活，而不是完全借助于想象创造出一个丛林世界。换句话说，动物与原始森林或半原始森林是零距离，小说展现的是个体的真实个性及其生活图景。这类形象，沈石溪的《鸟奴》是很有代表性的。动物行为学家"我"与藏族向导强巴在野外科学考察时，意外地发现一对蛇雕与一对鹩哥把自己的窝筑在同一棵大青树上。从动物分类学上说，蛇雕属于食肉猛禽，鹩哥属于普通鸣禽；蛇雕

35

是各种鸟雀的天敌，鹩哥被列入蛇雕的食谱。在大自然的食物链上，二者是猎手和猎物的关系，怎么可能共栖共存呢？"我"决心揭开这个谜。"我"埋伏在离大青树不远的石坑里，亲眼目睹了蛇雕一家是如何飞扬跋扈欺凌可怜的鹩哥的，也清楚地看到鹩哥一家是如何谨小慎微忍气吞声在夹缝里求生存的。经过半年的观察研究，"我"排除了它们之间传统的"共生共栖""单惠共栖"和"假性共栖"这几种大自然中常见的共栖关系，断定它们属于非常罕见的主子与奴才的共栖关系。鹩哥迫于生存的压力卖身给蛇雕为奴，以为蛇雕清扫巢穴照顾幼雕换来保护。但委曲求全并没有获得生命的保障，所有幼鸟全部丧生，自己还遭到驱逐。不过，鹩哥的奴性并没有因这悲惨的遭遇而消失或减弱，反而一如既往，失去了旧主子，再给自己找个新主子。这种生就的奴性是与环境妥协的结果，是种族生存的智慧，是个体生存的经验总结，是无可指责的——唯有活着，才有希望。

灰熊托尔（《灰熊王》，[美] 詹姆斯·奥利弗·柯伍德）也是一个成功的原生态型动物形象。托尔生活在落基山脉，远离人类的袭扰。从体型上来说，它是一个巨无霸，拥有巨大的力量。同时它也拥有孤独的自由和至高无上的地位，没有谁能与它匹敌。托尔从不为了享受杀戮的快感而杀戮，但是，如果有谁敢挑战它的权威，它也不介意来一次殊死相搏。它吃东西也从不浪费，会把最后一根骨头的骨髓吸光。它很享受生活，会使出全身力气挖一个小时的洞，只为了吃到一只药丸似的小地囊鼠。它对弱者充满怜悯，不仅不恃强凌弱，还任由对方"欺负"自己。然而，猎人兰登和布鲁斯的到来破坏了托尔的自在生活，它第一次见识了人的厉害，它被打伤了。它休眠许久的本能警觉地苏醒了，它必须逃离，必须离人远远的。它对人充满了恨意，但与恨相伴的是它第一次产生的害怕。它开始有目的地前进，想把自己隐藏起来。不过，在逃走的途中，托尔没有忘记要享受生活，它还收留了找不到妈妈的小黑熊马斯夸。为了马斯夸,托尔不仅要跟自己那毫无来由的讨厌所有幼崽的心理作斗争,还要跟自己那已养成十年之久的喜欢独处的习惯作斗争。最后,它的善良让它战胜了所有的不习惯。对胆敢挑衅自己权威的动物,托尔会让它明白究竟谁才是这里的王。在逃跑的路上,有一头黑熊偷吃托尔的猎物,托尔明明知道猎人就在后面追赶,但是,为了维护自己的尊严和权力,它还是和这头与自己差不多一样高的黑熊展开了生死相搏。不过,如果是半边身体已经埋进黄土的动物来偷自己的猎物,托尔非但不会将对方赶走,还会任由对方敞开肚皮吃。托尔对同类弱者的怜悯直接影响了它后来对猎人兰登的态度。托尔很淡定,它知道自己面临的危险有多大,但是,它还是不愿放弃和母熊艾斯科沃待在一起的机会。这既是由它的本能决定的,也是由它的生活态度决定的。危险要应对,但是生活也要享受。托尔不愧是山中的王者,被十几条猎狗围攻,它也没有乱了阵脚,还在自己第二次被子弹打伤后开始有目的有计划地撤退。人手中的"闪电"确实很厉害,它代表死亡。但是,托尔以咆哮表示了自己的蔑视。它借助猎犬掩护自己撤退,并将猎犬引入了对它自己有利的搏杀地。彻底击败猎犬后,托尔并没有等着猎人来猎杀自己,而是主动出击,对猎人进行反跟踪。当兰登听见身后的响动时,他看到的是距离他不过15英尺的一个庞然大物,嘴巴大张着。托尔完全没有料到打伤自己两次的人竟然是如此的苍白、虚弱、畏缩,猎犬都会咆哮几声,这个人却一动不动。托尔非常疑惑,它不是一个杀戮狂,它不杀对自己无害的动物,哪怕他是人。托尔放了兰登,它的这一举动彻底感化了兰登。后来,当猎狗又对托尔紧追不舍时,兰登选择了向猎狗开枪。托尔这个形象很真实,它有王者气度,勇于捍卫自己的权力;它也怜悯弱小,为了能和小熊崽和睦相处,它甚至愿意改掉自己多年的习惯;它不滥杀无辜,即便是面对曾经伤害过自己的人,只要对方此时此刻没有想伤害自己的举动,它就会放过对方;它有情有义,当伴侣艾斯科沃被猎狗缠住时，它不顾危险，冲过去解救艾斯科沃，帮助它成功地逃到了安全地带，而它自己却被猎狗紧紧地咬住了，若不是猎人兰登帮忙，恐怕它早就倒在猎人布鲁斯的枪口下了。

　　这类动物形象，生活在纯粹自然的世界里，不受人类的干扰，其生活习性、性格展示也不是人凭空想象出来的，而是基于人的实地考察、亲身体验。柯伍德在《灰熊王》的前言里写道：人类的生活有痛苦、有欢乐、有感伤，野生动物的生活也同样如此。有真实的故事和真实的生活可以书写，作为作者没有必要非得靠想象去臆造虚构。他特别强调他的《灰熊王》是严格遵照事实来写的，描写的是他亲眼目睹的野生动物的生活。[①]这样的形象并不先在地带有比照人类社会的意图，但写就之后，动物界特殊的"兽际关系"，很难不折射人类社会复杂的人际关系，既让人感叹生命的痛苦与煎熬，生活的艰辛与拼搏，又让人感慨动物生活的纯粹与自在。动物所具有的宽容、怜悯、责任心等人类所歌颂的美德很难不让人想到人在这些方面的缺失。这类动物形象具有独立的个体价值和个性价值，它们演绎真实的丛林生活，从它们身上，人能更好地认识动物社会，并反观人类社会。

[①] [美]詹姆斯·奥利弗·柯伍德：《灰熊王·前言》，涂明求译，外语教学与研究出版社，2013年，第5页。

第二章 动物小说叙事视角研究

本书的动物小说叙事视角研究不是对文本作叙述学的研究,并不分析在一个具体文本中运用了哪些类型的叙事视角,这些叙事视角之间是怎么转换的,是否发生视觉越界现象,有没有保持叙事距离等,而是借助于一些传统的叙述概念,结合动物小说的特殊性,探讨作品是怎样从人和动物的不同视角出发写作的,以及采取不同视角带来了哪些效果。如果说上一章分析的是特色鲜明的动物角色,这一章就是将角色置于相互的关系中加以探讨。

讨论"视角"需要解决"谁看"的问题。"谁在看""谁在被看""谁没在看",对这几个问题的回答反映出动物小说对动物形象的不同塑造角度,反映出人对动物的态度。"视角"通常与"感知"紧密相连,"感知"往往能体现出特定的情感、立场和认知程度。[①]在这里,"看"等同于"感知"。人们写东西一般都是从人的角度去看,即使是以动物为主角的作品也有是从人的角度理解动物。"人看动物"的视角是塑造动物形象时最常见的视角。随着创作经验的丰富,"动物看人"的视角也被广泛运用。此外还有"动物间互看"的视角,即丛林世界中的动物间的互看。

---

① 申丹:《视角》,《外国文学》2004年第3期。

第一节 人看动物的视角

"人看动物的视角"包含两个方面，一是纯粹的单向度，从人的喜好出发，遮蔽了动物作为一个类而具有的特征，不能全面反映动物的特性。二是客观公正地看待动物，既看到动物的优点，看到动物对人类的贡献，也看到动物对人的危害。人对这个世界持什么样的态度，他便抱以这种态度来看世界。这两个方面所体现的不仅仅是人对动物的认识，也表明了人对动物的态度、对自然的态度，从而在更深层次上反映了人对自身的认识。

1. 纯粹的单向度

纯粹的单向度是指动物小说中"人看动物"的视角，集中体现的是人作为万物之灵长对其他生命形式的一种俯视的姿态、优越的心理。人立于"看"的位置，动物是"被看"，这种"看"是"由上而下的看，在视觉话语中，通常是一种主人式的、殖民者式的注视"[1]。"人看动物"的视角是以人的眼光来审视和把握动物，通常以人的是非善恶观来认识动物，以与人的亲疏远近来评判动物。在这样的视角下，动物个体性格的多样化和复杂性被简单化了，小说只集中看到了动物的某个特性，而且这个特性在很大程度上是由动物与人的亲善与否来决定的。人们常把人类的优点和缺点与某类动物进行比照，如善良比之于兔子，温柔比之于绵羊，勤奋比之于工蜂，残忍比之于豺狼，狡诈比之于狐狸等等。这种单纯的类比完全是出于人的一厢情愿，用以满足人类的某种情感需要和利益需要。人看动物的视角基本上忽视了

---

[1] 〔荷〕米克·巴尔：《叙述学》，谭君强译，中国社会科学出版社，2003年，第16页。

动物的独立性，视动物的个性、类属性而不见，把动物视为人类道德箴言的载体，将其作为某种道德符号加以塑造。这样的视角产生了这样的思维：动物是为人而活在这个世界上的，其活着的全部意义就是为了人类。动物对人类忠贞不渝，以德报德，甚至以德报怨，在人类的眼里都是理所当然的，而人对动物则可以为所欲为。专写动物和人感情关系的作品大多采用这种视角。

1.1 人看驯化了的动物

人看驯化了的动物带有浓厚的功利色彩，将其视之为自己的附庸。例如狗，狗很早就被人驯化了，是人类最早和最忠实的朋友，历来在人的眼里就是忠贞的化身，中国俗语里有一句话叫"狗不嫌家贫"，只要你对它付出了温情，它就会对你忠心耿耿，即使赴汤蹈火也在所不辞。人类驯化饲养狗是为了让其服务于自己，或看家打猎，或寄托情感，带有浓厚的功利性。人以功利的眼光来审视狗，狗的命运、狗的价值就无法离开人类了。

李传锋《退役军犬》里的黑豹，沈石溪《第七条猎狗》里的赤利、《退役军犬黄狐》里的黄狐、《灾之犬》中的花鹰，王凤麟《野狼出没的山谷》里的贝蒂，宗璞《鲁鲁》中的鲁鲁，沈虎根《黑黑的始末》里的黑黑等，这些狗的形象，或为军犬或为猎狗，或者就是一般的狗，不论其个体的差异性有多大，在作家的笔下着力刻画的就是它们的忠义。人以自己的价值判断遮蔽了狗的其他特征。这一类的狗属于正面形象。还有一类狗是以负面形象出现的，之所以成为负面形象，也是以忠义这面镜子来映照的。比如沈虎根的《黄黄的一生》里的黄黄，这只原本善良正派的狗，在狐狸和狼的诱惑下成了忘恩负义、恩将仇报的刽子手。由于狗太贴近人的生活了，人习惯了以狗的主人自居，所要求于狗的便是正直和善良，诚实和忠贞，符合这种道德判断标准的便成了被歌颂的对象，反之，就是被批判的对象。人平时对狗小打小骂出出气，是再平常不过了，非常冤屈的是，狗会无端背上灾星的黑锅。花鹰（沈石溪《灾之犬》）本可成为一条优秀的猎狗，可惜生不逢时，成了全寨人眼里的"灾之犬"。两个主人均把自己遭遇的祸害归罪于它，想尽办法摆脱它。后来，花鹰被"我"的收留之恩所感动，在"我"差点儿葬身鳄鱼之口时舍命救了我。"灾难之星"成了"生命之星"，这对人类的认识判断能力不能不说是个极大的讽刺。人的优越于其他动物的心理让人习惯将所有的不幸、灾难怪罪到别的东西的头上，与其最临近的动物往往就成了牺牲品。但其实，狗自为狗，做着它的本分事，又何来本事从灾难之国里招来祸害降之于自己的主人呢？人用人的道德观、价值观判断狗，狗就成了人的附庸，有用即留，无用即扔。而狗呢，则凄凄惶惶、犹豫彷徨，为着人曾给予自己的那点可怜的温情而徘徊不去。"忠诚"之于狗是其优点也是其致命的弱点，狗一旦有一丁点儿不忠的行为就会被人斥为忘恩负义。千百年来的习惯积淀，最终形成了人为狗定义的"得人点滴之恩当涌泉相报"的情感预期、价值标准。小说结尾，"我"重建狗屋等候花鹰归来，这其中也许还隐藏着花鹰以后还会为自己消灾解难的希冀。这样推测并不为过，当人始终是以高于他物的眼光来君临一切时，万物都是为人而生。

在人眼的注视下，赤利（沈石溪《第七条猎狗》）、黄狐（沈石溪《退役军犬黄狐》）、保姆蟒（沈石溪《保姆蟒》）等都失去了独立的价值，其"向死而生"的生命从一开始就不属于自己，在人的"规训"下，成为人可借取的外物。人的主人心态，征服的欲望借助于这些失去了自由的生命而得到满足。人对离自己很近的动物的一厢情愿的价值判断在某种程度上折射出人内心深处的孤独困惑和焦虑。人是群居的动物，人与人之间的交往、交流和沟通是人类的基本需求。但在工业化时代，人脱离了自然，"不再和自然做获益匪浅的对话，他只和自己的产品做无意义的独白"①。人和自然疏离的同时也和同伴疏离了，人与人之间的交流少了，本来人可以在对谈中了解对方，也了解自己，但是人们现在很少对谈或根本不对谈，更谈不上心灵的会晤。人类并不觉得幸福，生活失去了导向，人不再知道他自己是谁，代表什么。人在人造的世界里找不到意义，由此带来了普遍的烦躁、失望甚至绝望。异常孤独的现代人把目光投向了动物。当人感动于动物的忠诚、友善并得到心灵安慰时，他找到了在人类社会所没有找到的东西，完成了替代性的满足，暂时排遣了孤独感和无助感。现代人越来越热衷于饲养宠物，很大程度上就是因为"宠物使得饲主的人格更加完整，使他无法在别处获得肯定的某些性格面可以发挥出来"②。宠物成了人的精神寄托，带给人心灵安慰。在人带着浓郁主观色彩的注视下，动物都是"单面"的，要么就是好，要么就是坏，性格扁平，缺乏个性。这种浓郁的主观色彩源于人要借这样的视角塑造某个能抒发自己情怀、寄托自己愿望、表现自己追求的形象。在现实生活中，在人际交往中变味了的、失去了的、再也找不回来的某些美好的情感（这些情感人迫切需要，注定离不了），人们希图在动物身上找到。

1.2 人看野生动物

对野生动物，人同样也是带着强烈的单向度的情感倾向，总体来说是印象不佳。狼是狗的远祖，在"人看动物"的视角下，狼给人的总体印象是凶残、狡猾。很多与狼有关的成语俗语如狼子野心、披着羊皮的狼、狼吞虎咽、狼狈为奸等都表明人类对狼总体上是不喜欢的。单纯从动物学的角度来看，狼会忘却父母之恩，不顾手足之情，甚至同类相食，

---

① [德]孙志文:《现代人的焦虑和希望》，陈永禹译，生活·读书·新知三联书店，1994年，第68页。
② [英]约翰·伯格:《看》，刘惠媛译，广西师范大学出版社，2005年，第13页。

这种本性就没法让人对狼产生好感。有研究者在探寻古罗马人为何如此热衷于斗兽场里血腥的搏杀时，联想到了古罗马的来历。相传罗马国王被弟弟所害，两个皇子被弃，一匹母狼将他们喂养大。兄弟俩最后合力杀了弑父的仇敌，后来哥哥却为了当国王杀了弟弟。之后的罗马国，就在不断的征战中扩大。难道是因为一匹狼将国王喂养大，他的血液里就有了狼的凶残？类似的传说还有很多，它们说明，人仇视野生动物的心理是有文化、民俗、历史渊源的。对于离自己近的动物，人多半置以褒词，而对离自己远的动物，尤其是肉食动物，人对它们一般都没有好感。我们可以从下面的话语见出一斑："'恶豺，这帮恶豺，我……我要砸碎它们的头，剥下它们的皮，为我的雪妖报仇。'强巴眼睛里闪着泪光，咬牙切齿地说。"[1]自古以来，人对野生动物的态度就是蛮横不讲理的，只许人类血腥猎杀，不许动物有丝毫反抗，如果动物胆敢还人以颜色，便是大逆不道，人便会对它们冠以食人兽的恶名，围剿诛杀，毫不留情。《刀疤豺母》中的金背豺就是因为杀了猎狗雪妖，才招来了猎人的刻骨仇恨。

以上态度、立场是"人看动物"视角的一个方面，这类作品侧重从动物对人的价值看动物，写人与动物的关系，对动物自身的特点和丰富性挖掘较少。

2. 客观公正的角度

客观公正的角度是指人仍然与动物保持适当距离，但是承认动物存在于世不是为了人类，承认它们对自然界以及人类社会的贡献，承认动物和人一样同为自然之子，享有同样的生存权，这样的情感态度下"人看动物"的视角又呈现出另外一番景象。

---

[1] 沈石溪：《刀疤豺母》，花山文艺出版社，2001年，第3—4页。

2.1 人看野生动物

以"狼"为例。说起狼,人们情感复杂,其实我们所认识的狼基本上是童话中的、地理杂志上的、电视电影里的,真正野生世界的狼绝不是大灰狼、狼外婆。狼是猎手,靠打猎为生。它要为自己的生计奔波,很多时候都要追得筋疲力尽才能填饱肚子。很多食草动物,比如赤鹿、驯鹿、叉角羚,都比狼跑得快。野牛能打败狼,大角羊能爬得比狼高。狼只有付出很大的努力才能享受一顿美味的晚餐,实际上它们经常挨饿。

与狼经常打交道的人对狼为野生世界和人类做出的贡献都非常清楚,他们接受狼、尊重狼,同时也猎杀狼。姜戎的《狼图腾》以游牧民族草原文化为背景,客观真实地反映了狼的生态价值、社会价值。游牧民族逐水草而居,牧民的生存全靠草原的茂盛丰美,但是草原上野物太多,老鼠、野兔、旱獭、黄羊等,每一类都对草原有极大危害。单说旱獭,旱獭打洞能占满整个山坡,洞挖多了,一个山坡的草场就毁了。旱獭吃起草来也厉害,到秋天专吃草籽,那一身肥膘得用几亩地的草和草籽才能养出来。有了狼,境况就好多了。狼把旱獭的数量维持在一定水平从而保护了草原。狼不仅保护草场的生长,还维持草原的清洁,没有狼,草原上的人和牲畜碰上大灾就非常麻烦了。草原上出现百年不遇的雪灾时,牲畜成片死亡,雪化以后草原上到处都是死畜,如果死畜不及时处理掉,很可能会爆发瘟疫。多亏了狼,草原才一直水清草旺。对狼吃牛羊吃马,给牧民带来了很大的损失这一年年都发生的事情,有远见的牧民们也能客观看待。要是没有狼,马的质量就会下降,马会变懒变胖,跑不动,那就卖不出好价钱,直接影响牧民的收入。还有,要是没有狼,马群发展太快,整个草原的草就会被它们吃光,牛羊没草吃,草原也会逐渐沙化。游牧民族以数千年的经验看清了狼的价值,人、狼、牲畜就在这你来我往的血战中寻求平衡,谋求发展。用书中人物乌力吉的话来说就是:"草原太复杂,事事一环套一环,狼是个大环,跟草原上哪个环都套着,弄坏了这个大环,草原牧业就维持不下去。狼对草原对牧业的好处数也数不清,总的来说,应该是功大于过吧。"[1]狼围场打猎的技巧,团队协作的精神和能力更是令人刮目相看,牧人们的很多打猎技巧都是跟狼学的。草原狼的团结在草原上是出了名的,有时狼王一声嗥,能调来上百匹狼集团打仗。狼心齐,狼就赶跑了其他的食肉兽,成了草原的统治者。狼善于利用天气地形,在草原占尽天时地利人和。牧人对狼又恨又爱,不断地猎杀狼但是又离不开狼,正是在这种相互依靠的生存之战中,牧人认识了狼,能全面地看待狼,承认狼的害处,但也看到狼的好处。这种客观中肯的评价有利于人超脱物种偏见,站在同为自由生命个体,同享自由生存权利的高度评判狼,从而促进了人和野生动物的和平共处。

2.2 人看驯化了的动物

狗在所有的动物中,是最早亲近人类的自然之友,或许也是与人类关系最密切的一种,它来到人间,感受人的苦难和罪恶,也遭受人的迫害与放逐。《那年那月那狗》中的小狮子在太爷爷的眼里是个招烦惹祸的角色。小狮子"窈窕淑女,君子好逑",引来无数的追求者在门外不停地徘徊,不停地狂吠,吵得人不得安宁。太爷爷打心眼儿里厌恶它,一共把它扔了六次,一次比一次远。小狮子的不幸起初是因为漂亮,后来是因为腿瘸了,再后来则是太爷爷的倔强劲儿在作祟,败在一条小狗的手下,太爷爷终究是想不通。在父亲的眼里,小狮子是儿时的玩伴,是欢乐的源泉,是自己的荣耀。孩子眼里的狗和成人眼里的狗相差实在是太远了。"我"作为听故事的人,在想象中感受小狮子冰天雪地跋涉的艰

---

[1] 姜戎:《狼图腾》,长江文艺出版社,2004年,第178页。

难,一个小小的生命,拖着一条残腿,步履蹒跚,忍饥挨饿地奔走在寻找家园、寻找主人的路上。野兽、捕兽夹、河流湖泊、冰雪寒风、人类的追打,它承受了种种苦难,而这些苦难竟源于太爷爷的一个不良的想法,一个轻率的举动。狗从远古开始就陪伴人类成长,我们与狗一路走来,分享彼此的生命,但我们对它们的了解却少之又少,竟然连一个最简单的问题也回答不了——它们到底想要什么?渴望什么?小狮子渴望什么呢?它只想有个家,它出生在人类的世界,它把人的家看成了自己的家。它不是一条野生的狗,它对这个家倾注了自己所有的爱,所以无论主人多么冷漠,无论路途多么遥远,它都要回家。说到爱,劳伦斯有句话令人深思:"爱是一种奇特的东西。只是因为爱,这只狗才失去了野性的放纵,成为人的奴仆。"[1]但狗不是奴仆,更不是人的奴仆,它虽依赖人而生活,但决非没有自己的个性。在《狗的秘密生活》里,作者基于三十年的时间,十万小时的观察,向人们展现了一只只特立独行的狗。这些狗遵循自己族群的规则,自行其是,并不想和人类分享生命中的秘密,它们遵照野生动物的本能生活,并不仰赖人类。在这个几乎完全被人驯化的物种中,它们例外地保留了更多的天性,给人了解狗提供了更多信息。几千年来,狗就一直在危机四伏的世界里守护着人类,始终是人最忠实的朋友,义无反顾地追随着人类的脚步。狗给了人它全部的爱。

几千年来,狗带给人的不仅仅是看家护院打猎,还有很多关于人情人性人生的真谛。小狮子命运多舛的一生让"我"感慨良多:当我面临巨大困难或者生存危机时,我能不能表现出小狮子那样的勇敢与坚韧?当有人令我深陷困境无法自拔时,我能不能表现出小狮子那样的大度和宽宏?透过小狮子蹒跚奔跑的背影,我们看到了坚强、隐忍、勇敢、大度、宽容。自然万物息息相通,所有的生灵都该生而平等。

---

[1] [英]吉卜林等:《人狗情》,人民文学出版社,2006年,第27页。

一般人都会认为家养狗对人有极大的依赖性,因而极易产生"我是它的主人,我是它的依靠"这样的想法。但若你以平等的思想看待生命,视每一个鲜活的生命为一个独立的个体,你就会有全新的感受。在《动物的生命》里,芭芭拉·斯马茨收养了一条弃狗莎菲,对于她和莎菲的关系,芭芭拉如是说:"我和它是对等的。"这句话的意思并不是说她认为他们是一样的,芭芭拉清楚地知道他们很不一样,但是她把莎菲看作是一个"个人",而莎菲也把她看作是一个"个人"。芭芭拉认为像任何真正的人与人之间的友情一样,他们的关系建立在互相尊重的基础上。尽管莎菲要靠芭芭拉提供某些必需品,如食物、水,但芭芭拉认为这种依赖只是偶然的,并不是固有的。假如她生活在野狗的世界,她会靠莎菲来获得食物,受到它的保护。芭芭拉认为莎菲不是她的孩子,也不是她的仆人,甚至都不是她为做伴而存在的伴侣。芭芭拉认为她从莎菲那里得到的正是她想从所有朋友那里得到的:最大限度的自由表达、最大限度的安乐相处。[1]

自由、安乐不仅仅只是人所追求的,也是每一个生命个体所追求的,活着就是要充满生机,就是要成为完整的自我。无论看待自身、野生动物还是驯养动物,愿我们每一个人都能尊重生命,善待生命,从而全面地认识生命,让每一个生命都成为完整的自我。

第二节 动物看人的视角

关于"动物看人"的创作视角,很多作家都谈过自己的看法。金曾豪认为"既然一般小说都是取'人看人'或'人看动物'这样的视角,写动物小说就应更多地写'动物看人'"[2]。沈石溪认为"反过来从动物这个特殊的角度去观察体验人类社会,或许会获得一些新鲜的感觉。现

---

[1] [南非]库切:《动物的生命》,北京十月文艺出版社,2006年,第155页。
[2] 金曾豪:《我的动物小说观》,新蕾出版社,1998年,第3页。

代动物小说很讲究这种新视角,即用动物的眼睛去思考去感受去叙述故事去演绎情节"[①]。虽然说写动物小说使用的是人类的语言符号和思维习惯,很难摆脱人类社会既成的道德规范和是非标准,但是随着人类对动物的认识愈来愈全面,愈来愈深入,"使得作家在创作中能依据科学发现,运用严谨的逻辑推理和合情合理的想象,模拟动物的思维感觉,进行叙述"[②]。"动物看人"的视角是用动物的眼睛去观察,用动物的心灵去感受,用动物的思维去思考。动物处于"看"的位置,获得了"看"的权利。在动物的眼里,人也是动物,人的言行举止是用动物社会的法则来衡量的。

1. 驯化了的动物看人

被人驯化后的动物对人的态度是依附于人的情感之战,对人多半是爱怨交织,最终爱占了上风,原谅了人的自私狭隘、刚愎自用、卑鄙渺小等带给自己的身心伤害。

英国作家安娜·塞维尔的《黑美人》讲述了一匹马的历险以及它的失望和欢乐。全书由这匹叫黑美人的马来担当叙述。人类的丑恶、善良、卑下、崇高,生之艰难与死之痛苦,都由马来进行道德评价和价值衡量。上至王公贵族下至贩夫走卒全都在马的冷峻而专注的注视下呈现出自己的人生百态。"动物看人"的视角渗入了模拟动物立场的道德法则与价值判断,以动物的标准来衡量人的言行,人也成了动物怜悯和批判的对象。沈石溪的《一只猎雕的遭遇》虽说是以第二人称来叙述,但全文在巴萨查的视野内展开。巴萨查评判了自己所跟的三个主人:达鲁鲁、马拐子、程姐。养雕专业户程姐是个好人,在它逃往自由之路上没有杀它。马拐子是个贪婪、卑鄙、变态的小人。巴萨查对达鲁鲁感情最深,因而对他

[①] 沈石溪:《漫议动物小说》,《儿童文学研究》1998年第2期。
[②] 沈石溪:《闯入动物世界》,民生报社,2005年,第18页。

也看得最真。达鲁鲁有智有谋,品行也好,但也免不了见财起意,要偷别人陷阱里的香獐。在巴萨查拒不执行其"偷窃"的命令后,达鲁鲁对它进行了一系列的忠诚考验,最后把它一卖了事。而此前,达鲁鲁曾发誓要为巴萨查养老送终。在巴萨查看来,达鲁鲁终归只是个食人间烟火的凡人,是凡人就会有不足有缺陷。在"动物看人"视角下人的评价相对来说是比较全面的,如文中猎雕就认为人"不愧是天地间所有生灵的精英,是世界的主宰,是弱肉强食的丛林法则进化出来的杰作"[①]。但同时又有着不可克服的贪欲。由这贪欲便引出了出尔反尔、极度的征服欲和占有欲等丑恶的东西。这些特征集中体现在人的身上,人也就被剥去了神圣的光环,阴影与阳光同在。所以,动物对人就不是只有敬畏,还有鄙视、不屑一顾。动物心中也有一杆秤,人被这杆秤一称,轻重很快就见分晓。

有的小说虽不是由动物来叙述,但也出现"动物看人"的视角,这种情况多为动物对人的不解。沈石溪《第七条猎狗》笔下那条被冤枉的猎狗赤利怎么也想不明白主人召盘巴为何要将自己扫地出门,它含冤受屈,却无处可辩。人自以为精明却往往失之明察,常常会被一时之愤壅塞了头脑,失去了客观分析、客观判断的能力。

2. 野生动物看人

见多了生死搏杀的丛林之战,野生世界的动物看人,更多的是对人"胜之不武"行为的不屑,对贪婪自狂的鄙视。

"眼睛是心灵的窗户",动物的眼神也能准确地传达它们的内心世界。断尾公豺(沈石溪《刀疤豺母》)为报杀妻之仇咬死了猎狗,猎人为复仇偷了豺群的幼崽。为了种群的利益,为了平息人类的仇恨,为了解救

---

① 沈石溪:《一只猎雕的遭遇》,江苏少年儿童出版社,1997年,第49—50页。

那些幼豺,断尾公豺自愿选择了死。它因伤痛和悲愤而痛楚不堪,但在猎人走近时却咬紧牙关停止了呻吟,没有任何惊恐不安。"它虽然站不起来,但尽量挺胸昂首,艰难地保持着猛兽的尊严。它眼里没有畏惧,也没有悔恨,只有悲凉和无奈。"[①]可以想象,此时它眼里的猎人虽是站着的,但它并不觉得他高大,也并不觉得他不可战胜。它眼里的悲凉和无奈隐含了对人的谴责:动物和人从来就不是公平地较量的。说不定它还认为这个猎人胜之不武,居然以幼豺相挟。抛却舐犊情深不谈,幼崽关系到种族的生存,几乎每一种野生动物都对幼崽爱护有加,以幼崽相挟就是击中了对手的软肋。也许这只公豺希望的是和猎人来个一对一的公平较量。豺会识破并躲避陷阱被人视为狡猾,那人呢?人利用幼崽来要挟豺又是什么呢?人当然认为这是天经地义的,可是豺这样看吗?所有的野生动物会这样看吗?

豺看人就像人看魔鬼一样。在豺的眼里,人这个东西,比森林里任何动物都更贪婪更凶残更狡诈更不好对付。的确,世界上所有的食肉兽都要用暴力剥夺其他动物的生命,但它们捕捉的猎物多是老、弱、病、残,这对食草动物或低一级的食肉动物来说,起着帮它们强壮种群的作用,同时也起着维护草原和森林生态平衡的作用。而人对动物却是毫无节制地滥杀。法国生命伦理学者施韦泽认为:"敬畏生命的人,只是出于不可避免的必然性才伤害和毁灭生命,但从来不会由于疏忽而伤害和毁灭生命。"[②]这样看来,很多食肉动物表现出对生命的敬畏,而很多人却不敬畏生命。

动物虽没有人类那样的语言,却能通过别的途径与我们交流,其中最重要的就是眼睛。一个猎人进山去打了一只大青猴,一枪没打死,再也没法开第二枪了,因为"那只母猴清亮的大眼睛直勾勾地盯着他",脸

---

① 沈石溪:《刀疤豺母》,花山文艺出版社,2001年,第27页。
② [法]阿尔贝特·施韦泽:《敬畏生命》,陈泽环译,上海社会科学院出版社,2003年,第134页。

上绝望和惊恐的表情消失了,取而代之的是一种虔诚与庄重的神态。它的目光十分凄楚,那只平展的爪掌左右摇摆,那分明是在乞求猎人不要杀它(沈石溪《大青猴》)。动物的眼睛具有无限的表达能力,它们的注视会炸出隐藏在我们灵魂深处的某种卑劣,也会唤醒沉睡多年的对动物的仁慈。

公羊克拉格长着一对美丽的犄角,这对独一无二的犄角声名远播,很多商人开出了天价。猎人斯科特为得到赏金开始了长达800多公里山路历时十二个星期的疯狂追逐。克拉格机警逃避勇敢应战,它喜欢让猎人处在自己的视野之内,但总是与之保持着400米的距离,这个距离是猎枪的最大射程。他们的追逐颇有绅士风度,有一次,克拉格见追猎者迟迟没有赶上来,等得不耐烦了,就又折回头去看到底是什么东西拖住了对方。这场旷日持久的追逐考验着双方的耐力、勇气、信心和力量,随着时间的推移,双方都日渐形销骨立,但谁都没有退出。最终,猎人抛开了绅士风度使了个诡计,做了个假人迷惑500米以外的克拉格,自己却绕道爬上了克拉格背后的一道山梁。由于心虚,斯科特开枪的手有些发抖,枪响之后很久,他才胆怯地抬起了头,慢慢地走上前。他看到了克拉格那双金色的眼睛,"眼睛没有合上,不曾因生命的消逝而失去光泽,明亮的目光中掺杂着怨恨与愤怒"[①]。斯科特羞愧难当、怅然若失,他是如此渴望得到这对犄角,但当这对美妙绝伦的羊角真正属于他时,他却丝毫没有胜利的喜悦。胜之不武!克拉格的怨恨与愤怒是斯科特挥之不去的内疚和罪恶感。"如果可能,我愿意把生命还给你。"[②]从此以后,斯科特再也没有狩过猎。动物不会说话,但它们眼睛的力量却胜过任何话语。在克拉格的逼视下,斯科特看到了自己的卑劣、罪恶,当强烈的占有欲充盈他心间时,这种感觉从来不曾有过;当他不要诡计凭耐力、勇气追

[①] 姚力主编:《与狼共舞》,珠海出版社,2005年,第8页。
[②] 同上。

逐时，这种感觉也不曾有过。克拉格让斯科特认清了自己。人类时常觉得动物只是我们追猎的对象，有多少人真正意识到动物还是我们的一面镜子。在动物的注视下我们接受灵魂的洗礼，动物唤醒我们沉睡已久的跨物种之爱。动物比我们人类更明白地球是一个共生的家园，单单为了自己的生存繁衍也不能将作为食物的猎物赶尽杀绝。自然万物既是猎者又是被猎者，大自然都安排好了，彼此之间没有什么深仇大恨，一切都为共同生存，这是大自然的奥秘，动物深谙此理，人却常常忘记这个常识。过度猎杀，赶尽杀绝，是没有最终的胜者的。作家用文字捕捉了动物凝视人的极具感染力的瞬间——信赖、怀疑、迟疑、坚定交织在一起，被这样一双眼睛审视谁又不会被深深震撼呢？

比顿的家族（《与狼共舞》）生活在纽芬兰岛上，世代以渔猎为生，以善于猎熊而闻名遐迩。比顿的家族与一头名叫鲁道夫的雄性北美棕熊结下了仇怨。深秋的一天，比顿不慎坠入陷阱，冤家路窄，与鲁道夫狭路相逢。起初是鲁道夫想用比顿做垫脚石爬出陷阱，它比画了多次后，比顿终于明白了鲁道夫的意思，但比顿不愿意，他怎么能相信一头熊呢？他怎么能牺牲自己救自家的世仇呢？万一鲁道夫上去后扬长而去或者加害自己那怎么办？再说了，他也承受不起鲁道夫的重量。倒不如让鲁道夫做自己的垫脚石。鲁道夫明白了比顿的意思，这里有对它眼神的描写，"但它一声不吭，一直没有表态，只是定定地瞅着比顿的眼睛，仿佛要看透他的内心世界"。很显然，鲁道夫很怀疑比顿的用心，可是，与其困死陷阱不如赌一次，赌人类的诚信和善良。鲁道夫在研究比顿，它想读出比顿的可信度。比顿在鲁道夫的注视下，心里有些发毛，他确实心存不轨。整整三分钟过去了，比顿觉得这三分钟仿佛有三个世纪那么长。鲁道夫终于同意做垫脚石了，但当比顿准备一跃而上的时候，"猝然，鲁道夫一下子回过头来，闪亮的双目又死死地盯住比顿的两眸。它的眼珠里分明闪露出凶狠和威严，似乎在再一次审视他的灵魂"。鲁

53

道夫还是心存疑虑，它担心上当，人类对动物的迫害让动物普遍认为人不可信。但若不这样，还有什么办法呢？此时，求生的欲望远甚于一切。比顿终于爬出了陷阱，他双手叉腰，雄赳赳，气昂昂，居高临下地注视着鲁道夫。"鲁道夫却似乎什么反应都没有。它既没有恼羞成怒地吼叫，也没有被愚弄后的狂跳，没有捶胸顿足，没有咬牙切齿。它只是静静地看着比顿，有的只是平静，而且平静得出奇。"鲁道夫的平静有一股摄人心魄的力量，逼迫比顿反思自己，突然之间，比顿感到了自己的渺小。鲁道夫抛开嫌隙，以身为梯助自己逃出陷阱，它是犹豫再三、反复权衡后才最终选择了信任的，自己怎么能这样呢？自从人和动物的信任之链断裂后，动物就对人敬而远之了。人类的猎杀、背信弃义，对动物的"圈地运动"，让无数动物从此消失。尽管如此，在共同的危难面前，处于绝对优势的动物对人仍然心存期待，也许，动物一直都在盼望有朝一日与人和解，在地球这个"诺亚方舟"上和谐共处，共同繁衍。现在，动物主动伸出了橄榄枝，人为什么不趁机终止这场没有最后的赢家的对抗呢？人为什么还要让那条裂痕变成鸿沟呢？鲁道夫被比顿救上来后，"对比顿看了好一会儿，蓦然，它转过身，快步向身后的大山谷走去"。鲁道夫四次注视比顿，一次比一次引人深思，第一次是怀疑，但怀疑中有一些信任，还有一些无可奈何；第二次是威慑，威慑中含有警告；第三次似乎是在表示它对此早有心理准备，人类就是这样不值得信赖，它的平静背后深藏着对人类的蔑视；第四次是最后的判断，人终究还是可信赖的，人也是追求和睦相处的，人也渴望冰释前嫌，重建秩序，重享和平。鲁道夫唤醒了比顿的动物之爱，比顿也坚定了鲁道夫的人类之爱。长久的没有言语的注视，是内心力量的较量，是心灵的交流，是对理想境界的诉求，是相互敌视的破冰之旅，是重建信任的融冰之行。

虽然"动物一直和人类之间缺乏共通的语言……它们和人类之间永

远保持着距离，保持着差异，保持着排斥"①，但由于"人对自己的觉察是间接的，他所追求的自我界定总是要靠自己来和其他非人的东西进行比较，然后再把自己从那里面分离出来"②。所以，动物对人的注视给我们提供了认识自己的参照。人借助动物了解自己，如果我们留意动物的眼神，会发现"动物看人时，眼神既专注又警惕……其他动物会被这样的眼神所震慑，人类则在回应这眼神时体认到了自身的存在"③。"动物看人"的视角赋予动物说话的权利，使其能有机会对主宰万物的人类进行道德评价。动物看我们，我们被看，我们在被动物估量、被动物评价中认识自己。"动物看人"的他者视角对人进行了全方位的剖析，也对人与动物的战争作了断语：人可以打败动物，却永远不可能征服动物。人与动物和平共处、同享家园是唯一的出路。

第三节　动物间互看的视角

有作家称"动物间互看"的视角为"上帝视角"，这里的"上帝"即是大自然。所有的生物都是自然之子，如果用大自然母亲的眼睛来看，所有的生命都是平等的。"以道观之，物无贵贱。"（庄子《秋水篇》）这个视角包含两个方面的内容：野生动物间的互看；野生动物看家养动物。动物间互看的视角使每一个物种都获得了平等的话语权，令读者获得跳出种群狭隘视野的客观而全面的评判。

---

① ［英］约翰·伯格：《看》，刘惠媛译，广西师范大学出版社，2005年，第4页。
② ［德］阿诺德·盖伦：《技术时代的人类心灵》，何兆武、何冰译，上海科技教育出版社，2003年，第12页。
③ ［英］约翰·伯格：《看》，刘惠媛译，广西师范大学出版社，2005年，第3页。

1. 野生动物间的互看

在弱肉强食的野生世界，每一种动物都受丛林法则的制约，要想在这个优胜劣汰的世界里求得生存、求得发展，物种内部、物种与物种之间必然会展开你死我活的较量和厮杀。所以，丛林世界总体给人的感觉就是永恒的腥风血雨，猎者与被猎者总是处于剑拔弩张的对抗状态。除了这种对抗，还有没有别的情感联系呢？

《红奶羊》（沈石溪）给我们揭示了食物链上的居上位者与居下位者之间的脉脉温情，以及居下位者对居上位者优秀品质的认同和欣赏。红奶羊茜露儿被黑狼抓来做了小狼崽黑球的奶妈，为了救茜露儿，小黑球勇斗雪豹。长大后又在一次捕猎中放了茜露儿一条生路。羊崽沦戛，茜露儿精心培育它的勇敢，以及牺牲精神。谁知生死关头，沦戛却撞它独自逃生。黑球是狼，而自己是狼捕食的对象，但是黑球感激养育之恩没有杀自己。沦戛是自己的亲生儿子，但在生死关头却撞开自己夺路而逃。传统的关于羊和狼的道德天平、价值天平，在茜露儿这里失衡了。茜露儿同时属于两种不同的"文化"：羊"文化"和狼"文化"，这使它对羊和狼的差异性，对"狼"这个"他物种"的感受更加深刻。两个物种间的边缘体验以及个体的"与狼为伍"的经历使茜露儿获得了反思自己原有的单一立场和偏执态度的可能，它认识到传统的关于羊和狼甚至推而广之到食物链上的其他生物的观点实际上充满了物种偏见和认识盲点。跳不出种群的物种局限就很难对自己的种群有一个全面的认识，也很难对另外的种群有新的认识。茜露儿这只曾和狼共同生活过的羊以自己的经历告诉人们，天敌之间也有温情，也有敬仰，也有欣赏。

这种动物间的互看还能说明鲜为人知的物种与物种之间奇特而微妙的关系。人类社会经常把豺狼并提，误以为两者是好得难分难解的朋友。

实际上，由于狼和豺同属犬科动物，生存环境和食物来源基本相同，而大自然中，生存竞争的规律是：物种之间习性和食物源越相同，关系就越紧张，竞争越激烈。正因如此，豺和狼自古以来就是水火不容的竞争对手。但是在某种情况下，这种水火不容也会变成水乳交融。沈石溪的《豺狼情仇》中母豺火烧云和自己的杀子仇敌之女甜点心就建立了不是母女胜似母女的特殊关系。火烧云待甜点心是母亲之爱消解了失子之恨，以至于最后为了保证甜点心能从人的围捕中安全撤离，她甘愿和大花狗同归于尽。而甜点心呢，不忘养母之恩，明知豺狼不可同穴，宁可失去大公豺也不愿遗弃为救自己而落下终身残疾的养母。在这一豺一狼的眼里，双方不是仇敌而是患难母子。豺世界的生存法则和狼世界的处世原则都用不上了，那种龇牙相向、狂吼相胁的紧张被知恩报德、不离不弃的感恩之心所取代。

而在同一物种内部，不同情况下对同一个对象的看法则能让人深深领悟动物世界生存至上、种群至上的法则。灰满（《残狼灰满》）为了救母狼黑珍珠被疯狂的野猪咬断了前腿，成了一只无法站立的残狼而惨遭遗弃。当狼群围绕它作最后的告别时，灰满希望黑珍珠能给它一些同情和安慰，黑珍珠却毫无表情地离去了，灰满当时怨恨后悔到了极点。但是，在灰满重新登上狼王宝座后，灰满又觉得黑珍珠当时的选择才像只真正的狼，毅然决然弃它而去，表现出了超强的意志。狼是很现实的动物，险恶丛林的生存危机使它们不可能把感情摆到第一位，在生存选择面前麻利地与旧感情决裂完全符合狼的道德。对于夺了自己狼王宝座又几次三番捉弄自己，不断打击自己自尊心的现任狼酋肉陀，灰满虽然怀恨在心，时时刻刻想着复仇，但对肉陀为了种群的生存拼了性命也要制服豹子的勇敢和牺牲精神却也忍不住喝彩。把生死置之度外，这才是狼王的风采。在群狼的眼里，狼王平时可以享受特权，但它必须保证族群的温饱、安全，保证族群繁衍昌盛。若做不到这些，它就没有资格做狼王，若是狼群饿得疯了，它甚至会成为群狼的口中之食。那时，所有的狼都不会记得它在做狼王期间的贡献，它们只看现在。不是只有狼才如此，几乎所有的野生动物都是这样。严酷的生存环境逼迫它们做任何选择都必须以生存、以种群的繁衍为准则。

2. 野生动物看家养动物

野生动物看家养动物又另有不同。一般来说，野生动物是瞧不起家养动物的。狼是丛林世界里最崇尚自由、最喜欢奔跑、最无拘无束的动物，所以，把狼关在动物园里不让它奔跑，会把它逼疯的。据说狗是从狼驯化而来的，狼对自己族谱上的远亲又是怎么看的呢？狼对狗通常没有好感，认为若论单打独斗，一只狗是对付不了一只狼的，狗之所以能在凶猛的野狼面前骁勇善战，那是因为它依仗着人的力量。一旦主人没在身旁，狗的威风就立刻锐减，由勇敢的斗士变成了夹着尾巴逃命的懦夫。

在沈石溪的动物小说《牝狼》里，母狼白莎对公狗帕帕的态度代表了狼对狗的普遍态度。当公狗帕帕自以为隐藏了行迹，蹑手蹑脚向白莎逼近时，白莎觉得帕帕真是蠢透了，竟然顺着风走。帕帕自以为毫无破绽的偷袭在白莎眼里就是愚蠢透顶——竟然顶风向猎物靠近；帕帕自以为是大功一件的猎狼行动在白莎看来就是打发无聊时光的消遣游戏；帕帕自以为英勇无比的战斗姿势在白莎看来就是可笑的虚张声势。白莎觉得，这种既没有咬开过雪豹的肚皮，也没有挨过狗熊的巴掌，筋骨早就被人类的火塘烤得酥软，犬牙早就被人类的残羹剩饭腐蚀得失去了锋利，爪子也早就退化得只差没像人类那样穿上鞋的猎狗，自己只需咬掉它几根狗毛就足以让它失魂落魄了。一条猎狗，在狼的眼里竟然是如此的不堪，被鄙视到了极点！以至于后来，尽管白莎为了延续后代不得已和帕帕结为夫妻，但是为了下一代的狼性，她还是果断地咬死了帕帕。

狼瞧不上猎狗，但对军犬却刮目相看，认为军犬是狗中的精英和豪杰，其胆量和力量都可以和狼相媲美。另一种犬科动物豺，更是把狗恨在了骨髓里、血液里。豺认为狗身为动物却不帮动物，反而和人一个鼻孔出气，恬不知耻地做人的帮凶，卖力地帮人屠杀动物，着实是动物界的叛徒。

3. 人以"动物之眼"看其他动物

人是从动物进化而来的，我们和动物同属于一个家族，人类所具有的东西动物不会一点都没有，动物所具有的东西人也不会一点都没有。有学者认为，人和动物相处的理想状态是人变成动物中的一员，人成为动物社会中的一分子。[①]作为创作主体的人，一旦把自己和动物等量齐观，以"动物"的身份、心态来观照动物，就能如实地反映、准确地把握动物的喜怒哀乐爱恨情仇。英国十九世纪儿童文学作家玛格丽特·盖蒂认为，每个人都应该不时地坐在邻居的椅子上，用邻居的眼睛，从邻居的角度看他自己的处境。如果这样做了，那么人就会变得更聪明，更友善。[②]我们确实应该坐在动物的椅子上，用动物的眼睛，从动物的角度看动物的处境。

豺在人类的字典里被喻为恶的化身，但在真正的豺世界，还没有恩将仇报这句成语。豺虽然总体上对人恨入骨髓，但豺是所有大中型食肉兽中对人最敬畏的，从不主动攻击人类。迄今为止，在全世界范围内还找不到一个证据确凿的实例来证明豺杀害或吃掉过人，豺攻击人的概率比家犬伤害主人的概率还要低。一般认为，生性凶残的豺是不讲父母之爱、手足之情的，但这是对豺的偏见。抛开人对野生动物的傲慢心态就会发现，温暖的情感之流始终在它们的体内永不停息地奔流。豺虽然生性凶猛，但身体瘦小，不仅比不过狼，比一般的草狗还小了整整一圈，

[①] [南非] 库切：《动物的生命》，朱子仪译，十月文艺出版社，2006年，第131页。
[②] 以上观点综合自英国作家玛格丽特·盖蒂的"Kicking"，见http://digital.library.upenn.edu/women/gatty/parables/kicking.html。

所以集体作战是它们捕食的主要方式。遇上强硬的对手或让它们迷惑不解的似乎是陷阱一类的美食，它们就会挑选出一个牺牲者，这个牺牲者被称为苦豺。苦豺由豺王挑选，必须获得众豺的通过，以保证被选中者是豺群中最年老、最无用、生命最衰竭的老豺。公正是使个体心甘情愿为群体牺牲的先决条件，即使是豺王的父亲或母亲也没有豁免权。《苦豺制度》（沈石溪）里的豺王索坨因不满前豺王袒护老妻，振臂一呼争得了王位，却不料自己也陷入了前豺王的困境。饱受饥饿之苦的豺群好不容易打伤了一头野猪，这头野猪却逃进了一个洞里，需要一只豺去把它强拖到洞边，只要野猪头一出洞，合众豺之力就有办法不让它再钻回去。但这只做诱饵的豺却必死无疑。当时，豺王的母亲最符合苦豺的标准，索坨几次三番想转移众豺的视线，但豺眼雪亮，索坨毫无办法，只得把筛选的目光移向自己的母亲，可是一看到母亲迷惘惊诧、悲凉愤懑的眼睛，索坨的目光就变得软弱了，承受不住豺娘沉甸甸的凝望。索坨知道豺娘养大自己不容易，几番激烈的情感搏斗，索坨决定替豺娘当苦豺。就在它准备跳进洞的一刹那，豺娘把它撞向了一边……一只生命力极其旺盛的年轻豺王为一只生命力已快衰竭的老母豺去做替身，这在豺的社会是旷古未有的事，完全不符合汰劣留良的生存规律。但是索坨这样做了，它的选择使人们重新认识了豺，这种超越生死的爱值得每一个物种钦佩和尊敬。

　　人们往往惊异于猛兽的温情，归根结底还是带有成见。有一位研究野生动物的科学家在观察一对豺母子时说："当它们两个热烈地重逢，互相揉擦面颊、身体互缠、舔舐对方的脸，兴奋欢愉之情溢于言表。目睹此情，我恍然大悟，豹子的内心其实很温柔，富有深刻的感情，只是平常戴上了面具，被隐藏在冷酷的外表之下。"[①]当人不再以自己的价值观和经验来诠释别的动物时，动物就会真实而全面地呈现自己。

---

① ［美］伊丽莎白·马歇尔·汤玛士：《狗的秘密生活》，符芝瑛译，光明日报出版社，1999年，第15页。

在沈石溪的《刀疤豺母》里,动物行为学家"我"从"动物"的角度来看待万物,从一般人所说的豺的狡猾里,"我"看到的更多的是豺的智慧。设置得巧妙的陷阱,伪装得毫无破绽的捕兽夹,掩藏得毫无踪迹的猎网,这些都会被豺一一识破。人们就认为这是因为豺太狡猾,但是豺并不是为被人类捕杀而来到这个世界的,世世代代与人打交道使豺积累了生存经验,懂得如何保护自己,让自己在充满凶险的环境中活下去,这只能说明豺很聪明,人却凭自己的好恶冠之以狡诈的恶名,这未免太霸道、太荒谬了。

另一对患难与共的狼朋豺友——乌凤和赤莲(沈石溪《结伴同行》),它们的牺牲精神、道义感、责任心、患难情、结盟谊恐怕连人类都自叹不如。乌凤和赤莲是共同捕食而结成的利益联盟,赤莲为报丧夫之仇从大白狗的嘴下救下了母狼乌凤,却由此动了胎气,不得已在乌凤的眼皮底下产下了幼崽。乌凤涌起了本能的猎食兴奋,为活着而屠杀对食肉动物而言是天经地义的事。不过,有一种力量在竭力阻止它这么做。赤莲可不是一只跟它毫无瓜葛的豺,它们曾联手战胜灰兔,智取野猪,打败黑脸猎人。刚才要不是赤莲舍生忘死返身相救,自己肯定早就命赴黄泉了。说到底,赤莲是它相依为命的伙伴,同舟共济的朋友,是它的救命恩人。它能狠心咬死赤莲吗?乌凤并不是人类字典里的狼,忘恩负义,恩将仇报,它是一只活生生的狼,有血有肉,有爱有恨,有喜有悲,既有食肉动物的残忍,也讲情义。乌凤最终没有咬杀赤莲,相反,还把捕到的猎物给产后虚弱的赤莲送去并且做得很巧妙不伤赤莲的自尊,而赤莲最后感念乌凤是为了自己的孩子才去抓那个作为诱饵的羊羔的,因而舍生救了乌凤。乌凤则对赤莲的临终托孤发下了血的誓言:从今以后,我就是他们的母亲。这是发生在狼和豺之间的故事,如果我们仍以人类字典里的定义去审视这对豺狼,那是无论如何也想不到会有这样感人肺腑的友情的。可一旦我们摘下有色眼镜,把自己放在动物的立场上,这

61

样的故事就令人可信可叹了。人类社会经常讲"将心比心",如果我们也能将之用于动物世界,那么这个丛林舞台带给我们的就不再尽是厌恶、恐惧、死亡的气息,而是生机盎然,有摩擦有和解,有竞争有互助,有生存的艰难,更有渴望生存的信念与执着生存的魄力,这才是一个完整的、全面的动物世界。

  野生动物还有很多行为,如果不是站在它们的立场上,真是让人百思不得其解。生活在滇北高原的喜玛拉雅野犬(沈石溪《野犬姊妹》),实行母系社会的家庭结构,奉行女权主义,由成年雌犬当家做主,实行雄犬走婚制度。它们的制度是只有女王才享有生育权,其他家庭成员,那些成年雌犬是没有生育权的,只能辅助女王抚养幼犬。这样的家庭伦理在我们人类看来是非常不人道的,但这种奇特的婚配生育制度却能保证喜马拉雅野犬在恶劣的环境中得以生存下来。只有站在野犬的立场才能理解和接受这种独特的社会制度。正如作者在自序里说的"我们很难用善恶、是非、好坏、正邪来评判动物的家庭伦理关系。一切存在的都是合理的。我们只能说,生命之所以选择家庭,之所以选择特定类型的家庭生活方式,之所以选择与之相适应的家庭伦理关系,终极原因,是'优胜劣汰,适者生存'"[①]。

  只有以"动物之眼"来观察审视其他动物,我们才能理解为什么很多动物在自己的幼崽被人类捉去后,几经周折都无法救回,便会狠下心来咬死自己的孩子。或者自己的幼崽被捕兽夹夹住无法脱身时也会百般无奈咬死自己的孩子。不是它们对自己的孩子不爱,而是因为爱得太深,不忍见它们失去自由,不忍见它们临死前忍受痛苦。动物的生死观、价值观远比我们所能想到的要丰富。在食物匮乏的寒冷的冬季,为了保证种群的延续,往往会对一些幼崽进行淘汰。在进行筛选时,为"兽"母

[①] 沈石溪:《动物也有家庭伦理》,台湾幼狮文化有限公司,2003年,第10页。

者可不像我们想象的那么残酷绝情，它们也经历了复杂而激烈的内心斗争。母爱最本能的表现就是，保护自己的子女存活下去。可是，当被无情的现实逼得走投无路时，就只能与母爱背道而驰了。与其留下所有的幼崽到头来却一个也不能活，还不如淘汰差一点的，留下优良的，给种群一个延续的机会。在自然界，这种做法太普遍了，这是一种生存智慧，是超越母爱的种群大爱的表现，是现实的保障生存的内容充实的母爱。

无论是"人看动物"还是"动物看人""动物间的互看"，说到底都是人在"看"，只是在不同的提法下，动物在某种程度上获得了话语权，人类也借此对自身进行观照，通过对动物的认识，人不断扩展和加深对自身的认识。黑格尔指出人"由于他自知是一个动物，他就不再是动物，而是可以自知的心灵了"①。以这"自知的心灵"回望动物就会发现，动物和我们一样渴求幸福，承受痛苦，畏惧死亡。苏格兰哲学家大卫·休谟认为："自然已授予我们一种共同体验他人命运的能力，它以此要求我们像体验自己的欢乐、忧虑和痛苦一样去体验他人的一切。""我们如同一条与其他弦共振的弦。"②在地球家园里，人类就是与其他生物共振的弦，因此我们必须"满怀同情地对待生存于我之外的所有生命意志"③。

第四节　动物小说叙事的"难度"：动物能否开口说话

说到动物小说的叙事，有一个问题必须提到，那就是动物小说中动物开口说话的问题。这个问题一直是争论的焦点，目前，在中国的动物小说中还没有人尝试过写一篇动物开口说话的小说，作家普遍认为动物

---

① 马奇主编：《西方美学史资料选编（下卷）》，上海人民出版社，1987年，第327页。
② ［法］阿尔贝特·施韦泽：《敬畏生命》，陈泽环译，上海社会科学院出版社，2003年，第87页。
③ ［法］阿尔贝特·施韦泽：《敬畏生命》，陈泽环译，上海社会科学院出版社，2003年，第92页。

一旦开口说话就成了童话或者寓言故事。

　　动物开口说话的故事是一种非常古老的体裁，可以追溯到《伊索寓言》或其他作品。除了在寓言故事里动物会开口说话，在童话故事里，动物也会开口说话。"如果我们认为孩子比成人更接近自然，那么自然故事就必须特别适合儿童读者；如果孩子比成人更有想象力，那么幻想元素（我们成人都知道动物是不会说话的）就更适合儿童。"[①]注意，这里提到了"幻想元素"，动物开口说话即属于"幻想元素"。成人很清楚我们和动物的区别是什么，能够清晰地进行物种界定，但孩子并不知道，他们处于一个"边界可能被逾越的游戏空间中"[②]。也就是说，孩子会把对自己的想象投射到动物身上，他们会觉得自己会说话，那么动物也会说话。

　　英国作家吉卜林的《丛林故事》，里面的动物几乎都开口说话，是动物开口说话的典型。主人公莫格利还是婴儿时就被狼收养，慈祥的狼妈妈、忠诚的狼兄弟、足智多谋的黑豹巴希拉、憨厚的老熊巴鲁、正直的狼群头领阿克拉等都是他的朋友。他能听懂它们的话，能和它们沟通交流。吉卜林在写这个故事时，赋予了动物们说话的本领，整本书中，动物与动物之间的交流主要通过对话来实现。如第一个故事《莫格利的兄弟》，故事刚开始，狼爸爸就说："又该去打猎了。"当狼爸爸和狼妈妈发现有只老虎在气急败坏地干嚎时，它们对老虎行为的分析是通过对话来表现的：

　　　　"这个傻瓜！"狼爸爸说，"夜晚打猎，一上来就闹出这么大

[①] Tess Cosslett, "Child's Placein Nature: Talking Animals in Victorian Children's Fiction", *Nineteenth-century Contexts*, 2008, Vol.23, No.4, p.475.

[②] Tess Cosslett, "Child's Placein Nature: Talking Animals in Victorian Children's Fiction", *Nineteenth-century Contexts*, 2008, Vol.23, No.4, p.476.

动静!他是不是把我们这儿的公鹿当成维冈嘎的小肥公牛了?"

"嘘!今天晚上他不捉小公牛,也不捉公鹿,"狼妈妈说,"他要捉人。"

动物之间能相互沟通,只是我们不懂它们的语言罢了。莫格利因为从小就与动物们生活在一起,所以能听懂它们的"话"。吉卜林曾含蓄地声称他的关于莫格利和丛林的故事是适合成人的。他在动物小说作品里让动物开口说话,说明他并不认为"说话"会影响作品的属性。《丛林故事》也确实并没有因为里面的动物都开口说话而被人们认为是童话。

给儿童讲过故事的人都会有这样的体会,当我们跟他讲一个动物或者别的东西时,他的第一个问题总是:"它说什么?兔子说什么?鸟说什么?马说什么?大树说什么?"一遇到动物或者树,他马上就会像遇到一个人一样想要知道它的思想和语言。这就是他所关心的。通过一种自发的归纳,他想象这个动物像他自己一样,像人一样,他把它人性化了。

英国十九世纪儿童文学作家玛格丽特·盖蒂曾经在她的作品《低等动物》里表达了自己对动物是否有自己的语言的看法,她认为动物有生命,要劳动,要找食物,要和孩子们交谈,如果它们不是用我们称之为语言的东西来说话,那么它们一定是在以一种彼此能理解的方式交流。而且很明显,动物们确实知道彼此在说什么。"它们不得不说什么呢?那些吵吵闹闹的,在我们头顶上空扬帆远航的家伙,它们要去一个约定的地方碰头,朋友越聚越多。"在盖蒂看来,动物之间是必须要交流的,而且是能够交流的。但是,很多人是没法理解这点的。因为从某种意义上说,我们是"地球上的陌生人","所有的生物都是奇怪的,所有的生命都是无法理解的,无论是开始还是结束,所有的现在,以及过去和未来,都是一个谜"。只有孩子和像孩子一样的人"才有机会打破束缚着自然的魔力"[1]。换句话说，只有孩子和像孩子那样的人才会认为动物是能够说话的，它们有自己的语言。

一些研究情景记忆、动物思维的心理学家的研究成果也为动物能够思考、能够彼此交流沟通提供了证据。有研究表明，有些动物有储存食物以备未来不时之需的能力。这方面最典型的代表是鸦科鸟类，包括松鸦、喜鹊、渡鸦和乌鸦，这些大型的、长寿的、高度群居的鸟儿会把食物贮藏起来，以备将来食用，并依靠记忆在以后的时间里找到储藏的食物，通常是几周甚至几个月的时间。很明显，储存食物是一种面向未来需求的行为。这说明动物不仅能够顾及当下，而且能够考虑未来，它们是有思考能力的。还有的研究表明，动物是有团队精神的，它们会进行分工合作，而分工合作就意味着交流沟通。脊椎动物的团队合作往往和狩猎有关。比如非洲野狗，当它们追逐猎物时，一些狗会对猎物紧追不舍，甚至可能在追逐过程中变成领导者。跑在后面的某只狗有时会为了阻拦猎物而抄近路。合作发起的攻击也能在狮子的合作捕猎中找到。有些狮子习惯了打"边锋"，它们总是倾向于绕过猎物，从正面或侧面靠近猎物，而另一些狮子则作为"中锋"，一直在猎物的后面追赶。很显然，它们有不同的子任务。谁冲锋在前，谁从边路包抄，谁去猎物可能路过的地方设伏，这些都是需要沟通的。把动物们的这些分工单纯地理解为本能是没有科学依据的。从动物们默契的配合可以看出，它们事先已经成功地进行了沟通。而且，从"跑在后面的某只狗有时会为了阻拦猎物而抄近路"这个行为可以看出，动物会根据当下的形势调整行动方案，并不是机械地行动。

以上从接受者的角度和认知心理学的角度阐释了动物具有运用自己

---

[1] 以上观点综合自英国作家玛格丽特·盖蒂的《低等动物》，见http://digital.library.upenn.edu/women/gatty/parables/inferior.html。

的"语言"进行交流的能力以及孩子认可动物说话的事实。下面我们谈谈动物开口说话的小说和童话的区别。

对童话,很多理论家都有一个共同的看法,那就是童话是关于魔法的故事。英国儿童文学理论家约翰·洛威·汤森认为"童话故事(fairytale)无论古今,都是魔法的故事,时间是不确定的过去,且含有传统的主题和因素——例如巨人、侏儒、巫婆、会说话的动物和各种异类生物,还有好神仙和坏神仙、王子、可怜的寡妇和最小的儿子"[1]。汤森的童话故事(fairytale)主要是指传统童话。《魔戒》的作者托尔金认为应该区分传统童话和现代童话,《魔戒》系列与传统童话故事如《格林童话》是不相同的,前者是fairystory,后者是fairytale,但是两者都有一个共同的特征就是构造奇境或魔法世界。托尔金认为童话有自己的规则,它的重点并不在于故事的讲述,而在于如何展开或表现这个奇境世界。他特别指出,绝不能对魔法本身进行嘲笑,故事里出现的魔法必须严肃对待。[2]传统童话篇幅一般都比较短,而现代童话篇幅一般都比较长,有的甚至是恢宏史诗般的长篇巨制。不管篇幅长短,只要是童话,那就有"魔法"这个元素,离开了魔法就不能称之为童话。汤森在《能说善道的动物》一节里将以动物为主角的故事称为动物故事(animal story),且将它们分为两类:拟人化的动物和保有原来面目的动物,前一类如Beatrix Potter(毕翠克丝·波特)的 *Peter Rabbit* 系列(中文译名《彼得兔的故事》)、Kenneth Grahame(肯尼斯·格雷厄姆)的 *The Wind in the Willows*(中文译名《柳林风声》),书中的动物会说话,穿着衣服,探访彼此,且有家庭生活,就像人类一样。另一种动物故事,如欧内斯特·汤普森·西顿的 *Wild Animals I Have Known*(中文译名《我所知道

---

[1] [英]约翰·洛威·汤森:《英语儿童文学史纲》,谢瑶玲译,台湾天卫文化图书有限公司,2003年,第76页。
[2] 舒伟:《中西童话研究》,吉林大学出版社,2006年,第165—166页。

的野生动物》）故事里有动物，但都具有动物的本性。[①]汤森并没有将animal story 称为童话，而是单列一章以"能说会道的动物"来加以探讨，可见他也注意到这类故事（animal story）与童话有很大的差别，那就是没有"魔法"。国内习惯将《彼得兔的故事》等称为童话，最重要的依据就是动物会说话，但是判断是否是"童话"的最重要的依据应该是"魔法"。

"想要自动物的内心来描写一只真实动物的作者面对一个基本事实：我们不知道，也不可能知道身为一只动物真正的感觉。当然，作者对他所要写的动物所知愈多，他就愈有资格尝试那危险的想象，跳跃进入动物的内心。然而这个过程必然仍是推论的。或许作者所能做的也只有诉诸他自己和读者的想象力吧。"[②]汤森的这段话道出了写作动物小说的难度，同时也表明了动物小说属于幻想文学范畴。童话也是幻想文学，两者的创作手法有很多都相似，这也给认为动物开口说话的作品都是童话增添了误判的依据。

在加拿大著名写实类动物故事作家西顿的笔下，动物一般都不开口说话，但是在《我所知道的野生动物·豁豁耳，一只白尾兔的故事》一篇中，里面的兔子开口说话了，但这丝毫没有让我们认为这是一篇童话，因为故事中没有一丁点儿的魔法。西顿在故事开始之前有过如下表白：

> 诚然，兔子没有我们能听懂的那种语言，然而它们借助于一套声音、信号、气味、胡须的触碰动作和能起到语言作用的示范来传达思想。千万不要忘记，在讲这篇故事时，我把兔子

---

① [英]约翰·洛威·汤森：《英语儿童文学史纲》，谢瑶玲译，台湾天卫文化图书有限公司，2003年，第103页。

② [英]约翰·洛威·汤森：《英语儿童文学史纲》，谢瑶玲译，台湾天卫文化图书有限公司，2003年，第62页。

的语言译成英语,我可不说它们没有说过的话。①

这番表白很明确地说明了兔子有自己的语言,在日常生活中,它们要交流对谈,如同我们人一样,只是我们听不懂它们的话而已。下面我们来看一段兔子毛丽和豁豁耳母子俩的对话,毛丽教豁豁耳如何利用别的动物来识别危险:

"千万不要对蓝背樫鸟的警告充耳不闻,"毛丽说,"它总是挑拨离间,坏别人的事儿,一向又爱小偷小摸,但是什么事也逃不过它的眼睛,所以多注意点它准没错。啄木鸟非常诚实,如果它发出警报,你尽可以相信它,但是和蓝背樫鸟比起来,它可是个大傻瓜。虽然蓝背樫鸟常常撒谎捉弄人,但当它带来坏消息时,相信它就保你平安无事。"②

母亲给孩子上课肯定要交流对话,简单的几句话就把一个问题说得再明白不过了,如果不让动物开口说话,而是完全靠作者的叙述,效果肯定会大打折扣。毛丽开口说话丝毫没有影响故事的真实性,正如西顿所说:"那些对动物不甚了解的人可能会认为我把它们人格化了,而那些十分接近它们,因此多多少少知道它们习性和思想的人却不会这样想。"③

英国作家理查德·亚当斯似乎并没有把动物小说中的动物开口说话看成是一个问题,他的问世于1972年的名作 *Watership Down*(中译版译名为《沃特希普荒原》或《飞向月亮的兔子》)里面的每一只兔子都开口说话,这丝毫没有影响它文本的定性——小说,无论是在英国还是在世界其他国

---

① [加拿大] E.T.西顿:《西顿野生动物故事集》,蒲隆译,译林出版社,2001年,第45页。
② [加拿大] E.T.西顿:《西顿野生动物故事集》,蒲隆译,译林出版社,2001年,第54页。
③ [加拿大] E.T.西顿:《西顿野生动物故事集》,蒲隆译,译林出版社,2001年,第45页。

家,没有谁认为这本书是童话。具有预言天才的小多子预感到危险就要降临他们的领地,于是劝说好朋友榛子以及其他几只相信自己预言的兔子一起出逃,去寻找新的兔子领地。最后他们在一个叫沃特希普荒原的地方定居下来。但这里母兔奇缺,为了族群的壮大,他们去一个叫艾弗拉法的兔子领地"诱拐"母兔子,由此和艾弗拉法的兔群展开了激烈的战争,虽然数量上不占优势,但凭借兔子首领榛子的英勇和小多子的智慧最终大获全胜。艾弗拉法的老首领无颜见江东父老,不知去向,新首领愿意和沃特希普荒原的兔子和平共处。于是,两个领地的兔子都过上了安居乐业的生活。小说通过兔子的对话来推动情节发展,塑造人物形象,和一般小说所用的手法别无二致。兔子们各自占山为王,分领地居住,不同领地的兔子会爆发冲突甚至战争,兔子社会内部组织严密,有最高领袖,有议事会,有军队,有法庭,跟人类社会极其相像。故事精彩,引人入胜,由出逃——找到新的领地——"抢"母兔子——保卫领地为线索串起了一个精彩的野生动物的"战争片",兔子们有战略战术、勇敢的打斗、顽强的抵抗,有负伤,有牺牲,但种种描写绝不脱离兔子的生物特性。这些巧妙的构思布局使我们读着"榛子说""小多子说"时丝毫不会冒出"童话"的念头。《沃特希普荒原》不仅有兔子领地、兔子之间的战争,还有兔子的传说、预言,这些流传在兔子世界的传说、预言一代一代口耳相传,类似于人类的民间故事、神话传说,给人的感觉是《沃特希普荒原》在讲述兔子的历史,他们的生存、生活、发展,就好像我们人类的生存、生活、发展一样,整部作品没有"魔法"这一元素。读着"野风信子说""治伤草将军说"等,浮现于眼前的是一只只形神兼备、性格鲜明的兔子形象,是兔子的日常生活和保家卫国的行动:吃草、放风、聊天、上下班、巡逻领地、战斗等。小说严格遵循兔子的生物属性角色,他的食谱、动作、面临危险时的反应,甚至于他的思想、语言都符合兔子的生物本色。青草是兔子的日常食物,而胡萝卜和莴苣则要冒很大的风险去农场里偷。怎么躲避人类,怎么引开看守的狗就成了兔子们出征前的议事主题。小说还专门创造了一套兔子词汇——拉帕恩词汇,全是有关兔子生活的,比如"奥斯拉",意思就是兔群中最强壮、最聪明的兔子,通常由两岁大和更大一些的兔子组成,在兔子首领的统领下行使权力。再如"西弗勒"指到地面上去吃食物,为了保证兔子的安全和便于管理,兔子分成队轮流钻出洞进食、放风。对话的运用不仅推动情节发展,而且还利于塑造形象。试举一例,榛子苦于领地的母兔子过少就想去艾弗拉法带一些回来,但是这个计划遭到了冬青树的反对,因为艾弗拉法的兔子实在是太多了,而且又比他们强壮。下面是冬青树和榛子的对话:

"这不可能成功。"

"是的,这件事靠战斗靠说话都不能成功。要想成功,那么只能靠计谋了。"

"没有什么计谋能胜过数量,相信我。他们的数量远远超过我们,组织也非常严密。我说过他们能战斗,能跑,能追踪,做得跟我们一样好,而且他们当中有许多兔子能做得更好,我这些话只不过是说出了事实。"

"这个计谋,"榛子转向了黑刺莓——刚才黑刺莓一直在吃草,同时默默地听他们交谈,"这个计谋必须做好三件事。第一,要把一些母兔子从艾弗拉法带出来。第二,要对付追兵。我们肯定会遇到追兵,可我们不能指望再来一次奇迹。这还不是全部。第三,一旦我们离开了那个地方,就要做到不被他们发现——远离任何一支远程巡逻队的巡逻范围。"[1]

---

[1] [英]理查德·亚当斯:《飞向月亮的兔子》,蔡文译,人民文学出版社,2005年,第260页。

一番对话，一个智勇双全、知己知彼、为了整个兔群的发展敢于冒险的兔子首领形象就跃然纸上。通过对话塑造形象的效果远远好于转述动物的想法。

不仅兔子与兔子之间可以对话，而且兔子与其他物种如鸟、老鼠也可以对话，只不过用的不是兔子语言，而是灌木树篱土语。榛子、大毛头和银银遇见了一只受伤的大鸟，榛子用树篱土语问："你受伤？你不飞？"大鸟的声音很刺耳，回答道："扩（过）来——嘎！嘎！——你们扩（过）来——呀！——觉得我完了——我没完——揍扁了你——"这样的对话，让人不由得相信，在野生动物之间确实存在一种通用的语言，各个物种都能听懂。

创作本身是一个发展变化的过程，中国动物小说大王沈石溪就认为，动物小说创作应该引入动物对话："我认为动物小说既为小说，就可以调动小说创作的一切有效手法，包括对话在内，来增强作品的艺术感染力。或许数年后的某一天，我会写出整篇都是两只狐狸在对话的动物小说呢。"[①]相信不久的将来一定会有更多动物说话的动物小说问世。

[①] 沈石溪：《闯入动物世界》，民生报社，2005年，第30页。

第三章 动物小说生命哲学研究

文学抒写生命，赞美生命，探讨生命。生命在什么状态下存在才最合理、如何才能实现生命境界的升华，使个体生命得以存在与提升，群体生命得以延续和发展，宇宙生命得以生生不息？这些是一切文学的共同课题。动物小说塑造的对象也是一个个灵动飞扬的生命，它们既是独立的个体，又可以给人类社会提供一个平行的参照。动物小说对生命内涵的诠释还因其特殊的对象可以毫无顾忌地畅所直言，不必遮遮掩掩，因而更能反映出某些深刻的东西。本章主要探讨动物小说作品中动物对生命价值的追求、对生命归宿的寻求、对自由的坚守，以及动物的生命悲剧。

第一节 生命与价值

人为什么活着？人怎样生活才有价值？这是人生哲学的基本问题。中国古代哲学对此有深入的思考，中国古人提出过"三不朽"的人生价值思想。"豹闻之，大上有立德，其次有立功，其次有立言。虽久不废，此之谓三不朽。"（《左传·襄公二十四年》）"立德、立功、立言""虽久不废"，追求个人对群体、对社会的贡献和长远的影响。孔子认为弘扬仁道就是人生价值之所在,孟子继承发展了孔子的思想,提出了"舍生取义"的人生价值观,后代儒家的人生价值思想多在孟子的基础上进一步发挥。[①]道家的人生价值观与儒家的不同,"回归自然,避世保身"是道家的人生价值观,这与儒家以天下为己任的积极入世的精神是不相同的。中国社会儒家的人生价值观占主导地位,这种思想在文学作品中有很深刻的反映。动物小说的主角虽说是动物,但由于作家在作品中融入了自己的人生历练,笔下的动物多有所寄托,因而同样能让人感悟人生。再则,动物在自己的社会里也会上演人类社会的一切,所以,无论对何种生命来说,生命从来都不只是存在,还有生活,还有对生命价值最大化的期待和追求。不管以何种身份生存于世,都要努力实现生命的价值。动物对这点的认识和实践常常令人震撼。

赤利(沈石溪《第七条猎狗》)是一条优秀的猎狗,作为一条猎狗,勇敢打猎成为衡量其生命价值的尺度,是检验它是否活得像猎狗、是否活出了自己的类属性的标准。但同时,保护主人的生命又因为狗与人的情感纽带而成为猎狗的责任和义务。赤利刚好处于这个两难选择的尴尬境地:要迎战野猪就无法为救主人而与毒蛇搏斗,要与毒蛇搏斗就无法迎战野猪。赤利为救主人而成了召盘巴眼里忘恩负义、贪生怕死的令人不齿之徒。蒙冤受屈的赤利无法为自己辩解,只好远走山野,最终以与豺狗同归于尽的方式维护了作为猎狗的尊严。赤利的形象,在忠诚于主人的外衣下深蕴的是作者对它作为猎狗而存在的生命价值的确证,象征着人对自身的一种道德化理想——在两难的境况下有勇气承受压力,听从内心做出正确的选择。黄狐(沈石溪《退役军犬黄狐》)执着于军犬生涯,退役后仍情系战斗生活,在收复者阴山的战争中,以身蹚地雷,走完了军犬壮烈的一生。黄狐机智勇敢,有理想有信念,忍辱负重,心胸开阔,忠义两全。作为一条军

[①] 紫竹:《中国传统人生哲学纵横谈》,齐鲁书社,1992年,第1—7页。

犬，死也要死在战场上，最大限度地实现了自己的价值，这是一种融入血液的使命感。在黄狐的身上，作者寄托了忠义、宽容、实现自我价值的理想。像这类尽心尽责、忠于职守、忠于主人、实现自我价值的动物形象，还出现在沈石溪的《白雪公主》等作品中。

而残狼灰满（沈石溪《残狼灰满》）对自身价值的追求则让人见识了一个身残志坚的强者形象。在残酷的环境中求生存，灰满断了两条腿，更要命的是都断在同一侧，身体的右侧，灰满是真的残废了。在丛林社会，这就意味着死亡。行走都不方便还怎么打猎呢？不是饿死，就是成为别的动物的食物。如果没有外援，灰满很快就会成为一堆白骨。这时，它曾经怜悯过的那只在狼群中最卑贱的母狼黄鼬出现了，黄鼬来给它喂食，还给它嚼草药疗伤。腿上的伤口愈合了，但内心的创痛却日益增加。昔日叱咤风云令各种食草动物胆寒的狼酋居然被一只母崖羊挑衅，站都站不稳，也难怪崖羊对它不屑一顾。灰满残疾的缺陷和尴尬在羊的面前暴露无遗，这让它感到自尊心受到了极大的打击。它开始自暴自弃，开始怨恨黄鼬救了自己。黄鼬的忍耐和聪明终于让灰满明白自己可以右腿搭在黄鼬的身上行走，一旦意识到自己可以"走"了，灰满又有了生的渴望，随着它们配合得越来越好，灰满对同归狼群、找到属于自己的位置就有了很高的期待。狼群是个等级森严的社会，地位凭能力获得。灰满认为自己虽然断了两只脚爪，但能跨在黄鼬背上行走如常，还能逮着野兔，跟之前相比并没有差多少，起码应当跻身于出类拔萃的大公狼这个阶层，对此它充满信心。但事实却给了它当头一棒，怜悯、好奇、同情、鄙夷的眼光把它划归到最次的等级。灰满本是心高气傲的狼酋，两只脚爪残废了，一颗雄心却没有沉沦。想当初，它仅凭三条腿就横扫对手登上狼酋的宝座，如今，它跑、跳、跃、扑样样都比以前好，怎么能只是一只贱狼呢？活在世上，谁不想当狼酋呢？如果一直都是一只贱狼，那还不如当初就死去。"死次之，迫生为下。"（《吕氏春秋·贵生》）苟且偷生，在屈辱中求生，生不如死，活着还有什么意义呢？灰满无法忍受贱狼的种种不平等待遇，它不能听任命运摆布，它一定要设法改变自己的恶劣处境。最后，在拼死反抗的老豹面前，当狼酋临阵脱逃，群狼束手无策时，灰满力拼智斗，打败了老豹子，为狼群猎得了果腹的食物，也为自己夺回了狼酋宝座，这时，它才觉得自己真正站起来了。但就在它狼酋声望如日中天的时候，灰满选择了极其悲壮的死。黄鼬不可能一辈子做它的坐骑，特别是在怀了小狼崽以后，没有了黄鼬，狼酋灰满就不复存在了。它不能作为一只残狼一只弃狼凄惨地死去，它要作为一只狼酋轰轰烈烈地死去，把自己双体狼酋的尊严、威风和熠熠闪光的形象永远定格并凝固在古嘎纳狼群每一只狼的记忆深处。灰满成功地做到了这点。万事之中，生死为大，保全生命是头等大事，但若自由意志得不到伸展、情感欲望不能适得其宜、尊严得不到尊重，这样的活着又有什么意义呢？灰满不能忍受毫无意义地活着，不能忍受自己活在世上的最大价值就是一只残狼一只贱狼。它不信命，它要与命运抗争。灰满这个形象也体现了道家"我命在我不在天"的思想，不听天由命，想尽一切办法活下去，并且要活出生命的精彩。道家的理想虽然主要表现为一种避世，但这种避世本身内蕴了对生命的珍惜，而实现生命价值的最大化是对生命最好的珍惜。灰满坚强的信念和坚韧的奋斗使它实现了生命价值的最大化。生命从来都是和价值相连的，当生命不再有价值时，生命也就失去了存在的意义。灰满的选择也是它对生命价值的认定，以强者的形象结束生命是对生命的最大礼赞和最崇高的敬仰。

第二节　生命与归宿

所有的生命都"向死而生"，不可逃避，也无从选择，我们都是必死的生物。但是，在生之后死之前，我们却可以选择以何种身份走完生命的最后历程。

　　人类对自身、对家园的认识经历了漫长的年代,"我是谁"这个简单而又沉重的问题不断推动人类认识自己。许多经典动物小说中的动物同样充满"我是谁""我要到哪里去"的疑惑和追问。正如亚里士多德所说:"就人和动物而言,某些精神性质是完全一致的,有些彼此相同、有些彼此类似。"①在与人类同根同源的动物世界里同样躁动着生命的不安,这不安的生命在苦苦探索"我是怎样的一个存在",对这个问题的探索同样会付出泪与血,甚至是生命的代价。巴克(杰克·伦敦《荒野的呼唤》)、白牙(杰克·伦敦《白牙》)、白眉儿(《混血豺王》)历经磨难,最终找到自己的归宿。

1. 回归荒野

　　《荒野的呼唤》这个书名似乎就已经为巴克定下了归宿,活在人的世界里,耳边、心中、脑海里却始终回荡着来自荒野的呼唤。"热望本已在,蓬勃脱尘埃;沉沉长眠后,野性重归来。"开篇的这首预言式的小诗点明了巴克的归去来兮,来自荒野,最后回归荒野,但巴克回归荒野之路竟走得曲折坎坷。巴克原来在阳光灿烂的加利福尼亚的富家大院里过着养尊处优的日子。当淘金潮兴起时,雪橇狗需求量大增,巴克被人盗卖到北方,从法官家的看守卫士变成了这片蛮荒土地上的一条雪橇狗,远离文明,在人的棍棒下原有的尊严荡然无存,不得不在弱肉强食的环境中为生存而拼杀。原始的野性开始慢慢回归,他学会了咬杀和像狼一样快刀斩乱麻式的格斗,而这些正是被遗忘了的祖先的风格。他也在寂寞寒夜里遥对天空,像狼一样嗥叫。生命是不由自主的,巴克在不由自主中回归自我,成了双料魔鬼。然而在狗世界无人与之争雄的巴克却备

---

① 转引自陈建宪:《神话解读:母题分析方法探索》,湖北教育出版社,1997年,第181页。

受人的折磨,奄奄一息之时,巴克被淘金者约翰·桑顿救了,桑顿懂狗,把狗当作自己的孩子来关心。巴克在桑顿的照料下轻松愉快地康复了,他对桑顿产生了如火如荼、如痴如醉的崇拜式的爱。巴克深深爱着桑顿,这似乎体现了温柔的文明之风的熏陶,但同时,北国在他内心唤起的原始血性仍然鲜活蓬勃。他具备在火旁和屋顶下驯养的忠实和虔诚,却又保留着野性的机智。桑顿成了巴克和文明世界联系的唯一纽带,在桑顿遇害后,巴克在荒野的声声呼唤中,汇入狼群,重归自然。

巴克从文明走向荒野,完成了生命的回归,环境对巴克的回归起着重大的推动作用。巴克出生伊始就是一条被驯养了的狗,它陪同法官的儿子们打猎、散步,照看法官的孙辈,很有绅士风度,可是北国的环境改变了他。北方的蛮荒涤荡了巴克的文明气息,他学会了偷盗杀戮,他的主人走马灯似的换,那些不懂狗的人残忍无知,在棍棒的规训下,巴克的心离人越来越远。桑顿对巴克而言是一个拯救者,不仅救了他的命,而且还温暖了他的心,使巴克饱经磨难与摧残的心感受到了爱。桑顿成了巴克对这个文明世界唯一的留恋,但即使桑顿不死,恐怕也很难留住巴克。那荒野的呼唤使巴克躁动不安,他开始夜不归宿,一离开就是好几天。他的心已经属于荒野了。他再也不是那条来自温和的南方,打着文明烙印的狗了,他是一头来自荒野、蹲坐在桑顿身边的野兽。深藏在体内的原始的祖先的本能一旦复苏,荒原就成了可以让放纵的野性自由驰骋的唯一地方。

巴克回归荒野,承载了人类对洪荒岁月的深情追忆。美国西部的淘金狂和当年人类的祖先赤手空拳在荒蛮的原野开辟生存之路未尝不有些相似,这样的背景很容易让人滋生对蛮荒生命原色的怀想。英国著名动物学家、人类行为学家德斯蒙德·莫里斯在其著作《裸猿》中探讨了人类的起源和发展,认为人的发展历程是:由最初的丛林猿变成了旷野猿,由旷野猿变成了狩猎猿,由狩猎猿变成了定居猿,最后成了文化猿。①这样的演变历程让人清晰地看到了自己的动物本性，人原本是生活在荒野里的，人的荒野情结如一种古老的遗传密码深深植根于人的本能之中。人历经与周围其他动物的杀戮与被杀的生存战斗，经受了自然的淘洗才发展成万物之灵长。生活于文明世界的人会定期到森林或者原野上去，用刀、弓箭、枪弹追逐野兽，体验血腥的欲望和杀戮的快感，这是受一种古老本能的驱使，并不是说人醉心于屠杀。把生命放逐到旷野，让本能一直回溯到时间萌动的开端，体验生存的痛苦，品味生命的抗争。那时的生活虽然艰难且危机四伏，但是可以在星光下畅快地飞奔。让生命回归到原始的自由自在是文明人心中躁动已久的渴望，哪怕只是稍稍想一想也会感到一种说不出的甜蜜愉悦，这就好像巴克在桑顿身边却在努力回应荒野的呼唤一样。随着巴克回归荒野，我们似乎也完成了一次回归，广袤的森林，空旷的原野，山中乐土，岭上家园，并肩战斗的动物兄弟，怒目相向的动物敌人，所有的一切都带着洪荒时代的生命原色，没有了火与屋顶，生命力一泻千里，欢畅淋漓地奔流。巴克回到原野，找到了生命的位置，荒原才是他的最后归宿。他在人间所享受的爱与温暖，所遭受的恨与折磨，只是为了褪去他文明的气息，完成荒野的洗礼。巴克回去了，白牙却留下了，这是人类荒野情结与文明进化矛盾的表现。

2. 走向文明

《白牙》是《荒野的呼唤》的姊妹篇，也是《荒野的呼唤》的一个倒影，两者的情节正好相反。白牙是一只诞生在荒野之中带有二分之一狗血统的狼，在你死我活的环境里长大，早早就理解了生活的残酷。人类的虐待使他丧失了最后一丝温情，他变得性格孤僻，心性残忍，对所有

---

① ［英］德斯蒙德·莫里斯：《裸猿》，刘文荣译，文汇出版社，2003年，第10页。

的人都充满仇恨。白牙在印第安人的部落里就对人产生了深深的恐惧和敬畏，按照他模糊的理解，人是奇迹的制造者，他们统治一切，具有不可思议的力量，是所有生命之物和无生命之物的主宰。在一场几乎令他丧命的搏斗之后，白牙遇到了新主人。直到新主人斯科特出现之前，他都是一只生活在地狱里的魔鬼。斯科特以无比的耐心和无限的慈爱触动了白牙天性的根基，打动了那些已经衰弱并几乎泯灭的生命潜能，其中一种潜能就是爱。谁说野生动物没有爱呢？对白牙来说，这种爱是那么的空虚，一种如饥似渴，使他痛苦使他渴望非填补不可的空虚。新主人仁慈的爱把白牙从凶残的野兽转化为忠实的伙伴。白牙的故事体现了文明对野性的感召，这种感召以爱的形式表现，这种爱融入了仁慈、怜悯以及对生命的尊重。

斯科特完成了对白牙的救赎（与其说是救赎，不如说是在偿还人类对白牙所欠的债），白牙也终于找到了可以终身依赖的神，并获得了一个美称——神狼。白牙被彻底驯化了，朝着仁爱的方向被驯化，这反映了人对战胜一切的自信。白牙没有逃去荒野，表明了文明的强大、历史向前迈进的不可阻挡。洪荒岁月已成为遥远的过去，文明的车轮碾过荒原走向城市，无论什么力量都不能逆转。来自雪地北国的白牙将在阳光灿烂的南方走完他的一生，这只被文明驯化的狼再也不可能回去了。

3. 生死都是豺

白眉儿（沈石溪《混血豺王》）是个混血儿，是狗与豺的后代，幼年丧母，从小就在豺群里讨生活。没有欢乐的童年，没有温暖的家。它卑躬屈膝，充当炮灰，只求能在豺群里吃上残羹剩饭。但是它挺拔的身躯、超常的打猎本领却使它不容于豺王，最后被迫背井离乡，于穷途末路之际走进了人的世界，做了一只狗。但第一个主人猥琐卑劣，净叫它干些偷鸡摸狗之事，最后竟把它卖给了狗贩子，正当生命危在旦夕之时，它遇见了第二个主人。在第二个主人家，它得到了真心的照顾，但同时也遭到了以主人家大猎狗为首的整个寨子里的猎狗的忌恨和排挤。在灰色的生活中颠沛流离，它早已学会了委曲求全，它只求安稳，只求有个温暖的窝，只求每天能吃饱肚子，而这些是它在豺的世界里从来不曾拥有的。它对主人充满了感激，它尽心看家，勤奋打猎，全力护主。可是它没有想到，当它用豺的绝招把主人从发疯的牯子牛角下救下的时候，它的厄运也就开始了。主人对它充满了怀疑，虽然它更加努力证明自己对主人的忠心，但大猎狗的阴谋使它彻底丧失了继续留下的可能，为了生存它被迫又回到了豺群，后来天公作美，白眉儿苦尽甘来，在一次误打误撞中，它一马当先率众打败了威胁豺群的狼群，被众豺拥戴为王。基于对第二个主人的感激之情，白眉儿放走了被豺群围困的主人，但主人却违背承诺，带领周围寨子里的全部猎人和猎狗包围了豺群，捉去了所有的幼豺，试图将豺群一网打尽。幼豺就是豺群的未来，失去了整个未来一代，也就意味着豺群很有可能丧失未来。困厄之际，白眉儿一展狗的本色，救回了幼豺，并为整个豺群的转移赢得了宝贵时间。所有的豺都知道了白眉儿是一只狗，所有的狗都知道了白眉儿是一条豺。白眉儿身负重伤，整个豺群向它作了最后的告别，便弃它而去。主人想带它回家，却要它来杀尽这一群豺。它再次面临选择，再次处于生死关头。

为了活着，白眉儿在豺和狗的角色中不断变化。活着真的那么重要吗？重要到你要迷失自己？如果要靠迷失自己才能活着，那活着还有什么意义？白眉儿拒绝了生的诱惑，它再也不想摇摆于两种身份之间了——这是两种水火不容的身份。明明白白地活着，明明白白地死去，这才是生死之极乐。白眉儿最终选择做一条豺，它在豺群中出生、成长，经历磨难，豺群虽然没有给它温饱的生活，它地位低下，时时遭到差遣撕咬，但是在豺群里，它可以凭借打来更多的猎物获得豺群的尊重。而做猎狗则不然，打的猎物越多越遭狗嫉妒。在豺群，它可以凭本事登上王的宝座，这是

81

一个论实力而不靠诡计的社会。白眉儿从不明白自己是谁到明确自己是一头地地道道的豺用了一生的时间，它在混沌中摸索前进，它在豺的世界和狗的世界体认自己的身份，最后，它以生命为代价，确认了自己的身份。

从血缘上来说，白眉儿兼有狗和豺的血统，无论选择做豺还是做狗，都有合适的理由。但是，不能总在两种身份间摇摆，那样就很没有立场，最终就会连自己都不知道自己是谁了。就好像蝙蝠，它以自己有翅膀能飞翔不属于兽类而不承担兽类的责任，又以自己有牙齿能咬啮不属于鸟类而不承担鸟类的责任，最后弄得不禽不兽，只能独居洞穴，生活在黑夜里。明白自己是谁，以自己的本色生活于族群，哪怕地位再低微，也强过生活于虽有温饱却缺乏认同感的群体。有了这种认同，自己的躯体乃至灵魂才有归依的地方。身份的确认不仅仅是让自己找到归宿，更重要的是让自己以同类的方式生活。是一只狗，那就要替主人看家、护院、打猎，就要永远依附主人。是一条豺，那就要在寒冬酷暑驰骋田猎，靠技能和谋略，也靠天吃饭。要和强于自己的对手周旋，要时刻警惕，远离人类。这种生活充满危险，但这样的生活很自由，在天地间快意奔驰，在战斗中磨砺爪牙，在血拼中杀死对手或被对手杀死，这不正是野生动物所应有的生活吗？

白眉儿对狗和豺的角色都可驾驭，但它最终选择了做豺，这是野生动物的必然选择，血管里流淌的野性，天地为家的习性，是任何人间烟火都改变不了的。生于旷野，归于旷野，这是每一种野生动物的必由之路，不如此，作为野生动物这一生就有缺陷有遗憾。其实，为豺也好，做狗也罢，并没有高下之分，关键是要坚守自己的选择，始终保持自己的本性，不要以利益为风向标，做个骑墙派。是一条豺就要像豺那样生活，是一只狗就要活出狗的样子。每一种生活都有其精彩的地方，只要活出了生活的精彩，只要自己心满意足，那作为一只狗或是作为一条豺生活于世就没什么两样。我们不能选择出生，却能选择要走的路。回顾白眉儿颠沛流离的一生，它这一生都在为有一席之地而奋斗，为此它不惜走到了水火不容的两极，直到仅存一息，才明白生命固然可贵，然而还有比生命更可贵的东西，身份和尊严是值得用生命去捍卫的。

无论是巴克、白牙还是白眉儿，或是其他有类似经历的动物，在它们能够安定下来之前，它们一直都在颠沛流离，历经磨难，在不断的选择、适应中调整自己的位置，寻找最终的归宿。是以一只豺还是以一只狼或是一只狗的身份走完这一生并不重要，重要的是要找到生命可以安顿的地方，在这样的地方拥有尊严、拥有爱、拥有自由、拥有生命的活力，这样，一生无论长短都绽放了生命的美丽。

第三节　生命与自由

对自由，匈牙利诗人裴多菲表达过最崇高的敬意："生命诚可贵，爱情价更高。若为自由故，两者皆可抛。"其实，不独人类崇尚自由，野生动物也同样视自由为生命的本质，广阔的大自然培育了它们"不自由，毋宁死"的坚强信念。它们坚信生命存在于世就应该自由地生活。尽管它们为了填饱肚子要长途奔袭，冒着生命危险搏杀，要时刻警惕来自天空地面的威胁，留心察看各种陷阱，拼尽全力逃脱追捕。尽管它们的一生迟早都是一种悲惨的结局，但它们仍然坚信自由地活着才算得上活着。这里所说的野生动物的自由是针对人而言的，"海阔凭鱼跃，天高任鸟飞"，不被人捕获，不受人约束，行动不受限制，在生活的自然天地里可以自由奔驰、自由捕猎，虽然时时面临生命的危险。

野生动物对自由的追求和捍卫令人肃然起敬。这匹奔驰在新墨西哥草原上的黑色野马（西顿《溜蹄的野马》）是无数牧人牛仔梦寐以求的宝马。他四肢修长匀称,结实利落,眼睛里闪烁着绿宝石般的光芒,鬃毛如黑玉般闪亮。"他挺立在那儿,高昂着头,竖着尾,大张着两个鼻孔,俨然一尊完美的雕像,美得无懈可击,浑身散发着一种草原上出没的动物所特有的高贵气质。"黑骏马从不四蹄腾空,总是以侧对步溜蹄跑,并因此威名远播,人们称之为溜蹄的野马,处处有人谈论他的步态如何美、速度如何快、神态如何高雅。为了抓住这匹溜蹄的野马,人们用尽了各种办法。但是枪打不到他,车轮战术轮番追赶也拖不垮他,他一天又一天疾驰飞奔,永远侧对步溜蹄。牧马人乔对野马的最后一次追逐的结果是死了八匹马,累倒了五个人。而这匹无与伦比的黑马毫发无损,依然自由自在。似乎没有什么办法可以捉到他了,那个长达十五英尺的陷阱也被他纵身一跃而过。但是绰号叫火鸡爪印的厨子却想出了一个恶毒的办法抓住了黑马,他用一匹漂亮的棕色小母马引诱黑马。在云雀高昂甜美的歌声处处可闻的春天,在大自然的一切仿佛都沉迷于爱之情思的春天,小母马的爱情之歌消除了黑马的警惕和疑虑,他不幸因为爱成了阶下囚。而捉住他的人勾腰驼背,是如此的丑陋矮小,黑马感觉受了奇耻大辱,拼命想挣脱羁绊,重获自由。但一切努力都无济于事。一阵阵强烈的呜咽使他全身抽搐,大滴大滴的眼泪顺着面颊滚落下来。这情景使得火鸡爪印紧张得全身发抖,一时间不知所措。真希望他能被这个高贵的生灵所打动,灵魂经历洗礼,放了这个自由的精灵!可是他没有,非但没有,他还在黑马身上烙了一个火鸡爪印,表明了他对黑马的主人身份。对黑马而言,这是对他高贵身份的侮辱,他战栗不已,惊恐愤怒。有生以来,他还没有如此任人摆布。在被往牧场驱赶的路上,他一次又一次试图逃跑,他浑身血迹斑斑,体力消耗殆尽,这是怎样一场漫长的搏斗与挣扎啊!眼看着快被驱赶出自己的领地了,眼看着最近的牧场和畜栏已进入视野了。野马积聚起所有的力量再次做孤注一掷的冲撞,他一步一步又一步地挪上了野草丛生的陡坡，对频频抽打在身上的皮鞭和射向空中的子弹置若罔闻。在无数次的冲撞之后，野马终于站在了最陡峭的悬崖之上，他纵身一跃，落入了两百英尺悬崖下的一片空旷之中。"一具躯体——了无生命，却自由自在。"

这个高贵的生命宁死也不愿像囚犯一样活着。大自然这个伟大的母亲赐予了他一颗自由的心，让他在草原上自由生活：吃草、饮水、建立家庭。春夏秋冬，迎着朝霞朝着落日，他无拘无束地飞奔，广阔的天地滋养了他自由的生命，也培育了他对自由的珍爱。生命就是自由，自由就是生命，自由和生命是一体的，生命必须为自由而战，生命可以失去，自由却永远也不能失去。为自由而死，生命才有意义。在不同的国家不同的地域，人们都曾经或正在为"自由"而奋战，难道野生动物就没有权利享受自由？人又有什么权利去剥夺一个野生动物与生俱来的自由？当你看到野马大颗大颗的泪珠滚落而下时，难道你的心就不曾有一丝震撼？每一个物种都有权享受大自然的赐予，每一个物种都应该自由自在地生活在自然为他提供的栖息之地上，人没有权利驱赶他们、危害他们、消灭他们。当我们剥夺一匹马、一匹狼、一只虎、一只豹子、一只狮子或者一只狐狸等野生动物的自由时，可曾换位思考，如果我们就是那匹失去自由的马，囚于笼中的狼，铁丝网里的虎，栅栏后的豹子、狮子，我们的心灵深处不断回荡着旷野的呼唤，那迅疾的风，飞扬的尘，那奔驰的畅快，追逐的愉悦，一切美好的东西，生命中不可或缺的东西突然之间就因为失去自由而消失了，我们会怎么想呢？英国桂冠诗人特德·休斯有一首题为《美洲豹》的诗准确地表达了笼中豹对自由的渴望："那只发怒的美洲豹／在它眼睛钻透短短的一段熔丝之后疾步走过囚笼的黑暗。并不厌倦——／眼睛满足于在火中变盲／大脑中澎湃的血震聋耳朵——／它沿着栅栏跑圈，但对它笼子并不存在如同他的囚室对梦幻者一样／它的大自由的荒野／世界在它有力的大步下转动／地平线从笼室地上移来。"①这只向往自由的美洲豹虽然身在笼中,心却在旷野,心既已在旷野,身就已在旷野。它的身体是跑动的,它的意识是能动的,生命之潮在它体内奔流。"天地之大德曰生",这"生"不仅仅只是让生命活着,还得让生命自由自在地活着,我们何不循天地之大德,和野生动物共同自由地生活于天地之中呢?

野生动物对自由的珍视不仅融入到血液里,也融入到深沉而伟大的母爱之中,她们自己不想失去自由,也不愿自己的孩子失去自由沦为阶下囚,如果这样,那还不如让他死去。这绝对不是残忍,对深爱孩子的母亲来说做出这样的抉择要承受多大的痛苦啊!但是她们毅然决然结束了孩子的生命,因为她们认为自由才是最可贵的。活着却不自由,生不如死。泉原狐(西顿《泉原狐》)一家生活在树林里,时不时来偷两只鸡,这就惹恼了主人,发誓要消灭他们。最终狐狸的巢穴被挖了出来,三只小狐狸被当场打死,第四只则被带了回来,用一根铁链拴着,此举并不是想诱捕母狐狸,但母狐却在夜里到来想救走她的宝贝。她疯狂地啃咬那根铁链想啃断它,啃不断就想别的办法,她挖了个洞,把铁链埋进去,以为看不见铁链铁链就不存在了,但结果仍然没能消灭那可恶的挡住她孩子自由之路的铁链。连续干了三天,她明白自己对铁链是毫无办法了。第四天夜里母狐又来了,照样为孩子叼来了食物,但这次她没再啃咬铁链,只一会儿工夫就走了。小狐狸津津有味地吃着母亲带来的食物,但不多一会儿,他就发出痛苦的尖叫,一阵短促的挣扎后,小狐狸死了。母狐给自己的孩子带来的是人类为了捕杀他们而投下的毒饵。母狐冒着生命危险三次前来营救,不能说她不爱自己的孩子。但是,"生活在荒野里的母亲的爱和恨是实实在在的,她唯一的念头是使小狐狸自由",她尝试了一切她知道的手段,经历了种种危险,尽心尽力帮助孩

---

① [南非]库切:《动物的生命》,朱子仪译,北京十月文艺出版社,2006年,第62页。

子,想要帮他重获自由,然而一切努力都失败了。她有强烈的母爱,但她还有一个更强烈的念头,她必须为孩子做出选择,要么是凄惨的囚徒生活,要么是死亡。最终,她"引导他走向唯一敞开的自由之门"。谁能说她不爱自己的孩子呢?她太爱了,所以不想看到自己的孩子被链条拴着,不能自由奔跑、跳跃、扑杀,整个活动范围就是链条的长度。在她的意识里,野生动物的空间是整个荒原,整个大自然。在野生动物的意识里,没有"囚徒"这个词,所以她要让自己的孩子获得解放,像许多野性的母亲那样,她承受住悲痛,解放了自己的孩子。

  人类社会有句话叫"好死不如赖活着",野生动物则不然,他们绝不会在囚笼里讨生活。动物小说中的自由立题,在传统故事中早已有所表现。《伊索寓言》中《狼与家狗》讲了这么一个故事:一只狼老了,很难捕到食物,就想到人类居住的地方看能否找点吃的,结果遇上了一只狗。狗告诉狼自己过得很舒适,衣食无忧,劝狼别那么奔波了,像自己一样留在人的身边。狼想起自己奋力拼杀奔波劳碌的一生,晚景又如此凄凉,就动心了。但突然间他看到了狗脖子处的毛被磨损得厉害,就问狗是怎么回事。"哦,没什么的,被项圈拴的。"狗若无其事地摇摇头。狼这才注意到狗被一条长长的铁链系着,他大吃一惊,急忙后退。"原来你的舒适是用自由换来的?!"狼不屑一顾了,掉头就跑。也许这只奔跑的狼在边跑边想:不自由,毋宁死!野生动物不幸被捕兽夹夹住时,为了逃命他们会毫不犹豫地啃断自己的腿。如果是小兽被夹住,做母亲的在想尽一切办法都无力解救时就会一口咬死自己的孩子,不让他们落到猎人手里过不自由的生活或者被猎人打死。从《溜蹄的野马》《泉原狐》等作品中,我们也能听到自己内心对自由的渴望,自由是人类永远的追求,也是自然万物不变的立题。

  野生动物的自由和家园紧密相连。冬天来了,候鸟要飞到南方去,因为那里有他们度过寒冬的天堂。对走兽而言,辽阔的森林、山地、荒原就是他们的天堂,在那里,他们飞奔追逐,撕咬打斗,让生命在血腥中活力四射,这才是野生动物的生活,这才是野生动物活着的意义。桀骜不驯的狼尤其如此,所以,那头被生擒活捉的年轻公狼(金曾豪《囚狼》)会在囚车里不断啃咬钢丝。为了咬断钢丝,他的嘴里一次又一次热血长流,可是他能咬断2.5毫米的钢丝,却无法咬断14毫米的钢条。被投入动物园铁栅栏里的狼只能在暮色中极力眺望树林那一边隐隐约约的轮廓,他仿佛听到他的同类和其他的动物在远山奔跑的脚步声。他又一次发疯般地啃咬钢条,又一次满嘴鲜血。他把嘴从钢条间隙拼力伸出去,又把两只前爪努力伸出去,他以这种方式喊出他的渴望,他要回到他的山林去! 狼酷爱自由,并不惧怕死亡。对他们来说,禁锢比死去更可怕。这只孤独的囚狼整日眺望远山,每一天都是那么漫长难挨。他如此渴望自由,以至于他的邻居——两只动物园里出生的豪猪钻出牢笼获得自由时,他又一次热血沸腾,忍不住又去啃咬他无法对付的又粗又硬的钢条,他筋疲力尽,万分沮丧。就在他艳羡豪猪获得自由而自己仍然身陷囹圄时,那两只豪猪竟然回来了,这让他百思不得其解。习惯了囚笼里衣食无忧的生活,一旦去到广阔的自由的天地反而会惶恐茫然,不知所措。不仅豪猪,很多在动物园里出生的动物都是如此。而狼不是,这只囚狼一直在寻找机会,一直在养精蓄锐,一旦可以逃跑,他就要跑回属于自己的山林,那是各类动物杂居的地方,是可以自由驰骋的天堂。自以为是的人自作聪明地认为:一个小岛,放养些兔子、猪等动物就可以为狼建造起一个家园,而那被迫移民到此的一家六口狼却很快就明白了这里不适合狼生存,这里没有树林、山地,没有安全的山洞,没有强大的敌手,也没有充裕的可供捕捉的食物。在这里生活也是一种囚禁,尽管他们想去哪里就可以去哪里,但是没有血腥的厮杀,生活就少了很多意义,生命的锐气就会被渐渐消磨,而这绝不是他们想要过的那种自由自在的生活。所以他们冒了生命危险都要渡过海峡,回到家园,那里有他们想要的生活。生命与自由的立题,在动物小说中也以生命与家园、生命与自然的呼应关系显示着。

《吕氏春秋》里《贵生》篇提出"全生为上",视生命的保全为头等大事,体现了生命至上的价值取向。这里的"全生",是指生命存在的完满状态,即自由意志得到伸展,情感欲望适得其宜,尊严得到尊重的状态。野生动物对自由的渴求,对在家园里自由自在生活的渴求,就诠释了他们对生命的理解:生命不单是生存,还有自由意志、情感欲望、尊严。对野生动物而言,"全生"是和家园、自由、搏杀联系在一起的,他们的一生死亡随行左右,他们的"全生"是死亡追逐着欢乐的"全生",不如此,他们的生命就毫无意义。如果一只狮子、一只老虎、一匹狼不能在岩石上磨砺爪牙,不能在血战中练就魄力,那还有什么王者气概,霸主风采。凡是有王者之风的野生动物,即使是身陷囹圄也要努力保持自己的尊严。

第四节 动物的生命悲剧

生命的价值、生命的归宿、生命的自由,有这么多的东西要追求,要坚守,所以,野生动物的一生不可避免地带有浓郁的悲剧色彩。加拿大著名博物学家、作家西顿认为"野生动物没有一个是老死的,它的一生迟早都有一种悲惨的结局"[1]。而更富有诗人情调的加拿大文学之父罗伯茨则认为,野生动物的一生,死亡总是追随着欢乐。[2]虽然每个个体的生命都是"向死而生",但求生厌死是动物的本能,死亡仅仅是自然淘汰的结果,主体只欲求生,从而为生存而斗争,这就是"物竞";自然主死,进行自然选择和自然淘汰,这是"天择"。双方对立才成为"适者生存""强者生存"的基本保证。为了抗衡"天择",个体生命不断地顽强发挥自己的竞争力,在丛林世界上演了一出出"适者生存""强者生存"

---

[1] [加拿大] E.T.西顿:《西顿野生动物故事集》,蒲隆译,译林出版社,2001年,第63页。
[2] [加拿大] E.T.西顿:《西顿野生动物故事集·译序》,蒲隆译,译林出版社,2001年,第2页。

的壮烈的生死之战。动物终其一生都在为自己的生存而劳碌，顽强地施展自己的竞争力，争取在有限的生命历程里最大限度地享受生命的快乐，这种快乐不仅仅是要生活得好，衣食无忧，更是要充分地生活，追求生命价值的最大实现。

生与死是文学创作的永恒主题，动物小说对动物生死诠释的深刻程度不亚于一般小说对人类生命的诠释。野生动物生存的艰辛、追求的幻灭、个体的毁灭，使它们的一生常常充满了浓郁的悲剧色彩。很多优秀的动物形象也是因其悲剧色彩而定格在人的记忆里。关于动物小说中的悲剧精神、悲剧意识，有论者认为："所谓悲剧精神和意识，并非悲哀呀，绝望呀，惨痛呀的同义语。它是人类或某个物种面对茫茫宇宙，面对无限的物质世界所进行的虽注定不可能成功却无比英勇的抗争。这是有限对无限、短暂对永恒、个体对自我和世界的力图超越的挣扎。这是不能以成败论英雄的，关键是看有没有决绝的、韧性的、虽九死其犹未悔的精神。"[1]很多优秀的动物形象身上都闪烁着决绝的、韧性的、虽九死其犹未悔的精神，这些动物往往都是"天赋不凡的个体"。这种不凡的天赋注定了它们不凡的一生。它们在选择要走的生命道路时是没有任何犹豫，或者说其生命道路也是无所谓选择的。正如黑格尔所说"他们正是这种性格和这种情致，这里无所谓犹豫和抉择。伟大人物性格的力量正在于他们并不进行选择，他们自始至终就完全是他们所愿望和要实现的那种人物"[2]。紫岚（沈石溪《狼王梦》）一生最大的理想就是培养狼王。也许是上苍要有意考验未来的狼王，狼崽来到世间的那一刻就与众不同。紫岚的狼崽是在和大白狗的生死搏杀的过程中出生的，一生下来就接受了暴风雨和饥饿的洗礼，这不同寻常的诞生似乎注定了它们不同凡响的一生。四只狼崽三公一母。紫岚把培养狼王的目标首先锁定在黑

---

[1] 方敏：《大拼搏·附录》，新蕾出版社，1998年。
[2] 马奇主编：《西方美学史资料选编（下卷）》，上海人民出版社，1987年，第371页。

仔身上，费尽苦心挖掘其狼的贪婪和野蛮的本性，训练它"超狼"的体魄和胆略，培养它睥睨世间唯我独尊的狼王意识。但天不作美，黑仔丧身金雕的爪下，成了它大胆然而缺乏自我保护意识性格的牺牲品。紫岚首战告败，遭受了沉重打击，但它并不服输，优秀的狼是永远不会在厄运面前屈服的。它很快将目标指向蓝魂儿，这是一只深具叛逆性格的狼。蓝魂儿不负母望，在幼狼中崭露头角，其胆魄、智慧也很快让那些成年大公狼刮目相看。离狼王梦的实现仅一步之遥了。可是命运多舛，蓝魂儿中了猎人的铁夹，紫岚百般无奈之下咬死了蓝魂儿。两次沉重的打击并没有磨灭紫岚培养狼王的梦想。而对双毛的塑造要比前面两个艰巨不知多少倍，但最终紫岚促成了双毛向狼王挑战，可功亏一篑，最后一刻，双毛潜藏得很深的自幼养成的奴性和自卑送了它的命，也决定了紫岚狼王梦的再次失败。接二连三的失败仍然没有打倒紫岚，她渴望并且愿意再和命运一搏。最后，为了自己的狼孙能够顺利出生安全成长，紫岚和那只金雕同归于尽。紫岚是怀着希望死去的，它相信自己和黑桑的后代终有一只会成为顶天立地的狼王。

　　紫岚的一生就是培养狼王的一生，为了实现这个梦想，它付出了全部的心血，牺牲了自己的爱情，屡败屡战，百折不挠，不达目的誓不罢休。无论从哪个角度来看，紫岚都是狼中精英，它具备一匹优秀母狼的一切优点，同时又具备其他母狼甚至很多大公狼都不具备的狼王野心。它看重个体生命，但更看重个体的生命价值，它不想只是平庸地活着，它追求更精彩、更有意义的生活，是一只狼就要争做狼王。但它是一只母狼，不能成为狼王，所以它寄希望于自己的狼崽，努力向它们灌输"王侯将相宁有种乎""彼可取而代之"的思想。一方面，它以冷酷残忍的方式教会狼儿懂得生活的真谛：强者就是法律，力量就是真理。另一方面，她又甘受跛脚之苦、甘愿退居卑位以求让狼儿双毛深刻体会统治者的权势和威严。紫岚有恒心，有毅力，绝不向命运低头，一个狼儿死了,又转而培养下一个,对梦想的执着让她把满腔悲愤化为更顽强地向命运挑战的勇气。就是这样一只胸怀大志、胆识超群、韬光养晦、运筹帷幄、有着忠贞高傲心灵的狼中精英最后竟也壮志未酬,令人感慨万千。紫岚这个悲剧"人物"给人最大的震撼和惊羡(黑格尔认为那些悲剧性人物"他们并不愿引起怜悯和感伤。事实上使人感动的并不是具有实体性的东西,而是主体方面的人格深化,即主体的苦难,他们的坚强性格和本质性的情致是处于统一体的。这种不可分割的协调一致所引起的并不是感伤而是惊羡"①)就在于她在灾难中对理想的执着。中国有句俗语叫"事不过三",紫岚倾其一生所培养的三个狼王候选人全都一个个"未至"道亡。其凄怆而孤独的狼嚎传达出某种心灵上或精神上的事物化为乌有时的悲愤,但同时也让人感受到她昂然反抗灾难,宁愿在灾难中毁灭也不愿平淡无奇过一生的力量和胆魄。紫岚生命的结束更让人感到她作为不凡个体的珍贵。这种珍贵是和个体生命价值紧密相连的。因为动物小说是"人间的延伸",它"使诸种人间主题处在了一种新的境况之中"②,所以悲剧动物形象能在人身上引发"同感"。对"同感"德国哲学家里普斯在其《悲剧性》一文中是这样界定的:被我看到的灾难在我身上造成的、对人的价值的感觉,叫做同感。同感就是感情移入、共同体验。③有了感情移入,我们和悲剧形象一起经历灾难,灾难越是深重,具有的深度就越大,我们的共同体验就沉入更深的深处。而这种"生发于、凭借于、依存于人的贵重性的灾难"的体验,使我们能"在更高的程度上意识到这种贵重性"④。紫岚生命的贵重性因其所经历的悲剧性灾难而更加凸显,而读者也在对紫岚的生命观照中看出了"人"的贵重性。

---

① 马奇主编:《西方美学史资料选编(下卷)》,上海人民出版社,1987年,第372页。
② 曹文轩:《动物小说:人间的延伸》,《儿童文学研究》1997年第1期。
③ 马奇主编:《西方美学史资料选编(下卷)》,上海人民出版社,1987年,第811页。
④ 马奇主编:《西方美学史资料选编(下卷)》,上海人民出版社,1987年,第813页。

席勒认为"悲剧的目的是激起同情的激情"①。这种同情是悲剧情感,是一种"尊重的感情,我们也可以称为怜悯"。但这"怜悯不单是怜悯,它同时是尊重"②,还内蕴了一种"在我身上被灾难所唤醒或增强的价值感"③。"每一种同情本身都有价值感,而最高的价值感正是对人的价值感。即使是对动物的同情,也是以我们在动物身上发现或相信发现的人的特征为基础的。其中也存在着客观化的自我价值感"④。我们在紫岚理想失败、生命毁灭的悲剧一生中感受到了"人"的自我价值,于是思考人为了实现自我价值应该怎样奋斗;感受到了夸父式的"未至,道渴而死"的深深遗憾和心有不甘。夸父最后"弃其杖,化为邓林"以供后来的逐日者解渴用,而紫岚则与金雕同归于尽以期狼孙们能顺利出世顺利成长。

鲁迅先生说"悲剧是将有价值的东西毁灭给人看"。这句话用在紫岚身上一点也不过分。她的这种百折不回的坚韧即使在人类社会也是不多见的。紫岚的悲剧带给人的是震撼后的崇敬。每一个生命个体都有追求自己生命价值最大化的权利和自由,紫岚坚信"天生我材必有用",活着就要不惜一切代价活得精彩灿烂,死也要死得壮烈辉煌。紫岚的悲剧也许是天妒英才吧,正所谓"谋事在人,成事在天"。紫岚败给了捉摸不定的命运,她虽然失败了,却败得悲壮豪迈。她轰轰烈烈地活了一回,她的一生都在引导生命,充实生命,提高生命,其生命内涵的丰富精彩要远远超过绝大多数狼,甚至狼王。在人类社会里有一句话这么形容人,"人是一根会思想的芦苇"。把它套用一下,紫岚也是狼群中的"一根会思想的芦苇"。也许一匹母狼会思想在注定了她不平凡的同时也注定了她的生命维艰,命运多舛。在强大而不可捉摸,无法把握的命运面前,个体显得多么的渺小、脆弱、无力。生命个体以有限的精力、有限的智慧,

---

① 马奇主编:《西方美学史资料选编(下卷)》,上海人民出版社,1987年,第167页。
② 马奇主编:《西方美学史资料选编(下卷)》,上海人民出版社,1987年,第807页。
③ 马奇主编:《西方美学史资料选编(下卷)》,上海人民出版社,1987年,第810页。
④ 马奇主编:《西方美学史资料选编(下卷)》,上海人民出版社,1987年,第811页。

无限的激情、无限的勇气，全身心与命运抗争，其结果却是"壮志未酬身先死"，这不能不让人唏嘘不已，感慨万千。但命运可以将个体打败，却无法将个体征服。紫岚怀着希望死去更渲染了浓烈的悲剧气氛。

动物小说是关于生命的小说。动物小说作为一种艺术创造往往要显现出热爱生命、赞美生命的特征，并且要努力表现生命的"各适其天，各全其性"的自然形态。"要张扬个性、张扬本愿，让生命个体不顾尘世间偏见俗识，透射出一种生命力量似兰孤高，似竹贞节，似高山绝壁般屹然耸立，令人高山仰止而可企不可及！"[①]紫岚的生命就是"令人高山仰止而可企不可及"。像紫岚一样"未至，道渴而死"的悲剧英雄还有白莎等动物形象。

动物小说对生命的观照呈现出不同的形式，或追求生命质量的提高，或追求生命价值的最大化，或追求种族生命的纯粹。维护种族生命的纯粹在动物世界被置于比生命还重要的位置。血脉观念、血统意识都要服从于纯粹的种族意识。为了维护种族的纯粹，动物们甘愿付出生命的代价。母狼白莎（沈石溪《牝狼》）就是这样的典型。白莎雄心勃勃，力图在一片从未有过狼的土地上抚养出真正的狼种，开辟出类似故乡的众狼驰骋、血腥厮杀的狼的世界。为此，她先后咬死了伴侣公狗帕帕、狗崽花花、黄黄，最后也一口咬死了狗性胜过狼性的黑黑，而白莎也为其纯粹狼种的理想付出了生命的代价。白莎也是狼中精英，她的理想是要狼种，要"能征服这块土地，能在森林里称王称霸的狼的子孙，狼的家族"。这种理想来自"强烈的生命自审与危机感，来自于如何确保'类生命'质量与力度的终极追寻"[②]。是狼就要活得像狼，符合狼生命原色的"类命运""类属性"，要具有自足的类价值。但是，没有可与之配对的狼，它的理想从一开始就注定了要失败。白莎不懂得遗传

---

① 宋耀良：《艺术家生命向力》，上海社会科学院出版社，1988年，第38页。
② 王泉根：《生命的拷问》，《当代文坛》1998年第1期。

学，只懂矢志不移，哪怕为之塌了腰、跛了脚也在所不惜。在理想最终破灭之时，白莎以身殉志。狼虽然残忍但不乏母性的温情，白莎咬死自己的孩子时肯定要承受锥心般的疼痛，但是为了狼种的纯粹，她忍受了痛苦，这不单是失子之痛，更掺入了理想幻灭的绝望。白莎的绝望令人油然而生敬意。

　　白莎的悲剧在其不屈不挠的种族意识、精英意识与无法改变的遗传基因的矛盾冲突，在于其对种族纯粹血统的追求。茜露儿（沈石溪《红奶羊》）的悲剧则更进了一层，上升到改变种性的高度。母羊茜露儿被掳掠去做了狼崽黑球的奶妈。这次奇特的经历使她有机会对羊性和狼性作一个全面的比照，并有了全新的认识。她发现狼虽然残忍，却勇敢无畏，有高度的责任心，富于牺牲精神。狼父为了保护狼崽，会舍身将猎人引开。狼崽黑球为了救自己以报养育之恩，勇斗雪豹，不惜牺牲性命。而自己的丈夫却在孩子面临危险时独自逃命，倾心培养的羊崽在生死关头以自己为挡箭牌，独自逃命。和狼比起来，羊是何等地怯懦、胆小，何等地自私、畏缩。茜露儿对自己的种族彻底绝望了，而黑球的不忘养育之恩又深深震撼了茜露儿。她决定去寻找那头传说中的"羊脸虎爪狼牙熊胆豹尾牛腰"的红崖大公羊，和他"繁殖出新品质的羊种，既有食草类动物的脉脉温情，又有食肉类动物的胆识和爪牙"。茜露儿作为受头羊宠爱的母羊，完全可以在羊群里生活得很好，但是，她不甘于做"食肉类猛兽享之不尽的食物源"，不愿这么窝窝囊囊地活着。她没法麻痹自己，随波逐流。

　　从生物学的角度讲，茜露儿以食肉类动物的行为规范来要求食草类动物确实不妥。食草类动物处于食物链底端的地位决定了它们本能地就会遇见危险就逃，保全自己的性命要紧，这无可厚非。但从伦理学的角度，从种族尊严的角度，茜露儿的要求又不无道理。黑狼面对比自己强大得多的对手，为了狼崽黑球能够活下去，明知会死，仍不顾一切蹿出去把猎人引开。那么身为父亲的古莱尔为何就不能和体长不足一米对成年公羊有所忌讳的猞猁相持一会儿等待援兵呢？黑崽为了养母敢于和远远强于自己的雪豹拼死相搏，身为亲生子的沦嘎为何就不能为亲生母亲挡住那追命的狼呢？身为一只觉醒了的羊，茜露儿对改变种族本性的追求和奋斗令人肃然起敬。

培养狼王也好，培育纯粹的狼种也好，渴望改变种性也好，紫岚、白莎、茜露儿毕生都在追求活得有价值，有尊严。它们同命运的搏斗，它们美好人生的被毁灭，以及在它们身上所体现出来的种性的高贵，都使读者的心灵受到强烈的震撼，并由此获得对自身生命力量的观照。动物小说确实是在写动物，但归根结底是在写人，"在给人提供一种平行的参照"。类似于紫岚等的动物形象还有很多，如血顶儿（沈石溪《疯羊血顶儿》）、白眉儿（沈石溪《混血豺王》）、狮王（朱新望《狮王退位以后》）、独狼（金曾豪《独狼》）等。

生命总在以各种不同的方式被演绎，不管自然界在如何理智地进行"天择"，每一个生命物种都在以自己的方式尽最大的努力顽强"物竞"。在长期的进化过程中，这种与天相竞的方式竟然融入了物种的潜意识，成为一种生物遗传，一代一代，影响和支撑了物种的存活和繁衍。一个物种为何以这样或那样的方式存在、死亡、繁衍，组成这一个个生命之谜的不仅仅是动物对生的追求，更有动物对死的慷慨赴约。死亡不可避免，也无法挽回，但要慷慨赴死，需要何等的勇气！并非是单个的个体，而是一群群，一代代，集体奔赴死亡，场面恢宏惨烈，笼罩着浓郁的悲剧气氛——方敏的"三大"系列：《大迁徙》《大拼搏》《大毁灭》呈现给我们的就是这慷慨激昂的死亡之宴。

《大拼搏》写的是褐马鸡。几千万年前遍及亚洲的这个庞大的种群如今只剩分布于中国吕梁山及小五台山的几千只。褐马鸡的一生都很艰难。春天食物充足，但却危机四伏。不仅自身可能被狐狸、老虎、豹猫、蝮蛇、金雕之类的食肉动物侵袭，辛辛苦苦产下的卵稍不注意就会被乌鸦偷食。夏天天气炎热，刚来到世间的雏鸡需要父母的庇护和教导，而很多丧父丧母的小褐马鸡不得不独自求生存，还要长途跋涉，响应本能的召唤，穿林越涧去和种群会合。冬天山区高寒，食物匮乏，它们随时都可能因冻饿而死。但就是这艰苦的生存境遇却激发了褐马鸡生命的活力，也许正是靠了这不息的生命以及不尽的潜力，千百年来，这些八面受敌的孱弱的生命，才会在这天寒地冻的恶劣环境中，坚持下来，发展下去。褐马鸡以勇敢善斗著称，《晋书·舆服志》说其"性果敢，其斗至死乃止"。明《本草纲目》云其"性耿介。有被侵者直往赴斗，虽死不置"。但就是这样果敢勇决的褐马鸡，其生存空间却被一挤再挤，生存境遇一难再难。褐马鸡的悲剧不是生命个体的悲剧，而是种性的悲剧。千万年来与自然的磨合形成并固定了它们的生存方式，大自然按照自己的旨意选择物种，而褐马鸡不甘于被淘汰的命运，顽强地渴求生存。

　　《大迁徙》写的是红蟹。六千万年前，红蟹生活在印度洋水底，后来随着地壳的变化离开了海洋生活在热带雨林里，但是它们却是到海边繁殖后代。每年雨季一到，红蟹就会从热带雨林浩浩荡荡出发，凭着敏锐的本能，传递信息，结集队伍，穿过公路，越过铁路，向海边迁徙。这个过程对小小的红蟹来说是生命之旅，同时又是死亡之旅。成千上万个出征者将客死他乡，永不回头，但是，它们还是义无反顾地去了，谁也不肯放弃繁衍后代、让种族生生不息的职责。穿公路，尸骨成堆，一片红色的海洋；翻铁路，成千上万的先驱者铺就了幸存者的生命之桥。除了这些死于客观原因的红蟹，还有很多红蟹死于到达海洋后的洞穴大战中。据科学统计，红蟹每年迁徙过公路死亡70万—100万只，过铁路死亡10万只，沙滩争夺洞穴死亡10万只以上。这些数据触目惊心，令人不寒而栗。而幼蟹的诞生、成长、回归雨林也同样充满了死亡的血腥。迁徙注定了死之必然，但迁徙也成就了生之可能。慷慨赴死，义无反顾，这就是红蟹的宿命，这就是生命的惨烈，红蟹就在这生死轮回中生生不息。

《大毁灭》写的是旅鼠。旅鼠主要分布在北极地区，以草根、苔藓为食。以其种群数呈规律性波动和作周期性迁徙著称。据科学家观察，每隔四年，就有数以百万计的旅鼠迁徙至海边，集体投海自杀。投海原因未明，但主要因素似与种群"爆炸"和栖息地的变化有关。小说以文学的方式推演了这个猜测。一两只旅鼠侥幸逃脱了蹈海赴死的命运，也不曾成为饿殍，在广漠的荒野上艰难生存，休养生息后的荒原逐渐变得丰茂而生机勃勃，旅鼠的生活随之变得富足，后代也很快繁荣起来。旅鼠超强的繁殖能力使其数量在第三年增至千万，由几乎灭绝走向极端鼎盛。但物极必反，由于旅鼠以草根、苔藓为食，丰茂的草原因为被它们过度开垦，到了第四年春天又寸草不生了。饥饿的旅鼠开始把希望投向荒野之外的世界，但是荒原之外还是荒原，荒原的尽头就是茫茫的大海。重返寸草不生的荒原已经不可能，而这疯狂的丧失理智的逃亡更不可能清醒地止步。那一望无边的浩瀚汪洋似乎就是寄托希望的极乐世界。于是，"熙熙攘攘的百万鼠众，义无反顾，前赴后继，跃入浩浩瀚瀚的汪洋"。这气吞山河的百万雄师过汪洋的场面令人震撼。而这次集体自杀中意外的幸存者又会开始新的由少到多到投海的生命历程。毁灭是为了生存，生存又促成了毁灭。旅鼠就在这周而复始的四年一度的轮回中上演着种族大自杀的悲剧。千万年来，自然就这么设置旅鼠的生命历程。这是物种的特性，为了物种不灭亡，旅鼠必须大量繁殖，而大量繁殖的结果又促成了种族的大毁灭。这是一个悖论，是旅鼠无法逃脱的生存方式。

方敏的"三大"系列所揭示的是生物种性的悲剧性存在，个体的力量，甚至种群的力量都无法改变这千万年来自然甄选的生存方式、生命历程。种群所要做的就是遵循这种生物信号，年复一年上演同样的悲剧。这样的悲剧让我们对自然产生了敬畏。大自然是如此深奥、神秘，人类以为自己已经懂得了很多，但是对于生命"和外部环境、和整个大自然之间有着怎样千丝万缕的联系？这些联系又是怎样影响和规范了生命自身的规律？"①我们却知之甚少或者茫然无知。大自然如浩渺的太空一样深邃而强大，她能够创造万物也能毁灭万物，唯有遵循她的规则，人类才能求得生存和发展。

以上所论基本上是自然状态下动物的悲剧，人的破坏性因素向自然渗透更加剧了动物悲剧性的一生。人类为了自己无休止的欲望，抢占山林，与动物争地盘，让很多动物无藏身之处，无立身之地，苦苦挣扎，只求能生存，但最后连这生存的权利也被剥夺了。朱新望的《狐狸不流泪》中，狐狸一家既要面对狼的威胁，又要面对人的威胁。最后在人的肆虐下妻离子散，家破人亡，好不凄惨。金曾豪的《绝谷猞猁》中的猞猁一家在山林中挺过了一次又一次劫难，但是最终却无法逃脱厄运，被人类污染的水源悄无声息地杀害了。作品在悲怆的背景下展示了动物们鲜活的生命力和昂扬的生命激情，它们非凡的生命状态使这个悲剧显得沉重惊人。梁泊的《妃子狐》尽管以大团圆结局，但母狐依沙贝尔及其小儿子披风的苦难和历险仍然让人感慨动物生之多艰。因为人的介入而加剧了动物生存悲剧的作品还有很多，如金曾豪的《幽谷狐踪》《荒园狐影》《囚狼》《天鹅备忘录》等，饶远的《鸟仙子的绿岛》《水妈妈的美梦》，李宁武的《远去的深蓝色》等，这些作品在着力刻画动物悲剧性生活的同时，也给人类敲起了警钟：让自己活，也要让别的动物活。

毋庸置疑，悲剧主要表现死亡。而生与死是一对矛盾，动物小说在揭示动物"向死而生"的生命历程时，更多的是在表现动物的生命冲动、生命活力和生命本质。朱光潜说："生命总是随时努力在活动中实现自己。"②只有站在生命存在与发展的基点上，才能深刻地体验生命和理解生

---

① 方敏：《大拼搏》，新蕾出版社，1998年，第1页。
② 宋耀良：《艺术家生命向力》，上海社会科学院出版社，1988年，第8页。

命。从动物悲剧性的一生我们看到，动物常常面临生命的痛苦，这是生命追求与生命自身局限的矛盾所产生的痛苦，然而也正是因为这痛苦，动物享受了追求的欢乐。有了这种生命的痛苦，生命力就会永不安于沉寂，永不甘于衰竭，它促使着追寻、进取，然后换取生命的最大快乐和满足。可是，由于种种局限，动物可能倾其一生都无法理解生命。生命的可知与不可知，生命的可为与不可为，成了动物难以解决的生命难题。同时，也成了人类思索和探究的永恒命题。学者宋耀良对于艺术家表现生命力做过有力的论述。"艺术表现生命本能，又本能地表现本能中的焦灼和忧虑。"[1]人一方面有着强大的驾驭能力，一方面却又"自感羸弱，充满着危机意识。对壮丽生命的切望和强旺活力的渴慕，促使着人类生命努力超越对痛苦的深刻体验与对死亡的战颤恐惧，而希冀获得在凤凰涅槃大火中的再一次新生"[2]。动物小说作品的死之壮烈、生之热切，未尝不是作家对这种超越的艺术表现。动物小说的生命悲剧精神使人可以从中窥见自己的"焦灼"和"忧虑"，并从"死亡体验"中"更深刻地从死者的立场上来观照自身生命存在的可贵；从死亡体验的高度上，对生之价值作出感性的重新肯定；从外在的他人的死亡恐惧中，更进一步地唤起内在的自我生命存在的幸福和对生的百般珍惜"[3]。并从而更敬畏一切生命，更深刻体悟到"生命对我们而言，不仅是去经验我们自己的命运，而是同时要感受其他存在的一切遭遇，不论是人或是动物，都不要视他们的命运与我们自己的命运无干，关怀别人的需要和惧怕，视其为自己的需要和惧怕……人生的好运、幸福都是要靠你对别人的幸福贡献了多少来赚取的"[4]。就人与动物，人与自然的关系来说，人类只有对自然万物有所贡献，才能获得长远的发展与幸福。

---

[1] 宋耀良：《艺术家生命向力》，上海社会科学院出版社，1988年，第1页。
[2] 同上。
[3] 宋耀良：《艺术家生命向力》，上海社会科学院出版社，1988年，第132页。
[4] [德]孙志文：《现代人的焦虑和希望》，陈永禹译，生活·读书·新知三联书店，1994年，第115页。

第四章 动物小说生态伦理研究

动物小说生态伦理研究强调的是动物小说的现实意义。人和自然如何相处已成为人类存在和可持续性发展的关键。随着文明的进步和科技的发展，人对自然的破坏已到了无以复加的地步，地球生态已到了脆弱的临界点，如何看待人和自然的关系，怎么修复遭到严重破坏的生态已成为全世界关心的课题。动物小说因其所描写的特殊对象和自然生态有了天然的联系，如何对待自然这个问题的一个重要环节就是如何对待动物。动物要生存，要繁衍，就需要一个适宜的空间，宜居的环境。动物失去了居住的处所，人类就失去了生态的平衡。反映动物生活的小说必然反映出很多生态伦理问题。

从人类发展史来看，人和自然的关系经历如下几个阶段：1. 人对自然的绝对依赖。远古时代，人类刚出现在地球上，无论采集还是狩猎，都仰仗自然。由于生产力极其低下，人类对自然现象无法做出科学的解释，因而产生了万物有灵、自然崇拜的观念，正如马克思和恩格斯所言："自然界起初是作为一种异己的、有无限威力和不可限制的力量与人对立的，人同它的关系完全像动物同它的关系一样，人就像畜生一样服从它的权利。"[①]
2. 人对自然的改造。人类进入畜牧时代和农耕时代以后，开始了对大自

---

① 《马克思恩格斯全集·第3卷》，人民出版社，1972年，第35页。

然的初步改造，随着文明的进步，人类开始深入思考人和自然的关系。无论东方还是西方的古代哲学基本上都认为人和自然应该和谐共存。但是，西方文明重点继承和发展了基督教的二元论思想，走向了人类中心主义，这为工业革命时代人类征服进而破坏自然埋下了祸根。3. 人对自然的劫掠性征服。自工业革命以来，人类对自然生态结构的破坏愈演愈烈，环境污染几乎普遍存在——河流、湖泊、近海、地下水、空气、土地，污染已达到威胁生命生存的程度。土地资源枯竭，水资源日益紧张，森林面积急剧减少，草原沙漠化日益严重。这一切直接带来了生物的灭绝和种类的减少。所有这些危机都源于人对自然的掠夺性开发利用，自然以威慑人类生存的方式回敬了人类的狂傲。人和自然的关系出现了前所未有的紧张。认清现状，改善人和自然的关系，成了人类当务之急。动物小说以文学文本的形式加入到促成人与自然和谐共存的运动行列。

第一节 哲学、宗教的生态伦理思想

"本是同根生，相煎何太急"准确地概括了人和动物虽同为自然之子，却分分合合，对抗妥协，"剪不断，理还乱"的手足关系。这种关系在人脱离动物界创建文明的过程中不断地发生变化。对于人怎样超脱动物的境地，费尔巴哈认为："人当然不是孤立地仅仅靠着自己便成了他之所以为他，他必须有另一些存在者的支持才能成为他之所以为他。不过，这些存在者并不是超自然的、想象的产物，而是实在的、自然的事物，并不是人以上的，而是人以下的事物；因为一切支持人作自觉的、有意的、通常单独被称为人性的行为的东西，一切优良的禀赋都不是从上而降，而是从下而出，不是自天而降，而是由自然的深处而来的。这些帮助人的东西，这些保护人的精灵主要是动物。只有凭借动物，人才能超升到动物之上；只有借动物之助，人类的文化种子才能滋长。"①这段话深刻地揭示了动物在人类的发展过程中所起的重要作用，这种作用，马克思也有同样的表述："人在自己的发展中得到了其他实体的支持，但这些实体不是高级的实体，不是天使，而是低级的实体，是动物。"②无论是从哲学的层面还是从宗教的层面，人们都看到了动物的重要性，保护动物，建立人和动物的和谐关系，构建人与自然的平衡成了人类文明向纵深发展的重要内容。许多古今中外的不同哲学流派和宗教派别都为保护动物，在文明发展的断裂处重建人与自然的连续性，在人与自然"对立的紧张"中为各种事物找到安身立命之所做出了重大贡献。

中国的古代哲学主张"共存"，这个"共存"不仅仅指人类社会的群体共存，而且扩大到自然界。要"共存"就需要彼此关爱。儒家的核心思想是"仁"，"仁"不仅是"爱人"，而且推广到"爱物"。《孟子·尽心上》言："亲亲而仁民，仁民而爱物。"董仲舒言："质于爱民，以下至于鸟兽昆虫莫不爱，不爱，悉足谓仁？"（《春秋繁露·仁义法》）北宋的张载也说："民吾同胞，物吾与也。"（《正蒙·乾称篇》）这些说的都是仁爱之心推及到动物，把万物看成是自己的同胞。那么，如何给动物甚至植物以仁爱呢？孔子曰："开蛰不杀当天道也，方长不折则恕也，恕当仁也。"（《大戴礼记·卫将军文子》）这就说得很具体了，"开蛰不杀""方长不折"旨在强调要按照自然节令与规律来保护动物植物。从中可以看出，儒家的"仁"并不是绝对的不杀生，诚如曾子所说："树木以时伐焉，禽兽以时杀焉。夫子曰：断一树，杀一兽，不以其时，非孝也。"（《礼记·祭义》）人类为了生存按季节的变化，根据动物、植物的自然生长规律进行有节制的砍伐和田猎，这是正常而且是正当的，符合我们今天的可持续发展思想。把对动植物的保护与"孝"相连，可看出视

---

① ［德］费尔巴哈：《宗教的本质》，王太庆译，商务印书馆，2003年，第4—5页。
② 《马克思恩格斯全集·第21卷》，人民出版社，1972年，第63页。

自然为母，敬重大地母亲的思想。不在恰当的时间砍树捕兽，就不符合仁的需求。

　　道家对于人和自然的关系，提出了"天人合一"的观点，强调"道法自然"，高度重视自然的作用和力量，反对以人役天，带有人是自然的一部分，理应以尊重和保护自然为贵的思想因素。天道自然无为，人道顺其自然，人在遵循自然法则的基础上与天合而为一。庄子认为"天地与我并生，而万物与我为一"，天地与我共同生存，万物与我合而为一，人既离不开天地，也离不开万物。人们必须善待天地万物，因为人与天地万物是一体的，损害世间的任何一物也就是损害人类自己。道家认为人生天地间，天地万物并非为人而生。《列子》记有这样一则故事："齐田氏祖于庭，食客千人。中坐有献鱼雁者。田氏视之，乃叹曰：'天之于民厚矣！殖五谷，生鱼鸟，以为之用。'众客和之如响。鲍氏之子年十二，预于次，进曰：'不如君言。天地万物与我并生，类也。类无贵贱，徒以小大智力而相制，迭相食，非相为而生之。人取可食者而食之，岂天本为人生之？'"（《列子·说符》）万物与我同类，无贵无贱，更非为我而生，这种思想否定了人自诩万物之灵长的优越感，指出人应以平等心对待自然万物，而不是想当然地认为万物皆为我而生，我想怎样就怎样。除了万物非为人而生，人与万物和谐相处的思想，道家还具体提出了开发和保护自然资源的正确方法。如《淮南子·主术训》就说："先王之法，畋不掩群，不取麛夭。不涸泽而渔，不焚林而猎。豺未祭兽，罝罦不得布于野；獭未祭鱼，网罟不得入于水；鹰隼未挚，罗网不得张于溪谷；草木未落，斤斧不得入于山林；昆虫未蛰，不得以火烧田。孕育不得杀，鷇卵不得探，鱼不长尺不得取，彘不期年不得食。是故草木之发若蒸气，禽兽之归若流泉，飞鸟之归若烟云，有所以致之也。"不仅规定了田猎砍伐的时间，而且还规定了捕食对象的大小，最后还描绘了实施保护政策后草木葱茏，禽兽成群，飞鸟云集的万物兴荣的美好景象，激励人们适时而猎养护自然的决心。

早期道教经典《太平经》认为"夫天道恶杀而好生，蠕动之属皆有知，无轻杀伤他之也"①。再微小的生命也是生命，不能轻易杀生，体现了道教的护生思想。道家的"天人"关系在《黄帝阴符经》里得到了飞跃。《黄帝阴符经》曰："天生无杀，道之理也。天地，万物之盗。万物，人之盗。人，万物之盗。三盗既宜，三才相安。"②天地、万物与人彼此盗取、利用，以生养自己，天地、万物、人三者如能相互协调适宜，那么"三才"皆显安好，天下即大吉太平。三才相依相辅不可或缺，这就是大自然运行的客观规律。只有遵循了这个客观规律，自然生态才能保持平衡，而人对自然的保护主要体现在对动物的保护上，庄子"以道观之，物无贵贱"的万物齐同的思想促进人们把对待人的道德推广到动物界。《太上感应篇》中言不能"射飞逐走，发蛰惊栖；填穴覆巢，伤胎破卵"，不能"无故剪裁，非礼烹宰"，鼓励人们"济急如济涸辙之鱼，救危如救密罗之雀"，劝人们"举步常看虫蚁，禁火莫烧山林"。道教善书对大自然的保护并不只停留在劝诫的层面，还把它上升到赏善罚恶的高度，对人们对待动物的善举恶行进行了详尽的分类，规定了宗教的赏罚。如《太微仙君功过格》规定："救有力报人之畜，一命为十功；救无力报人之畜，一命为八功。埋葬自死者、走兽飞禽、六畜等，一命为一功。""害一切众生、禽兽性命为十过；害而不死为五过；举意欲害为一过。"③这些思想随着道教的普及在广大民众中得以推广，有力地推动了自然保护，直到今天都还有深远的影响。

佛教也蕴含着丰富而独特的生态思想。佛教认为"一切众生悉有佛性"，即使是没有情感意识的山川、草木、大地、瓦石等都具有佛性。禅

---

① 王明：《太平经合校》，中华书局，1960年，第174页。
② 周止礼、常秉义：《黄帝阴符经集注》，中国戏剧出版社，1999年，第54页。
③ 《道藏·第3册》，北京文物出版社，1988年，第450—452页。

宗强调"郁郁黄花无非般若,清清翠竹皆是法身"。大自然的一花一木都是佛性的体现,都有其存在的价值。基于这一缘由,珍爱自然、尊重生命就成为佛教徒天然的使命。佛教主张众生平等,宣扬因果报应、六道轮回,提出了不杀生的戒律。佛教的众生平等超越了人的范围,指宇宙间一切生命的平等,这种生命平等意识促进了生物保护。六道轮回指在没有解脱前,处于天、人、阿修罗、畜生、地狱、饿鬼这六凡中的生命依据自身的行为业力获得来世相应的果报,善有善报,恶有恶报。这个观念可以从心理和道德的层面约束人们善待世间万物,而"不杀生"戒律的提出更深刻地反映了佛教尊重生命、珍惜生命的思想。佛教认为诸罪当中,杀罪最重,如果触犯杀戒,死后必将堕入畜生、地狱、饿鬼三恶道,即使生于人间,也要遭受多病、短命两大恶报。佛门弟子在皈依佛门时就要发誓:"从今日乃至命终,护生。""不杀生"这个崇高的伦理规范随着佛教的广泛传播而影响深远,对保护生命、保护自然起到了重大作用。佛教的素食、放生等行为都是佛教生态观的具体实践。素食的根本目的是要从生活中培育人的慈悲为怀的佛性,从而保护动物的多样性。而佛教"依正不二"的观念则深刻地反映了生命与环境的整体性,所谓"依正",乃"依报""正报"的略称。正报,指众生乃至诸佛的身心,即生命主体;依报,指生命主体所依存的国土,即生存环境。所谓"不二",是指生命主体及其国土环境是不可分割的整体。自然界本身是维系独立生存的生命的存在,人类只有和环境融合,才能共存和获益。佛教的生态思想及其在现实生活中的推行对保护环境、促进人与自然的和谐发展产生了深远的影响。

基督教作为在西方世界最具影响的宗教,它的生态伦理思想对人和自然关系的影响却是双重的。对"人和自然的关系",基督教思想中既有人与自然相互分离的二元论,也存在以上帝为纽带的平等论,还存在人替上帝管理自然的托管理论。西方文明"发扬光大"的却是其中的二元论,在所有的宗教中，基督教是最"人类中心主义"的。《创世纪》第一章第二十六节说："我们要照着我们的形象造人""使他们管理全地"。人被上帝所造所委派来管理海里的鱼、空中的鸟和地上各种行动的活物，其地位明显高于其他生命形式。《圣经·旧约·诗篇》中写道："我观看你指头所造的天，并你所陈设的月亮星星，便说：人算什么，你竟眷顾他？世人算什么，你竟眷顾他？你叫他比天使微小一点，并赐他荣耀尊贵为冠冕，你派他管理你手所造的，使万物，就是一切的牛羊、田野的兽、空中的鸟、海里的鱼，凡经行海道的，都服在他的脚下。"由此可看出，人虽是受造物，却是所有受造物中最崇高、最尊贵的，是"天之骄子"。人与自然分离的思想对西方环境污染和生态危机产生了深远的、巨大的负面影响。

开创生态神学的先锋人物之一怀特指出：大自然是上帝的世界的一个成员，自然中的生物和无生物在精神上是与人类平等的，人类应当与它们共存，尊重它们，爱护它们，建立一种以对大自然的超功利的爱为基础的环境道德，使得人类在享受其权利以满足其生理需要的同时，也能够认识到其他有机体的权利。[1]怀特的生态神学强调伦理平等，生活在地球上的人和物在精神上是平等的，这就摒弃了把人与自然分离等传统思想，使人能站在"同根"的角度，善待其他物种。

托管理论作为基督教的自然环境观念之一，其核心是地球属于上帝，人类只是受上帝委托照看地球。因此，尊重大自然是人的责任，虐待大自然是亵渎圣灵之举。托管理论本身对大自然有保护性作用，但在基督教的历史中长期没有引起注意，因而未能发挥其保护自然的积极作用。直到二十世纪三十年代，托管理论才引起人们的重视。美国的一位林务员和水文学家罗德米克尔发表了题为《第十一条戒律》的演讲，他说，上帝如果能预见到几个世纪以来人类目光短浅的林业和工业会给他的创

---

[1] 闫韶华：《略述宗教的生态观和环保理念》，《新疆师范大学学报（哲学社会科学版）》2006年第1期。

造物带来如此巨大的破坏,他肯定会在十诫后面再增加一诫,即"第十一,你要作为一名诚实的管理员接管这个神圣的地球,世世代代都保护它的资源和活力;否则……你的后代将减少并生活在贫困中,或从地球上消失"[①]。由此,托管理论在生态神学家的继承和发展下,推动人们尊重大自然中万事万物的价值,尊重它们独立存在、生存和繁荣的权利。有的生态神学家还试图超越"人际公正",追求"种际公正"。西方对基督教教义新的诠释和理解有助于促进人对大自然的尊重和热爱,对从根本上修护自然,改善人与自然的关系起到了重要作用。

西方哲学家中,边沁第一个自觉而又明确地把道德关怀运用到非人类存在物上,他在《道德与立法原理》一书中提出了这样的观点:"一个行为的正确或错误,取决于它所带来的快乐或痛苦的多少,动物能够感受苦乐。因而在判断人的行为对错时,必须把动物的苦乐也考虑进去。"[②]而十九世纪的英国思想家赛尔特则认为,动物和人类一样,也拥有天赋的生存权和自由权,把人从残酷和不公正的境遇中解救出来的过程伴随着动物解放的过程。这两种解放密不可分地联系在一起,任何一方的解放都不可能孤立地完全实现。[③]另一位动物解放权利论者澳大利亚的辛格认为,我们将动物排除在道德考虑之外的行为正如早年将黑人与妇女拒之门外一样,这是类似于种族歧视和性别歧视的物种歧视主义。他认为,我们应当把大多数人都承认的那种适用于我们这个物种所有成员的平等原则扩展到其他物种身上。[④]而动物权利论者美国的雷根则明确指出某些动物是有权利的,这种权利意味着我们有强烈的道德义务,要尊重个体生命价值。[⑤]以上这些观点和论述都强调了对众生的普

[①] 杨通进:《基督教思想中的人与自然》,《首都师范大学学报(社会科学版)》1994年第3期。
[②] 章海荣:《生态伦理与生态美学》,复旦大学出版社,2005年,第192页。
[③] 雷根:《关于动物权利的激进的平等主义观点》,《哲学译丛》1999年第4期。
[④] 辛格:《所有动物都是平等的》,《哲学译丛》1994年第4期。
[⑤] 雷根:《关于动物权利的激进的平等主义观点》,《哲学译丛》1999年第4期。

遍关怀和尊重。而深层生态学则更进一层，指向了每一种生命个体的"自我实现"，认为"生物圈中的所有事物都拥有生存和繁荣的平等权利，都拥有在较宽广的大我的范围内使自己的个体存在得到展现和自我实现的权利"[①]。这与《中庸》中物与物"并育而不相害，道并行而不相悖"的思想遥相呼应。

以上简单梳理了世界各大宗教、中西有关哲学的自然观、生态观，中西方思想家都意识到了尊重生命、尊重万物的重要性。尽管历史上出现过推崇人类至尊、征服自然观念的阶段，但由于思想的进步和环境问题的严峻，保护生态已是今天的时代主题。古今中外的生态文明思想，为动物小说提供了精神资源。

第二节 人与自然的冲突

自从工业文明以来，人与自然的冲突就日趋白热化。湿地湖泊荒野消失，森林面积缩小，草原变成荒漠，河水不再清澈，土地逐渐沙漠化……环境的破坏直接导致很多动物灭绝，物种的多样性丧失，生态的有序性遭到严重破坏。人类为了发展自身所做的努力不仅妨碍自己的发展，最终更使人类自身也同样面临巨大的生态灾难。无论陆地还是海洋都出现了巨大的生态裂痕，如果裂痕继续扩大，那人类就不得不移居别的星球。《纽约时报》曾刊载一篇关于海洋生态裂缝的文章，可以直观说明一个物种的衰败对整个生态链的影响。最初是由于过度捕捞和气候变暖造成青鱼和鳕鱼骤减，从而导致以它们为食的海狮与海豹的数量突然下降。海狮和海豹的减少迫使逆戟鲸到陌生的浅海搜捕其他食物，这样一来就结束了与海獭长期和平共处的时代。海獭的数量锐减百分之九十，有些地

[①] 章海荣：《生态伦理与生态美学》，复旦大学出版社，2005年，第217页。

方甚至完全绝迹。一旦海獭消失,海藻就不能维持以它们为食物的各种海洋生物。因为海胆——海豹通常的食物——现在数量非常之多,已经毁灭了藻类植物。藻类植物是海洋生物的主要依靠,它的毁灭又影响到蚌类、鱼、野鸭、海鸥以及秃鹰的生存,这些动物又是海獭、海狮以及逆戟鲸食物链上的食物。科学家与生物学家对于如何修补海洋生态网这个可怕的裂缝不知所措。[1]每一种野生动物都是大自然长期进化的结果,是地球生态系统的重要组成部分,一个物种的减少或消失,都将影响到与之相依的动物植物,这是一个连锁反应。生命之链环环相扣,相互依赖,相互制约,无论从何处断裂,都会引起生态失衡,最严重的后果就是生态系统解体。人与动物、捕食者和猎物之间存在着一种神圣的关系,一种与生俱来的相互依赖的亲缘关系,打破了这种"神圣"和"相互依赖",人和动物都要遭受灭顶之灾。反映人对自然的破坏、人与自然的冲突是动物小说的一大主题,这些作品为生态保护敲响了警钟。

1. 焚林而猎

"焚林而猎"直接带来的就是人和动物的灭顶之灾,曾在中国东北生活了几十年的俄罗斯作家尼古拉·巴依阔夫的中篇小说《大王》揭示的正是这一主题。老虎大王及其臣民生活在吉林省渺无人迹的原始森林里,在这里,占统治地位的是野兽而不是人。怀着对大自然深深的爱,作者描述了森林走兽飞禽的生活及其性格:老公猪是彻底的悲观主义者;黑貂为了抓到猎物竟敢对森林之王怒目而视;公马鹿妻妾成群;森林痞子红狼总是去偷别人的猎物;灰鸦和喜鹊吃饱肚子后就栖息在百年橡树的枝头晒太阳。原始森林里的一切都是那么美好,井然有序,各得其所。尤其是那些无所不知的喜鹊、灰羽毛的松鸦、好动的山雀,是它们让森

---

[1] [美] 布伦达·彼得森:《再造方舟——与动物共生》,程佳译,译文出版社,2006年,第168—169页。

林的每一天都热热闹闹。看这些森林居民斗嘴、打闹，你会感到大森林的生活是如此美好，充满乐趣。虽然也伴随死亡，但死亡难道不是生命的一部分吗？只要还有广阔的森林供大家自由自在地生活，遵循自然法则的死亡并不会影响森林居民生之欢乐和幸福。但是，大自然的主宰——人类，却偏偏不让森林居民们安居乐业，外来的移民建城市铺路架桥，严重威胁它们的生活，于是，这些居民齐心协力开始了保卫家园之战。那位久经沙场的老战士——老公猪早就对人类这两脚动物做出了独特的并不高的评价，它认为他们很笨，头脑迟钝，体力又弱。"这算什么主宰，给咱们大王一口气便可以吞到肚子里去！至于这位主宰的道德品质，那更是谈不上！"人被野兽所蔑视，这是人的悲哀，但想想人对野生动物造成的灾难性的伤害，站在野生动物的立场去思考，这评价不算过分。人类野心勃勃，想把整个宇宙变成漫无边际的狩猎场，这直接导致了人和野生动物的战争、人和大自然的冲突。人的无知贪婪让他忘记了这样一条真理：让自己活着，同时也让别人活。野生动物们被逼到生存的悬崖边了，它们怎么能不奋起反抗？这场由人类挑起的人兽大战不会有胜利者，只会两败俱伤。大王最后死在猎虎者的枪下，而猎虎者的儿子也命丧虎口。

这些在思想上和心灵上都早已远离大自然的外来人，他们不懂森林法则，狂妄愚昧，将人和动物的关系推到你死我活的边缘，直接导致不少动物灭绝，森林里再也听不到动物的欢歌笑语。人和动物究竟应该如何相处？人的发展是否只能以牺牲动物进而牺牲大自然为代价？为何原始森林的老住民和森林居民之间几千年来都能和谐共处，共生共存共发展？从老佟力的身上我们可以找到答案。老佟力是这些老住民的代表，他熟悉森林法则，对森林对动物懂得尊重、感激、敬畏，深谙人兽相处之道，所以连大王与他相遇时都要为他让路，即使是在它已尝过人肉的滋味以后。在这片原始森林里还保有虎崇拜的传统，人们修庙刻文，祈祷山林之王大发善心，怜悯百姓。关于历代大王的传说有很多，最近的

111

一个是四十年前,现任大王的父亲还是一头小老虎时被捕兽网网住了,那是皇家狩猎队设下的网,准备捕下后送往北京的百兽苑。但是,皇帝手下的学者认出它是大王,便恭恭敬敬地将它放归山林。举行这一仪式时,连皇帝都御驾亲临。老虎一觉得可以自由行动,便平静地走到皇帝面前,躬身跪拜,然后慢慢地踱回到自己的森林里去。这个美丽的传说不仅让人见识了王者之风,还让人感受到了人对自然的敬畏。人可以捕猎但不可以滥杀,给森林留下统治者,让它统治这片土地,不仅利于生物群落的发展,也利于人的发展。在传说时代,人和自然相处是那么和谐。作品把这些美丽的传说和现在的移民时代进行对比,清晰地呈现了人与自然的裂痕是如何形成又是如何扩大的,在一种悲天悯人的哀愁与忧伤中述说回归自然的渴望。但是森林原住民的力量太微小,挡不住洪水猛兽般的开发潮流,再过一二十年,那些美好的原始森林将会消失,不留下一个树墩。再也没有什么美丽的景色、广阔的空间和自由自在的生活。如果原始森林消失,动物也将消失,一片荒蛮的星球将只剩下人,只有人的地球,人将如何生存?这是《大王》留给人的深深思索。作品结尾写道:"有朝一日,大王要醒来。它的吼叫将会隆隆地响彻群山和森林的上空,引起一次次的回声。苍天和大地均会受到震动,神圣而又灿烂的莲花将会展瓣怒放。"这种黄色的莲花每五十年开一次,只连续开三天,但看到它的只有德行高洁的人。现在的人已经离圣人非常遥远了,但若能洗尽罪孽,善待自然,与森林居民重修旧好,创造出人与鸟兽安居乐业的至圣境界,那么离看到那神圣灿烂的莲花就为期不远了。

老虎作为举世公认的猛兽,千百年来就在森林里居于王者地位,但即使有王者之尊,也仍然未能逃脱被猎杀的命运。北方的兴安岭原始森林里的"大王"尸骨未寒,南方神龙架的最后一只白虎又饮恨而亡。中国作家李传锋的《丛林呼啸》以人与虎同归于尽的方式再一次把人与自然血淋淋的冲突摆在人的面前,这种冲突实际上是人在和大自然玩死亡游戏。不知天高地厚的人类，有多少筹码可以和大自然玩死亡游戏呢？也许在游戏之初，人都是胜利者，但正如恩格斯所说：人们不要过分陶醉于自己对自然界的胜利。"对于每一次这样的胜利，自然都报复了我们。每一次胜利，在第一步都确实取得了我们预期的结果，但是在第二步和第三步却有了完全不同的出乎意料的影响，常常把第一个结果又取消了。美索不达米亚、希腊、小亚细亚以及其他各地的居民，为了得到耕地，把森林都砍完了，但是他们做梦都想不到，这些地方今天竟因此成为荒芜不毛之地，因为他们使这些地方失去了森林，也失去了积聚和贮存水分的中心。阿尔卑斯山的意大利人在山南坡砍光了在北坡被十分细心地保护的松林，他们没有预料，这样一来，他们把他们区域里的高山畜牧业的基础给摧毁了，他们更没有预料到他们这样做，竟使山泉在一年中的大部分时间内枯竭了，而在雨季又使更加凶猛的洪水倾泻到平原上。"[1] "前车之覆，后车之鉴"，然而我们并没有吸取教训，不仅在重蹈覆辙，而且有过之而无不及。这只生活在南方森林里的老虎是一只罕见的白虎（李传锋《丛林呼啸》），它的一生都在逃亡，为回到家乡而逃，但是，当它历尽艰辛终于回到家乡时，故乡容颜已改，公路已经修进了大山，大片大片的森林被砍伐，山溪里已听不到淙淙流水声，自己的臣民已纷纷逃亡他乡，而不肯善罢甘休的偷猎者为了它高昂的价值又对它进行追猎。家园的仇恨点燃了白虎的复仇怒火，它和追猎者认认真真地玩起了死亡游戏，最后咬死偷猎者，自己也中弹而亡。最后一只白虎消失了，它的头朝着熊熊燃烧的森林，那里曾经是它的王国，有它甜美的童年和它天上飞地上跑的臣民，而如今，一切都淹没在火海里了。白虎内心的伤痛也许只有林间所剩无几的喜鹊才能明了。森林也是一个社会，一个飞禽走兽安家落户群居生活的世界，有自己的法则和秩序，

---

[1] 《马克思恩格斯全集·第3卷》，人民出版社，1972年，第517页。

一旦秩序被破坏了，法则受到挑衅，那么违规者就将遭到严惩，即使人也不例外。在大自然面前，人并不享受赦免权。森林之王以及其他猛兽的存在，迫使所有的动物在生存竞争中发扬自身的优点，克服自身的不足。强健者享有生命，衰弱者丢掉性命，这是大自然合理的安排，生与死维持在平衡的循环中。只有如此，森林才不会"人口过剩"，并保证各个物种的繁衍生息。人来自森林，却忘记了森林的法则，一旦大自然赐予的土地上再也容不下那么多人了，或者被嗜血的本能、贪财的欲望所驱使，人就开始面对森林、草场、湿地开拓新的栖息地。向动物大开杀戒是在报远古人类生活在丛林时备受野兽威胁之仇吗？还是面对苍茫的宇宙感觉到自己的渺小，要通过消灭成千上万的物种来显示自己的能耐？

　　森林里的野生动物经过几万年几千年时间的淘洗存在下来，这本身就说明它们的生命力极其顽强，善于根据环境的变化而改造自己。在人类起源之初，猛兽居于强者地位，它们见证了人的产生和发展，也接受了人离开丛林易地而居，与人类无争地继续丛林生活。也许它们认为这是大自然的安排，每一种动物都应该有自己的栖身之所。然后在不赶尽杀绝的前提下，靠角逐智力和力量生存，这是大自然千万年来的法则。然而人这两脚动物却无视大自然的安排，定要"以人灭天"，使地球上珍贵而多样的物种日益稀少。野生动物被迫为保卫家园而战，于是就上演了一幕幕人兽大战的悲剧。很多物种灭绝了，很多森林消失了，水土流失，气候反常，地球变暖，这就是人所得到的胜利果实。古人就已倡导的不可焚林而猎的理念，早被贪欲驱使的人类抛到了九霄云外，为了抓住白虎，这些人竟然放火烧山。白虎用尽生命的余力发出一声长啸，虎啸声穿透烈焰，响彻山野，向大自然控诉人类的暴行。人对野生动物所犯下的滔天罪行迟早都要受到惩罚，大自然一旦发怒，人就会再次见识自己的渺小和脆弱，再次陷入幼年时代面对苍茫宇宙时所产生的恐怖之中。森林土著，唯有他们才深深懂得敬畏自然的真谛，唯有他们才切身体会了人何以不是自然的支配者和主宰者。"吾在天地之间,犹小石小木之在大山也。方存乎见少,又奚以自多,计四海之在天地之间也,不似礨空之在大泽乎?计中国之在海内,不似稊米之在大仓乎?号物之数谓之万,人处一焉;人卒九州,谷食之所生,舟车之所通,人处一焉;此其比万物也,不似毫末之在于马体乎?"(《庄子·秋水》)人在宇宙中是如此地渺小,理应谦卑自知,万不可妄自尊大,要始终对天地自然怀着一颗感恩的心。那些世居森林的人们,面对苍茫无边的林海,一定感到了自己的微小。但是大森林接纳了他们并养育了他们,如同接纳并养育其他的动物,他们和其他的动物一样懂得森林法则,严格遵循这些法则,所以万物众生才能和睦相处。当然,他们之间也有杀戮,但这是在森林法则的许可范围内,为了生存而猎杀无可厚非,况且被猎杀的倒霉者往往都是族群的劣等品。在追猎中,无论猎者还是被猎者都在锻炼提高自己的体能和智慧,只有每一个物种留下的都是优良品种,大自然才会具有无限发展的内驱力。这些森林的原住民始终对天地自然怀着一颗感恩的心,当外来人惹得山神发怒时,他们会以最古老的仪式来平息山神的愤怒——以人做牺牲,这种方式是否妥当姑且不论,但他们在大自然面前的谦卑自知无疑是人与自然和谐相处的重要品质,没有这种品质,人就不可能回归自然,自然也不可能接纳人类。

在沈石溪的《斑羚飞渡》中,一群斑羚被逼到伤心崖上,进退两难。往后退,是追捕的猎人;往前走,是几十丈深的绝壁。看起来这群斑羚似乎走上绝路了,可是,镰刀头羊却想出了老幼两代空中对接,飞越天堑的奇招。所有的老羚羊都做了空中"桥墩"而坠入深渊,但它们的牺牲却换来了年轻一代的安然飞渡。这种为保护种群而集体牺牲的行为震撼人心。在带着猎狗端着猎枪的人面前,斑羚是无助的弱者,被宰割的对象。在无力抗争的情况下,斑羚所表现的智慧以及从容赴死的态度是对人类的极大蔑视与谴责。强者生,弱者死,并非丛林的唯一法则,智者存才是最高境界。人与斑羚在伤心崖的对峙最终以人的失败而告终，"万物之灵长"的人类连几十只斑羚都征服不了。其实，何止斑羚征服不了，任何一个物种我们都无法征服。正如海明威的《老人与海》中桑提亚哥说的：人，不是生来给打败的。你可以消灭他，却永远征不服他。异于人类的其他物种又何尝不是如此呢？每一个物种都有自己活在世上的权利和自由，并非为了人类而活。人应该听听动物的声音："这些人自己活着，却不让别的生灵活下去，特别是不让那些不在他们那里安身而又生性酷爱自由的生灵活下去。"[①]人类总是认为自己理应主宰一切，无限制地控制自然，使宇宙变为自己漫无边际的狩猎区。苏联作家弗·索洛乌欣在谈到人类自认为是地球的主人，有权任意支配大自然时则说："如果好好想一想，那么，为什么比人类多得多（以千亿计）的鸟类不可以认为地球主要是属于它们的呢？为什么昆虫（多达三十余万种）不可以认为自己是地球的主要居民，而其他一切生物都是为它们而存在的呢？"[②]人与斑羚的对峙表现了人与自然的对峙，人对斑羚之战的失败反映了人想征服自然的失败。追本溯源，人是自然之子。《易传·序卦传》言："有天地，然后万物生焉，盈天地之间者唯万物。"以子抗母，同胞相害，即使取得了胜利，那也只是暂时的，自然会以这种或那种方式狠狠地惩罚人类这个不孝的孩子、不仁的手足。"聪明的大自然极其容忍，宽宏大量地饶恕人类的许多恶行……但忍耐超过了极限，大度到了尽头，宽容显得愚蠢时，大自然将可怕地举起无情惩罚暴徒的利剑……怀着对人类过分贪婪的憎恶……灭绝这行星上的人类生灵。"[③]当今人类面临的各种自然灾难就是自然母亲给人类的惩戒，这种惩戒提醒人类思考：人，你是谁，是掠夺者还是大自然善良的朋友？

---

① 转引自裴家勤：《人和自然相互关系的哲理思考》，《当代苏联文学》1986年第3期。
② 同上。
③ ［苏联］邦达列夫：《瞬间录》，《当代苏联文学》1986年第3期。

2. 好心带来灾难

人的暴行会给动物带来灾难，但有时人的好心也会给动物带来灾难。各个物种生存于世都有自己的生存之道，人有时自作聪明地滥用同情，干涉物种间的关系，由此破坏了物种间的和谐共存，影响了种际间的关系，从而影响了人与自然的关系。

现实生活中不乏这类人类"好心办坏事"的例子。美国的阿拉斯加在二十世纪九十年代曾展开剿狼运动，目的是保护数量已不多的鹿，这次大屠杀使当地的野狼数目锐减，鹿及其他食草动物总量猛增，狼与鹿失去平衡，草场面积不断缩小，森林植被遭到严重破坏，生态平衡被打破。人对鹿的过分捕猎使得鹿的数量减少，我们却不知道自己在做什么，当食草动物被我们捕杀得快没有的时候，我们就试图通过屠杀其他顶层食肉动物，比如狼，来修补。适当的猎食关系会平衡狼与鹿的数量，但人并不是那个平衡者，只有狼才是。人去充当平衡者就使猎食者与猎物的关系自下而上失去平衡。在阿拉斯加有句俗话："什么使鹿跑得那么快？狼的牙齿。"自然赋予每一个物种以强项、速度、耐力、韧劲、智慧等这些特质，谁能将它们最大限度地发挥谁就是打猎场上的胜利者。鹿要跑得足够快才不会被狼追上，狼要比鹿跑得更快更懂得围追堵截才能填饱肚子。自然把一切都安排好了，人一介入就让一切都变得糟糕。老虎、狮子、狼等猛兽跟人类一样，都是顶层的食肉动物，顶层食肉动物是生态系统的健康指标，没有了它们，食物链的健康运转就会停止。另外，如果它们的猎物数量日渐减少，猎物范围发生变化，就说明生态系统的健康出了问题，从食物链底层开始，一层一层往上都出了问题。因此，不滥捕滥杀顶层食肉动物也是维系整个生态系统健康运转的关键。认识规律，按自然规律办事，每一个物种才会获得自己的生存空间，人亦如此。

一群红崖羊（沈石溪的《打开豹笼》）在一对雪豹的长期"据有"下，半个多世纪以来，数目没有增长，但在"我"将这两只雪豹关进笼子后，半年就增长了40多只。不过，问题也接踵而来：头羊的权威迅速下降，红崖羊的性格越来越粗暴。由于数量增多，冬天羊群面临饥饿的威胁，春天又展开殊死的格斗，更严重的是羊群开始分裂成若干个小集团。"我"打开豹笼，红崖羊的生活又回到了原点。"我"因为不了解红崖羊和雪豹之间这种奇特的共生关系，急于想替弱者除险，却差点毁了整个羊群。

早在几千年前，我们的祖先就告诉我们要按自然规律办事。《庄子·至乐》里讲了这样一个故事："昔者海鸟止于鲁郊，鲁侯御而觞之于庙，奏九韶以为乐，具太牢以为膳。鸟乃眩视忧悲，不敢食一脔，不敢饮一杯，三日而死。"鲁侯不知海鸟的生活习性，以己度鸟，本是想好好喂养，却不料害死了海鸟。这和前例中的人犯了同样的错误，"此以己养养鸟也，非以鸟养养鸟也"。那么"以鸟养养鸟"应该怎么做呢？"夫以鸟养养鸟者，宜栖之森林，游之坛陆，浮之江湖，食之鳅鲦，随行列而止，委蛇而处。"就是要让海鸟回归自然，按生物习性生活。羊群也同样如此，要让它们回归正常的生活环境，有青草可吃、清水可饮，有天敌时想要它们的命，这样它们才会时刻警惕猎手，一旦遭遇天敌就依靠群体的力量和自己强健的身体活命，这就使族群有了凝聚力和战斗力，不至于因为缺少天敌和数量过剩自相残杀。在一次次组织迎战敌人和战略撤退中，首领的权威也得以确立和得到保证。顺乎自然，才能平衡和谐。诚如老子所说："知常曰明。不知常，妄作，凶。"（《老子》）不了解自然界的生存法则，最终的受害者是人类自己。《血染的王冠》（沈石溪著）里"我"就是因为看不惯残忍的杀戮，救下了被赶下王位的麻子猴王，结果不但装有相机、笔记本、饼干的挎包被抢，宿营地也屡屡被猴群骚扰。这群金丝猴也从此不得安宁，经常发生混乱的打斗，仇恨、分裂像瘟疫一样蔓延，许多母猴离群出走。新猴王镇不住自己的臣民，因为它没有将前任猴王杀死。"对生性好斗的金丝猴群来说，任何一顶耀眼的王冠都是用血染红的；如果有一顶王冠出于某种偶然的原因，没有被鲜血浸染过，那么可以断言，这顶王冠终将黯然失色。"①麻子猴王必须死去，否则这群金丝猴很可能就此解体。最后麻子猴王葬身葬王滩，金丝猴群恢复了平静的生活，秩序井然，一派祥和。"我"因为不了解金丝猴的生活习性，插手干预王位之战，破坏了猴群代代相传的规矩，险些酿成灾难。尊重自然，尊重各种自然现象，我们才能与自然同享平和。

3. 损物利人

人对动物滥用同情破坏了动物生活的和谐，而人为了自己的利益改变动物的生存环境则给动物带来了生存的危机，种族的灾难。比如金曾豪的《苍狼》，小说描写一个摄制组为了拍片把一个狼的家庭送上一个小小的荒岛。荒岛太小，家养的兔子太容易捕捉，狼丧失了血腥厮杀的快感，野性不能得到满足，它们为此烦躁不安，决心冒死渡过海峡回到真正的家园。于是浪涛中出现了一条鲜红的生命之链顽强地朝群狼向往的山林延伸——这群永远不屈服于人类的强迫迁徙而毅然寻求自己生存家园的苍狼，以血染的生命之链控诉了人类的肆无忌惮、为所欲为。苍狼的命运向人类揭示了一个真理：动物一定要活在自己的世界，人类必须让动物活在一个属于动物的世界。②"动物都是有情有欲的生灵，只不过同我们在程度上有所差异而已，因此，他们理所当然地应有他们的权利。"③把自己的意志强加给其他生物，"征服"它们，剥夺它们生存的权利，这是不人道的。

---

① 沈石溪：《和乌鸦做邻居》，江苏少年儿童出版社，1997年，第233页。
② 谢清风：《还给动物一个世界》，《儿童文学研究》1998年第2期。
③ [加拿大] E. T. 西顿：《西顿野生动物故事集》，蒲隆译，译林出版社，2001年，第3页。

每个物种都有自己的生活空间，物种间有自己的种际关系，在遵循"自然法则"这个大前提下，各种现存的且已维系良久的种际关系都有其合理性，那是经过血腥杀戮后的最后也是最好的选择。在这种选择面前，人的意志是无能为力的。人总是梦想着要征服自然，但却忘了自然除了是人无法回避值得一斗的劲敌外，还是与人亲善、富有灵性和值得尊敬的友伴，更促成了人类出现在地球上。人类就像希腊神话中的巨人安泰，他从他母亲——"地球女神"盖亚身上获取力量，挑战敌人并打败他们。"大力神"赫尔克里斯知道了他的秘密，就把他举起来，脱离了大地母亲的安泰变得不堪一击，最后被撕成了碎片。人类应该牢记这个神话，尊重地球母亲，善待周围的生命，正是这些多样的生命为人类的生存提供了物质基础，没有这些多样的生命，地球上就不可能有人类。

第三节 人与自然走向和谐

人类具有改造生态圈的能力，也掌握了对其他物种生杀予夺的大权，可是，如果利用不当，就有可能毁灭生态圈。大诗人雪莱曾以诗的形式对人类支配主宰的愚昧大加嘲讽："我名唤欧吉曼迪亚斯，万王之王／你们强盛有力的人，看看我的作品，绝望吧！除此而外，什么也没有留下／在腐朽残躯／巨大遗骸的四周／无边无际一望无垠／唯独滚滚黄沙伸向天涯。"[①]昔日风光无限好的地球只剩下漫漫黄沙，那时人将何以立足。这不是危言耸听，如果人类再不停止危害自然的行为，最终就是人毁灭生态圈的同时也毁灭了自己。为了自身的生存，人类必须重新审视自己，摒弃"地球属于人"的错误认识，建立"人属于地球"的正确观念。"人

[①] 转引自［美］杰弗里·马森：《狗不是爱情骗子》，庄安祺译，广西师范大学出版社，2005年，第67—68页。

类未来的生存取决于回归正确的自然关系。这种回归的要求既是内在的，也是外在的。我们付诸努力时，动物之灵是我们最可依赖的向导。如果我们与动物结成朋友，它们就能引导我们，向我们展示我们必须懂得的一切。"[1]在一个特瓦人的传说中，人和动物同住在黑暗的湖底。首批母亲——强有力的女人——派一个男人去探路，去到水面上我们现在居住的这个世界。当他到达这个世界时，他看见了狼、狮子和山狗。一看见他，它们就跑上来，咬伤了他，然后告诉他："我们是你的朋友。"再把他治愈。它们向他展示了自己的特殊本领，它们的伤害能力以及同等的治疗能力。后来这个特瓦男人回禀母亲大人时说："我被接纳了。"[2]这个传说呈现了一个诗意的世界，人、狼、狮子、狗以及其他的动物在地球上友好相处，结伴而行。我们已经与森林草原、与其他动物亲属分离得太久，孤独得太久了。

世界各地的人如今已意识到将野生动物赶尽杀绝对人而言不啻一种灾难，开始做一些补救工作。北美大陆曾是野狼成群出没的地方，但自从欧洲人来到这块土地，狼的领地就从整个北美大陆退缩到阿拉斯加与其他几个州，狼的家园不断被侵占。从上个世纪九十年代开始，美国国家公园黄石公园已开始有计划地引入野狼。当你看到成群的野狼在谷地原野追捕飞奔，你就能深切体会到而不是从书本中认识到野狼对于森林的重要意义。失去了这种珍贵的食肉动物，森林就失去了平衡和美丽，就变得不完整。狼的回归使多方受益，对于这一点，黄石公园的护林员、狼研究员里克·麦金泰尔这么解释："渡鸦看到野狼猎到食物或是撕开一具尸体之后，立即出现了。狼能容忍渡鸦分享它们吃剩的食物。灰熊与山狗也分享狼的猎物。灰熊吃掉一部分，山狗再吃剩下的。狼重新出现

---

[1] [美] 布伦达·彼得森：《再造方舟——与动物共生》，程佳译，上海译文出版社，2006年，第211页。

[2] [美] 布伦达·彼得森：《再造方舟——与动物共生》，程佳译，上海译文出版社，2006年，第204页。

在食物链当中，大家都受益。"[①]在印第安提顿族人中流传着这样的预言：所有狼的亡魂都聚在一座遥远的高山上，等待适时归来。是该狼回来的时候了，离乡背井太久的身体和灵魂都希望回到久违的家，回到自己永远的归宿。但是，尽管做了很多工作，狼回家的路依然漫长而艰难。美国作家阿丝塔·鲍恩的小说《狼回家的路》以美国渔业和野生动物服务的记录和联邦狼类恢复工作的记录为基础，讲述了野狼玛塔一家回家的坎坷。陷阱、汽车、猛兽、饥饿都是阻挡它们回家的障碍。最后，玛塔一家四口只有它自己回到了九哩谷。两个孩子饿死在冰川公园，另一个孩子不知所终。但回到家乡的玛塔生活并不安全，它被非法猎杀，七个孩子在失去母亲之后不久又失去父亲，未成年的它们依靠一个生物学家投放的食物才免于挨饿。狼要真正生活在自己的祖先开辟的家园仍有很长一段路要走，但玛塔和它的狼群能成功在九哩谷安家落户让人看到了希望，是野狼的不屈不挠和当地居民的理解包容使九哩谷重新有了野狼出没。这里原本就是野狼的家，它们世居此地，如今，它们是回家。玛塔的成功回归表明了人改正错误弥补过失、和野生动物重修旧好、和它们共享地球家园的决心。

　　让动物回家不仅仅只是接纳动物，还包含把动物的家园还给它们。由于人的不断侵占，许多动物失去了生存空间和宜居环境。把土地还给森林、还给湖泊、还给湿地、还给荒野，这才是真正意义上的让动物回家。十九世纪六十年代，美国总统富兰克林写信给皮吉特湾的印第安酋长西雅图，要求购买部落用地给移民，西雅图作为新石器时代自然道德最后一位代言人，作出了这样的答复："总统从华盛顿来信说要购买我们的土地，但是土地、天空、河流怎能出卖呢？这个想法对我们来说太不可思议了，正如不能说新鲜空气和闪闪水波仅仅属于我们而不属于别人

---

① [美]布伦达·彼得森：《再造方舟——与动物共生》，程佳译，上海译文出版社，2006年，第179页。

一样,又怎能买卖它们呢?"[①]空气、水、森林、草地、荒原不仅仅属于人类,还属于其他物种,地球上生活的各种动物植物微生物,人怎能独享为所欲为呢?把动物的家园还给它们,让它们回家,不滥捕滥杀,是重建和谐生态的前提。

《世界自然宪章》认为:"生命的每种形式都是独特的,不管它对人类的价值如何,都应受到尊重,为使其他动物得到这种尊重,人类的行为必须受到道德准则的支配。"[②]很多动物小说都通过表现善待动物、尊重动物在呼吁人类的跨物种的道德伦理,呼吁与自然重建和谐。

一个打了一辈子猎的老猎人在一个陷阱里被母鹿感化了,由猎鹿者变成了养鹿人,走上了与自然和谐相处的道路(沈石溪《在捕象的陷阱里》)。"我"追猎母鹿,一起掉进了捕象的陷阱里,里面还有一只饥饿的云豹。云豹首攻母鹿,母鹿跪在"我"的面前,眼泪汪汪地请求"我"庇护,但"我"也是母鹿的死敌啊!"我"震惊于母鹿的行为,油然而生对弱小动物的保护之情。最后,人鹿合力杀死了云豹。母鹿临死托孤,用生命之力助"我"逃出了陷阱。在母鹿眼里,人和云豹同为自己的敌人,但人毕竟不同于云豹,人还有善良的本性,所以在面对云豹的攻击时会向人求救,这与其说是对人的幻想,不如说是对"人性本善"的信赖。母鹿的信任以及舍命相救最终净化了人的心灵,而老猎人通过对母鹿遗孤的抚养完成了对自己的救赎,懂得了应该怎样生活,人和自然由冲突走向了和谐。

无独有偶,在《母犀牛的爱恨情仇》里,母犀牛给了猎人尼尔敦彻底的灵魂洗礼。尼尔敦开枪打伤了一头怀孕的母犀牛,为躲避犀牛的进攻,慌不择路掉进了一个七八米深的陷阱,陷阱里有数排尖锐的木桩,尼尔敦差点掉在上面。惊魂未定之际,母犀牛也掉进了陷阱,不幸的是,

---

[①] 转引自郭耕:《鸟兽物语》,北京出版社,2002年,第251—252页。
[②] 转引自郭耕:《鸟兽物语》,北京出版社,2002年,第246页。

它落到了木桩上面,鲜血四溅。尼尔敦在确认母犀牛对自己不构成威胁后,开始想法爬出陷阱,但未能成功。而这时母犀牛因腹部受到强烈撞击竟提前分娩了。尼尔敦突然被深深震撼了,他想起了因难产死去的妻子,一种复杂的怜悯之情促使尼尔敦不顾潜在的危险走过去,他要割断脐带,把小犀牛抱去吃奶,母犀牛不能动弹,做不了这些事。夜晚来临,毒蛇来袭,尼尔敦杀死了毒蛇,救了小犀牛。天亮后,看着小犀牛憨头憨脑围着母亲撒娇的可爱样子,尼尔敦心头一阵悸痛,为自己的猎杀行为深深感到后悔。如果不是自己为了私欲去猎杀这头母犀牛,犀牛母子此时应该在广袤的丛林里幸福地享受大自然的阳光雨露。尼尔敦身处绝境的经历使他从未如此深刻地意识到生命的珍贵,意识到动物的生活与我们人类何其相似。亲子之爱,天伦之乐,它们有权享受大自然赐予的一切权利,人没有权利剥夺动物的生命。白居易有诗言:"谁道群生性命微,一般骨肉一般皮。劝君莫打枝头鸟,子在巢中望母归。"如果我们都能推己及人,乃至及物,"老吾老以及人之老,幼吾幼以及人之幼",那我们就能与动物共享生命之乐。传说意大利十三世纪的圣人圣方济格·亚西西曾经对动物布道,他以宗教的情怀劝导人类怜悯万物,"莫要伤害我们卑微的兄弟,这是我们的第一职责,仅此还不够;还有更高的使命——无论何处/我们都要提供它们所需的帮助。"[①]动物也在以自己的舐犊情深、家庭之爱、种群之爱、对人的包容感动着人类。

  美国著名冒险小说作家、自然资源保护主义者詹姆斯·奥利弗·柯伍德曾经热衷于打猎,猎杀了很多野生动物,但是后来,他悔悟了,意识到自己的过错,积极投身到保护野生动物、保护自然环境的工作中。他在他的名作《灰熊王》的前言里写道:"这是我奉献给公众的第二本自然之书。它像一个人的忏悔录,又是一部希望之书。忏悔是因为,一个

---

① [美]布伦达·彼得森:《再造方舟——与动物共生》,程佳译,上海译文出版社,2006年,第1页。

人终于认识到荒野提供了一项远比杀戮更动人心魄的运动,可在此之前,他已猎杀多年;希望则在于,这本书中所讲述的故事能够帮助其他人感知并领悟到,最激动人心的狩猎并不是杀生,而是放生。"[①]柯伍德的这种认识,具体到《灰熊王》中,源于灰熊托尔带给他的震撼。在作品中,吉姆·兰登和布鲁斯·奥托去落基山脉猎杀灰熊,发现了托尔——落基山最大的灰熊,便一路追踪,准备猎杀它。布鲁斯开枪打伤了托尔,这是托尔第一次和人遭遇。"它的前肩被击中,血流如注,洒了一地。它嗅了嗅血,惊疑不定,诧异莫名。"它明白了一件事:人类的气味跟自己的受伤密不可分。两个猎人继续追踪托尔,捕获了托尔收养的养子幼熊马斯夸。在照顾马斯夸的过程中,兰登对灰熊的情感发生了变化,他开始爱上它们,不打算猎杀太多的灰熊了。但即使这个时候,兰登也仍然没有放弃猎杀托尔,他只是认为托尔将会是他猎杀的最后一头灰熊。当终于和托尔直面相对时,兰登才明白自己是多么的不堪一击。"乍一看到那头恐怖的灰熊,兰登的嘴里仅能发出一种破碎的、窒息的呼吸声,那是一种僵硬的、几乎算不上呼喊的声音。10秒钟过后,他才缓过神来。"[②]兰登感到特别无助,他不能跑,因为背后是崖壁;他也不能躲向山谷方向,因为那里有一面将近100英尺深的悬崖。他被托尔堵在了一个死角,他觉得自己很快就会遭到报应。但是,托尔却在打量了他30秒后离开了,因为那个畏缩的、脸色苍白的人类蹲在岩石上一动不动,让它没有理由发起攻击。它很疑惑:"真的是这种畏缩的、无害的、惊恐的动物伤害了自己吗?"它确实闻到了浓浓的人类的气味,但是这一次,这种气味却没有给它带来伤害。它不是一个杀戮狂,它没有伤害兰登。而兰登在死里逃生后,他爆发了一阵"神经质的、爆破式的、欢快的大笑"。他对托尔

---

① [美]詹姆斯·奥利弗·柯伍德:《灰熊王·前言》,涂明求译,外语教学与研究出版社,2013年,第5页。
② [美]詹姆斯·奥利弗·柯伍德:《灰熊王》,涂明求译,外语教学与研究出版社,2013年,第188页。

的举动非常惊讶,"如果是我把你逼入死角,我已经杀了你!可你!你把我逼进了死角,却让我活了下来"!①托尔对兰登的怜悯给他带来了天翻地覆的变化,兰登清楚,"自此以后,毕其一生,他都不会再猎取托尔的性命,也不会再猎取任何一头它的同类的性命"。托尔以自己对生命的包容、怜悯打动了兰登,不仅让他放弃了猎杀计划,还在托尔被猎犬追杀时,开枪阻击猎犬,给托尔赢得了逃生的时间。兰登回到营地后,放了抓获的马斯夸,离别时兰登"忍不住鼻子一酸,一阵哽咽",甚至"眼睛里还泛起一层雾气"。兰登承诺如果有一天自己回来看马斯夸,绝对不会射杀它。人和动物最终达成了尊重彼此的生命,和谐相处。

动物不仅感化人,还在用至善至纯的生命理念,教给人类怎样生存、怎样爱。号称"森林之舟"的驯鹿自古就有"仁兽"的美誉,生活在大兴安岭的鄂温克人和驯鹿结下了深厚的情谊,驯鹿不仅是鄂温克人迁徙运载的交通工具,还可以驮运那些不能进山行走的老人和小孩。人类需要依赖驯鹿生存、生活;驯鹿则需要人类赐给它食盐以补充肌体的必要元素。驯鹿还会照看孩子,母亲们出去打猎前把孩子放在驯鹿和狗的身边,很晚才回来也不会有事。饿了,有鹿奶;危险来了,有狗在一旁。当你看到孩子在母鹿身上尽情地吮吸,母鹿像哺育自己的儿女一样安详、慈爱,狗像卫士一样在旁边目不转睛地守护,你无法不为人、狗、鹿之间悠然自得、其乐融融的情景所打动,无法不为人类和动物共同创造的这种天然的亲情所打动。感谢大自然母亲给了这个世界无所不在的亲情,这是大自然的伟大和魅力。那些飞翔的、游动的、奔跑的或爬行的生命,它们装点了自然,丰富了我们的生活,让我们行走地球不会感到孤独寂寞。

人有情则动物有义,人若无情则动物也会无义。彼此有情有义,就会和睦相处,同享美好生活;如果翻脸不相认,人就是最终的受害者。

---

① [美]詹姆斯·奥利弗·柯伍德:《灰熊王》,涂明求译,外语教学与研究出版社,2013年,第192页。

在中国，乌鸦历来被视为不祥之物，谁也不愿意自家门前大树上生活着千百只乌鸦。很不幸，"我"到西双版纳插队落户时竟和乌鸦做了邻居（沈石溪《和乌鸦做邻居》）。从一住下来我和乌鸦之间就战争不断，乌鸦叼走我的纽扣被我用剪刀扎伤，随即乌鸦就用粪便来报复我，害得我一连好几天都要用脸盆倒扣在头顶才敢出门。后来，我终于找到了报仇的机会。一群红嘴蓝鹊来袭击乌鸦巢，我捡了很多小乌鸦准备大饱口福，最后却迫不得已在鸦王的催促下交出了所有的小乌鸦，谁知却被鸦群视为救命恩人，从此以后，我和这群乌鸦成了朋友，这群有灵性的飞鸟还让我避免被大树砸死。当我不喜欢乌鸦时，我觉得它们的叫声嘶哑粗俗，凄凉悲怆，让人心烦意乱。一旦和乌鸦成了朋友，我就觉得那叫声并不聒噪刺耳，沉沉暮色里传来乌鸦凄凉的叫声，契合了我思念亲人的心，我也从乌鸦的叫声里得到了一些慰藉。乌鸦的声音并没有改变，改变的是人的态度，人和动物一旦能相互沟通、相互理解，就会产生比邻而居、相依为命的亲近感。中国古语讲"善有善报，恶有恶报"，在动物与人的关系里尤其明显。以德报怨彼此就会相安无事，以牙还牙那只有血腥的死亡。老猎人为了惩罚作恶多端的狼，把铜铃挂在狼的脖子上放了它，想把它饿死（《系着铜铃的狼》）。不料这匹狼具有极高的生存智慧，不仅没死，还咬死了上山捡狼尸的老猎人，短短几个月，五六个村民惨死在山上，都没有留下囫囵尸首，吓得村民们不敢独自上山，天还没黑，家家户户就紧闭门窗，人人提心吊胆，整个村子沉浸在诡秘、骇人的气氛中。说到底，这是谁的错呢？人咎由自取，无论那匹狼咬死了多少猪羊，都不能如此残忍地对待它。人为解一时之恨，付出了生命的代价，但愿这高昂的代价能让人领悟与动物相处之道。为了食物或者别的原因，人不可避免要猎杀动物，但这种猎杀必须是尊重生命的猎杀，不是折磨性的猎杀。但是那种尊敬生命、较量力量和智慧的真正意义上的打猎却已离我们很远了。带着尊敬生命的意识打猎并没有破坏人与动物的和谐，打猎是神秘的自然安排人类来到世间赐予人的一种生存方式,毕竟,人也是大自然食物链中的一环。有节制的猎杀是为了食物链不至于断裂或者紊乱。前文提到的方敏写过的旅鼠的生存悖论就说明了天敌的重要性,适当的猎杀是维持生态平衡、保证食物链正常运作的必要条件。但若"涸泽而渔""焚林而猎",就会导致种群的灭绝,彻底破坏自然生态。《斑羚飞渡》(沈石溪)中的那群猎人对斑羚就是灭绝种群的围猎,走向了与自然为敌的极端,这是彻底违背生态伦理思想的。

表现人与动物的和解,从而反映人与自然的和解的小说还有沈石溪的《猎狐》《老象恩仇记》《再被狐狸骗一次》,饶远的《鸟仙子的绿岛》《蓝天小卫士》,李传锋的《红豺》等。而刘先平的"大自然探险长篇系列"在表现人与动物的和谐相处、人对动物的关爱上显得更为集中和深刻。"既呼唤着人心向动物世界的开放与对话,着力在孩子的幼小心田播撒爱的种子,又在回归大自然中构建出人与动物友善和睦,携手共建地球家园的绿色憧憬。"[①]一支来到深山老林的野生动物科学考察队,在两个孩子的帮助下,终于完成了对猿猴世界的探险考察(《云海探奇》);自然保护小组的同学在老师和老猎人的带领下,终于从打猎队的枪口下救出了濒临灭绝的皖南梅花鹿(《呦呦鹿鸣》);一群中学生与护林员一起,追踪相思鸟,历尽艰险(《千鸟谷追踪》);兄妹俩在雪山冰川中救助正在逃荒并被偷猎者和豹子追杀的大熊猫母子(《大熊猫传奇》)。另外,《山野寻趣》一书辑录了刘先平多年来探险生活的种种奇闻奇遇,让我们听到了人与自然的对话。整个系列凸现的是人类在对自身与自然之间共生共灭关系的成熟思考中怀着乡愁的冲动寻找精神家园和现实家园。

五代时的谭峭认为动物具有与人相同的本性,他在《化书·仁化》中指出:"夫禽兽之于人也何异?有巢穴之居,有夫妇之配,有父子之

[①] 王泉根:《现代中国儿童文学主潮》,重庆出版社,2000年,第353页。

性，有生死之情。鸟反哺，仁也；隼悯胎，义也；蜂有君，礼也；羊跪乳，智也；雉不再接，信也。"动物和人一样也具有情感甚至道德伦理，当人惊愕地发现这一点时，人和动物修复断裂就有了更多的内涵，不仅仅是出于维护生态系统的正常运转，更是为了要在人和动物之间建立起应有的伦理规范，使彼此能以自然之子的身份在遵循自然法规的前提下同享地球家园。那个时代就应该是庄子早就在《马蹄》篇中所描述的"同与禽兽居，族与万物并"的"至德之世"——"山无蹊隧，泽无舟梁；万物群生，连属其乡；禽兽成群，草木遂长。禽兽可系羁而游，鸟鹊之巢可攀援而窥。"——一个人与自然其乐融融的黄金时代。

第五章 作家作品研究

加拿大著名作家罗伯茨和西顿是现代动物小说的先驱,他们做了很多开创性的探索,形成了自己独特的风格,对后来的写作者产生了深远的影响。吉姆·凯尔高是美国著名青少年文学作家,以写作动物小说著称,有着"猎人作家"的美誉。他的作品基本上都是基于他的打猎生活创作,故事几乎都发生在森林里、荒野里,阅读他的作品有观看荒野狩猎电影的感觉。

第一节 查尔斯·G.D.罗伯茨研究

查尔斯·G.D.罗伯茨,加拿大诗人、散文家,被称为"加拿大文学之父"。他可以说是第一位获得全球声誉和影响力的加拿大作家,也是加拿大文学孜孜不倦的促进者。他去世后,被誉为加拿大文学的领军人物。

1880年,罗伯茨出版了他的第一本诗集《猎户座和其他诗歌》(*Orion and Other Poems*)。当时的评论界对该诗集评价非常高,有杂志写道:"有一位作家,他的能力和独创性不可否认;有一本书,里面的任何作品都可引以为傲。"《蒙特利尔公报》则断言:"罗伯茨会给他自己带来荣誉,也会为他的国家带来持久的荣誉。"这些评论准确地预见了罗伯茨的成就。

罗伯茨以诗歌成名，在他职业生涯的顶峰，他则因创作的写实性野生动物故事而广受赞誉。1895年，罗伯茨转向自由写作，经济压力迫使他将主要精力转向了小说创作。他在1898年出版了两本诗集，但在接下来的三十年里只出版了两本。1896年《地球之谜》(*Earth's Enigmas*)出版，该书收录了罗伯茨最早的动物故事以及其他故事。此后一直到1935年，罗伯茨出版了二十多部动物故事作品，这些作品为他赢得了极大的声誉。

罗伯茨对动物故事的产生和发展有自己的见解，他在《荒野的亲戚》一书的序言《动物故事》里详细地探讨了动物故事的发生发展过程。他认为以这种或那种形式出现的动物故事和文学的起源一样古老，第一个动物故事应该是一个关于狩猎成功或绝望逃生的故事。动物成为原始人所讲故事的主角，这些故事或雕刻在动物的骨头上，或刻画在岩石上，原始人以这种形式让这些口头故事的生命得以延续。

在以狩猎为主要内容的动物故事发展到一定阶段后出现了动物寓言，这些出现在狩猎故事中的野兽成了人类道德寓言的工具，成了一种符号或者一种类型，动物的性格与其在大自然中的真实性格格不入。即使是中世纪最伟大的动物史诗《列那狐的故事》也是如此。

在动物寓言之后，对动物的文学表达大致可分为两种类型：动物的冒险故事和基于深入观察之上的动物轶事。动物的冒险故事与前面提到的第一个动物故事极为相似，它讲述了让人绝望的遭遇、使人惊诧的冒险、令人惊魂未定的死里逃生。这些动物冒险故事唤起了人对动物的兴趣，激发了人们了解动物特性和习惯的欲望，很多人开始观察动物，并由此形成了动物文学一个不容小觑的分支——动物轶事。创作动物轶事的作家观察发现，动物能够推理并且做理性之事，动物的心理活动远比人想象的复杂。《美丽的乔》和《黑美人》是描写动物心理的积极尝试。

英国作家吉卜林的出现提高了动物小说在文学史中的地位，《丛林故事》是他的代表作。在这些故事里，动物都被人化了，它们的性格很明显是人的，它们的精神和情感，以及它们高度复杂的表达能力都是人才具有的。欧内斯特·西顿的出现，标志了一个动物小说文体发展的高峰期。西顿不只关注动物的身体特征，更关注动物的品行、个性和心理。这也是罗伯茨所推崇和践行的现代动物故事。现代动物故事的独特之处在于，动物拥有多种多样的心理功能、行为和情感。《加拿大百科全书》(*Canadian Encyclopedia*)说："罗伯茨和欧内斯特·汤普森·西顿一样，因在动物故事领域的创造而被人们铭记，这种动物故事是加拿大本土的一种艺术形式。"西顿和罗伯茨开创的动物故事确实具有国别独特性。加拿大女诗人、小说家、文学评论家、散文家玛格丽特·阿特伍德在其著作《生存：加拿大文学主题指南》(*Survival: A Thematic Guide to Canadian Literature*)一书中专门用了一章来探讨动物故事，她指出："这些故事是从动物的角度来讲述的。问题的关键是，英国的动物故事是关于'社会关系'的，美国的动物故事是关于人杀死动物的，加拿大的动物故事是关于动物被杀的，似乎通过毛皮和羽毛能感受到动物的情感。"

　　罗伯茨认为，动物故事发展的最高阶段是一种建立在自然科学框架上的心理上的浪漫，实际是一种动物心理小说。不过，注重表现动物心理的动物小说未来会怎么发展，罗伯茨认为任何预测都不过是幻想。因为，虽然令人惊叹的动物心理学是一个广阔无边的奇迹世界，而富有同情心的探索也可能会把动物心理学的边界扩展到我们几乎不敢做梦的程度，但是这种扩展不能称为进化，除非我们假设动物有灵魂，否则动物心理学似乎没有进一步进化的可能，而灵魂是我们观测不到的。

　　罗伯茨对动物文学发生发展的阐述具有系统性、科学性，他的创作是他理论认识的反映。为了避免把自己笔下的动物变成伪装的人类，罗伯茨的动物故事将叙述重点放在动物如何在与环境、与人类、与其他动物的日常遭遇中生存或死亡上。罗伯茨的作品描述了兔子、老鹰、驼鹿、狼、狐狸、猫头鹰等动物，它们躲避捕食者、追踪猎物、保护幼崽、在雪地里玩耍，试图避开人类的枪、陷阱、网和其他危险。罗伯茨力图证明，动物远非简单的、机械的动物，它们不会按照不变的、固定的行为方式行事。相反，罗伯茨坚持认为动物的个性和情感是多样的。比如《天空之王》里的那只鹰，它懂得对"臣民"的掠夺要适度，它对出现在岸边草丛里的鱼充满警惕和疑惑，力图弄清楚是怎么回事。罗伯茨的故事为当代动物行为研究提供了重要案例，证实许多动物不仅对问题有着复杂的心理反应，而且还拥有悲伤、喜悦和移情等广泛的情感。

加拿大著名文学评论家和文学理论家斯罗普·弗莱（被认为是二十世纪最具影响力的作家之一），认为加拿大的诗歌反映了对自然的一种深深的恐惧，这可能是在被荒野包围的孤立社区中生活的结果。这形成了"驻防心态"——对外部环境充满戒备的心态。这种对自然的深深恐惧也影响到加拿大作家罗伯茨的动物故事的创作。他的野生动物故事是关于野生动物的生命、死亡和挣扎的故事，在他的笔下，野生动物的生活重心就是生存以及学习如何生存。当中的动物角色确实常常是戒备的、不安的。罗伯茨在作品中不仅描绘动物的个性和行为，而且从不同的角度探索自然秩序的奥秘和人类在自然中的地位。下面从自然之恶、自然的神秘以及人与荒野亲戚的关系几个角度来分析罗伯茨的野生动物故事。

1. 自然之恶

罗伯茨对关注动物品行、个性和心理的动物文学倾注了满腔的热情并寄予厚望，他认为这种动物文学能帮助我们回归大自然，获得新生，重新开始纯真而坦率的生活。不过，尽管罗伯茨为他的创作倾注了深深的感情，但是他的笔调却是冷静的。在他的作品中，大自然的魅力和它的残酷是不可分割的。罗伯茨如实地记录野生动物的生活，冷静地把一个个真实的自然生活场景呈现在读者面前，让读者看到野生动物生的艰难，以及它们如何在艰难生活中及时享受快乐。罗伯茨笔下的野生动物包罗万象，水里游的、陆上行的、空中飞的，如蝌蚪、青蛙、蜻蜓、大黄蜂、田鼠、臭鼬、麝鼠、水貂、蛇、潜鸟、乌鸦、鹰、箭猪、驼鹿、麋鹿、羊、狐狸、狼、浣熊、豹子、熊等生灵无不经历着真切、残酷而又充满偶然的生活。在罗伯茨的笔下，大自然是美丽的，但又是凶猛没有恻隐之心的。它似乎对每一个野生动物都是公平的，野生动物从一出生就既享受大自然的馈赠，又面临不期而至的危险。自然界每天都在上演生与死的交替，衰退与更新的循环。欢腾的生命背后，死亡如影随形。大自然深情而又冷酷地注视着每一个鲜活的生命，在每一个生命还处于童年期时，它就开始用一双神秘之手着手教导幼小，甄别优劣，遴选下一个幸运的幸存者。相对于自然的善，罗伯茨似乎更侧重表现自然之恶。

自然之恶表现之一：教训从来都从血中来。对野生动物而言，很多生存经验不是来自父母，而是由大自然这位老师教给它们，这既是自然之善，又是自然之恶。大自然这位老师的学费很昂贵，很多生存经验的获得往往都是以自己或他人的痛苦甚至生命为代价。那只刚刚走进大自然课堂的小红狐（《红狐》），它能够知道危险也会来自天空，这是以它兄弟的生命为代价的。那天，它妈妈带着它和兄弟姐妹在河岸上玩耍，突然，一个巨大怪异的黑影迅速掠过河岸，它妈妈猛地站起身来提醒它们当心，它立刻闪电般蹿到最近的刺柏丛里躲了起来。而它的兄弟姐妹却原地蹲下，惊恐地仰望天空。于是，它的一个兄弟被苍鹰叼走了。这以后，它便时刻警惕自己的头顶，因为那片蓝天看似无辜，却暗藏着骇人的灾难。那只小驼鹿（《曼莫泽克尔河谷之王》，见《荒野里的呼唤》），它长大后成了那片河谷的国王，作为未来的国王，大自然也没有对它多一些偏袒，它的成长也是教训甚至是恐惧相伴。在它长大后，这种恐惧甚至摧毁了它作为国王的自尊。在妈妈的照顾下，小驼鹿一直生活得很好，它和兔子、水貂、田鼠以及麝鼠都很熟悉，它以为所有的动物都是可亲近的。不料有一天，豪猪却让小驼鹿意识到并不是每个动物都那么友好。而袭击它的黑熊则让它深深地体会了什么是恐惧。黑熊的巨掌闪电般地拍了下来，深深地划过它的腰部，撕破了皮肉，骨头都快露出来了。几周后，它肉体上的伤痊愈了，精神上的伤却没有愈合，从那以后，"巨大的恐惧感——对熊的恐惧——便潜伏在它心中了，随时都可能跳出来"。这直接导致了它在求偶争夺战中，因嗅到了熊的气味而吓得落荒而逃，从而被母鹿所鄙视。它并不知道，其实那头熊非常非常怕它。小红狐和小驼鹿对生活残酷性的切身体会对它们未来的生活产生了深刻的影响，这体会或者是作为经验教训让它们更好地应对严峻的生存环境，或者是成为心理阴影影响它们的生活质量。

自然之恶表现之二：纳贡。纳贡是大自然社会秩序的一个表现。在罗伯茨的笔下，大自然等级分明，各个物种都生活在一个立体的生态链中，强者明目张胆地打劫，弱者被迫进贡。勤劳勇敢的鱼鹰扎入水中抓到了一条鲑鱼（《空中之王》），它奋力拍打翅膀朝位于沼泽地的家飞去。突然，大秃鹰从天而降，在它面前威胁地拍动翅膀，逼迫鱼鹰重新朝湖中心飞去。鱼鹰又怕又气，它不想交出战利品，挣扎着想飞走。秃鹰愤怒了，作为这一带的国王，它认为自己有权向任何一个臣民要求纳贡。它尖叫着朝鱼鹰猛扑过去，"它的叫声和它的影子在鱼鹰看来都是灭绝性的"。生命只有一次，鱼却有很多，顶多辛苦一些，犯不上为了一条鱼搭上性命。鱼鹰松开了爪子，鲑鱼掉了下去，秃鹰抓住了鲑鱼，到别处享受美食去了，鱼鹰则去别处碰运气。这样的事情几乎每天都会发生。和秃鹰相比，鱼鹰太弱了，只能忍气吞声。强者欺凌弱小之事在自然界屡见不鲜,强者有生存的手段,弱者也有生存的智慧。在生存至上的原则下,弱者不会强行"明知不可为而为",它们只能审时度势,及时妥协,保住性命,"留得青山在,何怕没柴烧",活着才是最重要的。不过,自然界也不总是强者向弱者索取,当双方实力差距不大时,觉得自己可能占优势的一方,在某种情绪的驱使下也会与另一方互相妥协。例如《池塘》《丛林启示录》中的水獭和猞猁,猞猁想霸占水獭捕的鱼,但最终双方都意识到了对方的强大。水獭认为自己很容易就能捕到鱼,"不必和猞猁争一时之利";猞猁见识了水獭的实力后对这些鳟鱼也"没有那么强的占有欲了"。于是,双方默默地往后退。最后,水獭叼起一条鱼,到更远的地方享受美味去了,给猞猁留下了两条鱼。水獭是生活的智者,在展示了自己的实力和勇气,维护了自己的尊严后,选择了和平解决争端,没有去为两条鳟鱼展开殊死搏斗,也许它明白,即使自己最终获胜,代价也必定很惨痛。猞猁虽然最终得到了两条鳟鱼,但它也明白了不能随便要求水獭纳贡。水獭和猞猁解决问题的方式体现了野生动物生存至上的原则。野生动物的领地之争、迁徙之旅、食物之战,都是为了生存。加拿大著名小说家、诗人、文学评论家玛格丽特·阿特伍德在其影响巨大的著作《生存》里明确表明,"生存"是加拿大文学的中心主题,生存的主旋律和生存的意志紧密相连。

　　自然之恶表现之三:冷漠。大自然的冷漠一如它的热情一样强烈,它慷慨地教导野生动物,慷慨地为它们提供栖身之地、生存所需,但它也冷漠地坐看它们的死亡。罗伯茨在《野地的亲族》(该书英文名 The Kindred of Wild,我个人认为翻译成《野地的亲戚》更好。在罗伯茨眼里,那些生活在荒野里的四足动物是我们野地的亲戚)的序言中满怀期望地谈到了"回归自然",但他的作品却对回归充满了怀疑,他借大自然的冷漠和无情说明了——即使是对野生动物——大自然也是回不去的故乡。在《回家的路》(见《足迹追踪》)这个故事里有一段话明确地表明了大自然的态度：当人类把大自然的一个孩子抢走时，大自然就会无情地说："带走吧，它已经不再是我的孩子了。"即便这个孩子仍然想念它的家，坚持要回去，大自然也不会接纳它，等待它的将会是一个又一个的困难，甚至是灭顶之灾。最具代表性的是《克航克的思乡之情》（见《荒野里的呼唤》）。克航克的父母是大自然不听话的孩子，它们没有遵循大自然的安排随着族群向北方飞去，而是留在了迁徙途中一片被沼泽包围的湖泊里。它们遭到了大自然的惩罚——下的六个蛋被一个农夫抢走了。紧接着，它们的孩子也遭到了大自然的惩罚，秋天时，六只小天鹅只剩下两只了。农夫剪断了它们右翅上的翅羽，以防止它们向南飞去。其中一只小天鹅性情温和，对和灰鹅为伴的生活很满足。另一只则很不合群，常常"若有所盼地看着北方"。当南迁的候鸟排着长队从它头顶飞过时，它焦躁不安，"克航克——啊——克航克"地叫个不停，从十月叫到十一月，所以，农夫给它起名克航克。冬天过去了，北迁的时候到了，克航克也彻底明白了自己想要什么：自由地翱翔，寻找秘密栖息地的北迁之旅，高飞在空中的配偶。为了这些渴望，克航克拼命飞了起来。不过，它飞了半英里后就落到了一片盐草上，它的翅羽还没有长到能支撑它远距离飞翔的程度。虽然天鹅群扔下它飞走了让它很悲伤，但它的心很快就沉浸在获得自由的狂喜中。克航克很幸运，又飞来了一群天鹅，而且还落到了盐草上。这群天鹅接纳了它，它还顺利地找到钟爱的对象。命运似乎待它不薄。可是，第二天天鹅群起航时，它却落在了最后面。它感到很恐惧，拼命扇着翅膀，却掉到了海峡里。那群天鹅继续朝北飞去，没有因为它而停下来。后来，克航克又断断续续地飞了一段距离，最后落到一片树林中。又一群天鹅飞来了，但是它们没有理会克航克的叫声，往北飞去了。夜晚，一只红狐蹿了出来，克航克的北迁梦结束了。克航克的失败有两个原因：第一，它的翅羽尚未完全长成。第二，同类的冷漠。对空中飞鸟来说，翅膀——能长时间飞翔的翅膀是生存的武器。克航克在翅羽没有完全长成的情况下,凭着一腔热情坚持起飞,落在后面掉到地上是迟早的事。激情固然可贵,但丛林世界,健全的身体才是活下来的保障。自身的缺陷是克航克失败的主要原因,但这缺陷又是人造成的,所以归根结底,是人的行为导致了克航克的失败。而同类的冷漠又起了推波助澜的作用。第一拨低飞盘旋的天鹅激起了克航克起飞的欲望,第二拨接纳它的天鹅给了它继续飞下去的信心和决心,但是没有给它提供任何帮助,而是任由它掉队。自身能力不够,从同类那里又得不到支持,对野生环境的残酷没有任何概念,克航克注定只能悲惨地死去。大自然放弃了这个被带走了的孩子,回归成为不可能。从克航克的身上,我们看到了人自身的困惑:我们来自大自然,后来却远离了大自然,现在想回去,但又顾虑重重。大自然成了人回不去的故乡。

克航克没有那头以为自己是只狗的熊幸运(《一头以为自己是狗的熊》,见《丛林启示录》),那头熊最后回到了人类社会。伐木工人将小熊带回家中,交给刚失去狗宝宝的母狗抚养。母狗对小熊悉心照顾,为报答养母的养育之恩,小熊竭力模仿母狗的叫声,阿汪的名字也由此而来。第三年的秋天,阿汪觉得丛林深处透出的气息在吸引着它,某种力量在召唤它,让它热血沸腾、不得安宁。最终,阿汪扔下了养母,扔下了主人,跑到荒野里去了。它在那里遇到了一头母熊,它们俩快乐地生活了一段时间。但是,第一场霜落下的时候,它俩分开了。阿汪开始想念厨房里的美味了,"这个又冷又寂寞的荒野对它来说又有什么意义呢?"它开始质疑自己回到荒野的行动,对这个陌生的荒野不适应、不认同让它掉头向自己成长的农场奔去。可是,农场被烧成了灰烬,主人一家不知去向,阿汪只好又回到荒野。寒冬到来,阿汪找不到吃的了,它陷入深深的痛苦。阿汪受本能的驱使回到了荒野,但是,荒野并不像它想象的那么美好:寒冷、寂寥、食物匮乏。对阿汪这个兴冲冲返回家园的孩子,大自然让它尝尽了苦头。不过,大自然对阿汪还算客气,它没有碰到敌人,没有真正见识荒野的残酷。最后,阿汪找到了一个伐木营地,认了一个新主人,它又和人生活在一起了。阿汪尝试了回到荒野,但因久别而造成的对荒野的疏离和生存技能的缺失让它无法适应环境,兴冲冲的回归变成了落荒而逃。对阿汪来说,荒野(大自然)也成了回不去的故乡。

克航克和小熊的故事表明了罗伯茨的矛盾和困惑:内心深处迫切想回到大自然,却又对回归充满担心。罗伯茨的作品反映了当时的社会心态。当时,回归自然成为热门话题,包括罗伯茨自己都对此充满了热情。但在冷静地观察自然后,他觉得回归并不简单,即便不是"回到野蛮"也充满了变数,因而他的作品几乎都是在探讨回归的不可能。

在《地球之谜》(*Earth's Enigmas*)的序言中,罗伯茨写道:这个系列中的大多数故事都试图呈现与生命或自然有关的这样那样的问题,就像我们许多人所看到的那样,这些问题目前没有很好的解决方案。这段话写出了罗伯茨的矛盾心理,他希望大自然具有道德之善,但他笔下却又更多地表现了大自然的道德之恶。不过,这个道德之恶有没有内蕴善的成分呢?恐怕他也不敢轻易否定。罗伯茨的父亲是一位神职人员,他对他的父亲怀着诚挚的敬意,称他为"我所知道的最聪明、最善良、最完美的人"。不过,他并不认同父亲的信仰。他深受达尔文《物种起源》的影响,相信所有的生物都是经过一段时间的自然选择进化而来的,他的动物故事是他对物种起源理论进行探索的舞台。在他的笔下,强者艰难生存,弱者必死无疑。何为强者,不一定是力量大,但必须具备如下品质:聪明、勇敢、谨慎、思维敏捷、行动迅速。小红狐能从苍鹰的爪下逃生(《红狐》),这是因为它"不仅比其他的小狐狸勇敢还更谨慎",反应也更敏捷。都看到了苍鹰,都听到了妈妈的警告声,但是,其他小狐狸却是"原地蹲下,惊恐地仰望天空"。就小红狐的反应来看,它不仅勇敢、谨慎,还聪明机智,能准确判断形势,并迅速采取正确的行动。

所有的小狐狸都意识到了危险，但只有它立即采取了有效行动，没有坐等妈妈的保护。在这里，大自然是公平的，它将生存的权利交给了小红狐们：自救则可能生，不自救则必死无疑。看似无情的大自然表现出了对生命的极大尊重，但也绝不违背规则：自助者天助之，自弃者天弃之。

2. 自然的神秘

罗伯茨笔下的故事绝大多数都是关于死亡的，而且通常是暴力和意外导致的死亡，这些死亡常常是突然发生的，谁会失去生命，不到最后一刻谁都不知道。这些故事并不强调死亡的意义，也不是为了证明动物的勇气，似乎只想说明一个事实：野生动物的一生，意外时常发生，死亡如影随形。动物们虽然对死亡习以为常，但决不束手就擒，而是拼命为生命而战。在罗伯茨的笔下，大自然神秘莫测，主宰一切，无论多么强大的生命，都会令人感叹命运无常，造化弄人。有时一只动物看似必死无疑，却突然意外得救；有时看似性命无忧，却突然被死神拥抱。罗伯茨的父亲是神职人员，不过，罗伯茨并不认同父亲的宗教信仰，反而对心理实验、星座占卜和神秘现象非常感兴趣，可能正因如此，他在很多作品里都描写了大自然的神秘。一个偶然发生的事情可能就莫名其妙地摧毁了更强壮的生命，或者拯救了更弱小的生命，或者让本来可以获救的生命跌进了死亡的深渊。

《秋沙鸭》（见《丛林启示录》）这个故事特别能说明大自然的神秘，似乎有一双神秘的手在拨弄命运的轮盘。一只鹰出来打猎，它拼命追赶一只短颈野鸭，野鸭试图冲进水中，却掉到了岸上，被一只野猫捡了便宜。鹰非常愤怒，却又无可奈何，只好去捉秋沙鸭。秋沙鸭沉入水中，鹰贴着水面紧追不舍，一旦秋沙鸭露出头来，鹰就会将它抓住。写到这里，罗伯茨插入了一句议论："命运似乎厌倦了常规的追逐杀戮，于是重新安排了一场好戏。"于是，在命运的安排下，一个垂钓者出场了，他甩出的渔线缠住了鹰的翅膀。鹰拼命挣扎,终于挣脱了渔线。它一秒钟也不敢耽搁,仓皇逃走。鹰出师不利,两次失手,最后一次还差点儿成了人的猎物,在罗伯茨看来这是"命运",是大自然的神秘,一切都是命运在安排。只要命运对某件事感到厌倦,它就会重新安排,让常规的表演成为一出"好戏"。一条黑蛇正在吞食巢里的小鸟(《灵沃克的入侵者》,见《足迹追踪》),两只成年画眉站在一旁束手无策,拼命哀叫,一只路过的黑猫听见叫声,对黑蛇发起了进攻。死亡的天平一下就倾斜了,黑蛇死了,几只幼鸟死里逃生,命运这个总导演又让一场常规的杀戮变成了一出"好戏"。而小田鼠蛇口逃生的故事似乎比上面两个更精彩(《草丛深处》,见《足迹追踪》)。小田鼠吃了一只大螳螂,和小伙伴玩儿了一会儿游戏后回去睡觉了。一条蛇把它从洞里拖了出来,小田鼠挣扎、扭动、跳跃,草丛剧烈地晃动起来,这引起了一只停在栅栏上歇息的鹰的注意,它飞了过来。蛇发现了鹰,立刻松开牙齿,闪电般地朝最茂密的草丛钻去,但还是慢了一步,鹰抓住了它。小田鼠虽然受了重伤,却并没有死去,它跌跌撞撞地回到了洞穴里。因为命运的安排,一个必死无疑的生命得救了,本来稳操胜券的捕食者却成了别的捕食者嘴里的食物。谁能得救,谁会丧命,似乎没有规律,全看命运怎么安排。那么,命运是什么?是谁在左右命运?是上帝吗?在罗伯茨这里显然不是,因为他并不相信他父亲所信奉的宗教,他相信《物种起源》,相信世间万物都是经过漫长的时间演变而成的。那么,这一切,这些发生在荒野世界的一出出"好戏",罗伯茨认为是谁安排的呢?只能是大自然——神秘莫测的大自然。罗伯茨的动物故事来自他对荒野生活的观察,他在观察过程中看到了生命的不可把控,看到了自然的变化莫测,他对神秘现象的思考不可避免地会影响到他对所看到的野生动物生活的思考。罗伯茨对这些偶然也感到非常困惑,他在《诱饵》(见《足迹追踪》)一文的结尾谈到了"无常的命运",很多现象似乎只能用"无常的命运"来解释,而这种无常正是大自然的神秘所在。对野生动物来说，这种"无常"是生活的常态，轻则失去猎物，重则失去生命。

在罗伯茨的笔下，这种大自然的神秘，这种冥冥之中天注定的神秘，不仅发生在野生动物身上，还发生在人的身上。

一个叫夜风的印第安男人听说自己的部落在挨饿（《白狼》，见《丛林启示录》），便买了很多食物装在雪橇上拖着往家走去。路上，他被一群野狼围攻，一只神秘的白狼出现救了他。当他再次看到野狼的足迹时，他发现野狼的足迹下有人的脚印，有人正拖着雪橇往东走。夜风还根据这些足迹的方向判断出这个人是自己部落的人，而且行动不便。足迹是刚留下的，人应该没有走出多远。夜风想去帮他，但想到家中挨饿的老母亲、妻子和幼小的孩子，他打消了这个念头。不过，走了一段路后，夜风停了下来，他很犹豫。如果他去帮这个族人，那么他有可能被野狼杀死，而他必须为家人活着。但是，一想到可怜的族人独自迎战一群狼，他的心就无法安宁。最后，他毅然决定去帮助族人。当他击退狼群后，一个虚弱的小男孩的声音传入了他的耳朵："爸爸，我就知道你会回来的，我一直祈求上天让我和你见面。"而夜风则在想，如果他当时没有动恻隐之心回来搭救，后果将会是什么。罗伯茨在这里并不想宣扬"善有善报"，也并不是为了增强故事的可读性而特意制造巧合，他想表现的是一种神秘，一种人所不能把控的神秘，夜风的恻隐之心只是碰巧让这个神秘故事以大团圆结束。这个故事从一开始就笼罩着一种神秘，夜风刚出生时，他的奶奶就给他取名白狼，说白狼是狼的祖先，说不定会给他带来好运。后来，夜风在归途中遭遇狼群包围，是白狼救了他。故事到此并没有结束，那群野狼包围了一个拉着雪橇的印第安人，雪橇上躺着的是夜风生病的儿子。当夜风翻山越岭，在雪地跋涉往家走时，他的亲戚——那个印第安老人正拉着他的儿子去找白人看病。他们能否相遇，以何种方式相遇，在夜风发现了野狼群的足迹后确实取决于夜风，但是，无论夜风怎么选择，这个故事的结局都笼罩着一种神秘，而这种神秘是由巧合决定的。夜风被狼群包围，白狼恰好出现；夜风走在回家的路上，印第安老人拉着他儿子走在去看病的路上。故事的序幕已经拉开，大自然已经安排好了一出戏，无论结局是什么，人都会感慨冥冥之中天注定。前面已经说过，比起上帝，罗伯茨更愿意相信神秘力量。他对父亲信仰的宗教并不相信，他的精神过着一种不安分的生活，他对"人与宇宙思想的神秘结合"充满向往，被心理实验、星座占卜和其他神秘现象深深吸引。像夜风的故事，很难从理性的层面给出解释。罗伯茨在观察荒野居民的生活时，看到了生命的不确定性，荒野居民无法把握自己的命运，是一种神秘的力量在操控一切。不仅荒野居民如此，罗伯茨所看到和听到的故事，让他意识到人也是如此。这些现象无法解释，而他对神秘现象的着迷，促使他认为这是大自然神秘性的体现。

在《觅食》（见《空中之王》）这个故事中，罗伯茨再次展示了大自然的神秘。一对豹夫妻外出为嗷嗷待哺的孩子和自己觅食，它们本想去村里抓羊，却听到了小男孩的哭声，捕捉易捕猎物的本能促使两只豹子朝传来哭声的小屋走去。罗伯茨在故事里并没有描写豹子的凶残："此时的豹子没有一丁点儿残忍的气息……它们捕猎依靠的是自身的力量、速度和敏捷。大自然赋予豹子这些本领，让它们成功地捕到猎物……因为它们要生存。"那个着急回家的男人知道这个男孩，他的儿子经常去找他玩儿。听到孩子的哭声时，他踌躇了一会儿，最后还是选择继续赶路。不过，他受不了哭声中的无助、不安和恐惧，他再次停下脚步，忍不住咒骂孩子的酒鬼父亲。他想到了自己的孩子，如果是自己的孩子在哭泣呢？他抓起枪朝小棚屋冲去。他发现"门大开着，两头野兽正低着头奋力朝门口冲去"。他开枪打死了豹子，对黑洞洞的棚屋里的小男孩说："别怕，我这就带你回家……"可这时，他听到了一阵兴奋的叫喊声："爸爸，爸爸，我就知道你会来。"男子紧紧地把儿子搂在怀中，额头上渗出了大滴大滴的汗珠。就这个小男孩和男人来说，他们的结局取决于男人的决定，取决于做父亲的是否有一颗救助弱小的心，是否有救助他人的能力。演出已经开始，相关角色——小男孩、男人、豹子——正沿着自己的角色轨道前进。小男孩不可能改变故事的发展，他太弱小，这也是豹子放弃最初目标转而攻击他的原因。豹子也不可能改变故事的发展，本能让它们趋向于选择更容易捕获的猎物。在它们的眼里，人也是猎物。能够改变故事发展方向的只有那个男人，而男人的意志、心地、能力则决定了他能否改变。大自然设置了一个故事框架，导演了开始，但是，它不导演整出戏，它把导演权交给了人，人在这出戏里最具主动性，他可以改变故事的结局，就像上文所提到的夜风一样。但无论结局怎样，都不能淡化故事的神秘性，大自然仍然是这出戏的总导演。

3. 人与荒野亲戚的关系

罗伯茨对荒野居民怀着深厚的感情，他称那些野兽为"四足的亲戚"，他从它们的眼睛里看到了"个性"。人和这些有"个性"的野地亲戚的关系在罗伯茨的作品中有充分的展示。他承认荒野居民的主人身份。信奉人类中心主义的人，认为人是地球的主人，动物和植物都是为了人而存在的。而在罗伯茨看来，荒野居民也是荒野的主人，他在作品中明确地表明了自己的这一观点。一对父子，在平安夜坐着雪橇往家赶（《归途》，见《足迹追踪》），一只箭猪走到道路的中间，"似乎在宣示自己的主权"。男孩准备跳下雪橇杀了它，他的父亲却把雪橇驶向一旁，为箭猪让路，还说："让它在那里吧，儿子！它也是森林的主人。"当跟踪他们的狼群主动撤离时，做父亲的说："我想它们也是居住在这里的，只是在穿过树林的时候刚好看到了我们。"箭猪和狼是居住在这里的主人，它们对这片土地拥有主权。而人在它们眼里，只是一个借道者。在《鱼篮子》（见《丛林启示录》）一文中，作者这么描写荒野居民对一间无人居住的小木屋的态度：它们不断地来到这间小木屋，似乎在它们的眼里，这是它们即将收复的失地。"失地"说明它们曾经对这片土地拥有主权，"即将收复"说明它们一直没有放弃收回"领土"。在荒野居民的眼里，它们才是荒野的主人，而人很早就主动放弃了荒野，现在却又回来跟它们争抢地盘，它们必须捍卫自己的领土。

  罗伯茨作品表现出的理想是与野生动物和平共处，共享家园。罗伯茨既承认野生动物是荒野的主人，同时也承认人也是荒野的主人，"荒野深爱着他的主人，挑战是不容存在的"（《休战》）。那么，当这两位主人不可避免地遭遇时，他们之间会上演什么故事呢？对人和野生动物的关系，罗伯茨在作品里非常鲜明地表明了自己的态度：和平共处，共享家园。在罗伯茨这里，人与野生动物和谐相处更多的是建立在人对野生动物的理解、包容、尊重的基础上。在《休战》（见《足迹追踪》）这个故事里，大黑熊因为猎人无意中打断了它觅食而怒不可遏，发誓要狠狠地惩罚这个猎人。猎人开始逃命，跳到了随时都可能碎裂的冰面上。而那头大黑熊也不顾一切地跳到了冰面上。很快，冰面碎裂，猎人被困在一块浮冰上，黑熊也被困在浮冰上。猎人的心中没有对黑熊的恨，他认为："大黑熊的怒气和追捕行为或多或少是因为它的野蛮天性。"当猎人坐着的浮冰带着他冲到一个岩石小岛边时，猎人奋力跳到了岛上。大黑熊坐着的浮冰也被冲到了小岛附近，但是，大黑熊没能跳到岛上，它在水里奋力游着。猎人下到水中，想去把黑熊拉过来，因为他"无法眼睁睁地看着这头野兽被冲到瀑布下"。但是，当他拼着性命把大黑熊拉到岩石边时，他又觉得自己愚蠢极了。好在大黑熊早已没有了捕猎的冲动，它沉浸在"感激和惊吓"中。危险并没有解除，猎人在寻找机会借助堆积物逃生，他本想看看大黑熊会选择什么时候逃生，结果却发现大黑熊正焦急地看着自己。猎人果断地抓住机会，踩着堆积物和浮冰朝河堤走去，而那头大黑熊则紧紧地跟在他身后。逃生成功后，"大黑熊一声不吭,急忙越过它的救命恩人,像一只受到惊吓的小猫一样逃进了森林深处"。而猎人则看着奔腾而来的洪水,感叹了一句:"幸好我们逃得及时!"这个故事里,猎人本是黑熊追猎的对象,看到黑熊陷入死地,他应该很开心才对,但是,他没有见死不救或者落井下石,而是伸出了救援之手。因为他理解黑熊,他知道黑熊追猎自己只是被本能所驱使,并不是仇恨使然。而大黑熊在得救后平息了怒火没有发起攻击也说明了猎人的判断是正确的。

在《大难不死的熊宝宝》(见《荒原上的野生家族》)里,人由被追猎者变成了追猎者,并且因为同情,因为尊敬而改变初衷最终放弃了猎物。年轻的猎人发现了一对熊母子,他渴望得到一张熊皮和一个玩伴。但是,当快涨潮时,猎人却非常担心:"如果这头老熊不注意的话,它们会被潮水包围的!"当潮水涨起来时,猎人又催促它们快走:"快走啊,你这头老熊,你已经别无选择了!"当奔涌的潮水冲到熊母子的身边时,猎人又兴奋地喊道:"你该游过去,老伙计!"称呼都已经变了,猎杀的对象变成了老伙计,似乎是猎人正和熊母子一起经历生死。当老伙计带着自己的孩子一身泥一身水,从猎人前方经过时,猎人本能地举枪瞄准,但很快就放下了枪。他的脸红了,他迅速瞥了一眼四周,似乎担心森林里有一双眼睛正盯着他。"我现在要是还开枪,就真是一个不折不扣的杀人狂了!"年轻的猎人被熊妈妈绝境求生的勇气和毅力所打动,被做母亲的拼死救孩子的母爱所感动,放弃了猎杀行为。他甚至为自己举枪瞄准的行为感到羞愧,担心有森林居民窥见了自己的不仁。人所具有的仁义之心让那些"四足的亲戚"有了一个安全的生存空间。熊妈妈并不知道有个猎人正等着猎杀自己,也不知道这个猎人在为自己担心,更不知道猎人放下了猎枪,它既没有意识到猎人的恶,也没有意识到猎人的善。

《休战》中的双方是在面对面的针锋相对中经历了自己的情感变化和态度变化。黑熊看到了猎人的机智、善意,并由此对猎人产生了好感和依赖；猎人看到了黑熊顽强的生命力，心里油然而生对生命的强者的敬意。这种情感是双方能够同舟共济、和平相处的基础。《大难不死的熊宝宝》没有呈现熊妈妈和猎人之间的情感互动，只呈现了猎人对熊妈妈的情感变化过程，而猎人的情感变化基础也正是熊妈妈为了生命而进行的抗争。无论是《休战》中的黑熊还是《大难不死的熊宝宝》里的熊妈妈，它们为了活下来而进行的抗争感动了猎人，唤起了猎人对生命的尊重，从而让和睦相处、共享自然成为可能。

人的救助能感动动物，让它不再有杀戮之心（《休战》），同样地，动物的救助也能感动人，让人不再有杀戮之心。猎人皮特去猎捕自己梦寐以求的猎物——野山羊的首领公山羊（《峭壁上的精灵》，见《丛林启示录》），没想到一头灰熊也盯上了这群野山羊。这头生活在深山老林里的灰熊还没有领教过人的厉害，所以它敢跟踪人。灰熊发现这个人竟然敢打自己的猎物的主意，很想冲出去将皮特碎尸万段，但是，谨慎让它改变了主意，它后退了几步，转而跟踪皮特。皮特并没有发现自己被黑熊跟踪了，他一心一意狩猎公山羊。他举枪瞄准公山羊，正准备扣动扳机，公山羊却突然跳开了。它并没有看到皮特而是看见了灰熊。灰熊朝皮特扑去，皮特朝灰熊射击，但是只打伤了灰熊的肩部。皮特在坡上滚了十几米远后停了下来，枪却滑落了。而此时，灰熊朝着他扑了过来。就在皮特认为自己必死无疑之际，公山羊朝灰熊的背狠狠地撞去，灰熊失去重心，摔下坡去。灰熊翻身爬起来后，又朝皮特扑去，但是，皮特已经捡到枪了，他开枪击毙了黑熊。皮特是当地著名的冷血杀手，灰熊还没有完全倒地，他就将枪口对准了公山羊。为了捕获这头公山羊，他险些丧命。但是，皮特始终没有开枪，因为有一种力量在拽着他的手。"如果杀了它，我就是忘恩负义的人了，毕竟它刚才救了我的命。"公山羊可没想着救皮特，它冲向黑熊只不过是因为后面有狮子。不过，它确实救了皮特，这让冷血杀手皮特的良心受到了震动：怎么能杀死自己的恩人呢？当人猎杀动物不是为了获得食物，不是为了求得生存时，猎杀就可以停止，把动物保有生命的权利还给动物就成为可能。

那么，是不是留住动物的生命就说明人和动物和平共处了呢？罗伯茨在《绝境雄鹰》（见《浴血狼王》）里给我们提出了另外一个问题。霍纳因为从白头鹰那双冷傲、警觉又充满野性的黑金色的眼睛里读出了轻蔑和挑衅，便爬上悬崖去探鹰巢。他失足跌落进鹰巢，和一只雏鹰一起掉到了一块岩架上。他身上多处擦伤，虽然没有伤到骨头，但是一条手臂和一条腿却使不上劲。雄鹰和雌鹰担心雏鹰饿着，叼来了鳟鱼、野鸭。为了能有源源不断的食物来源，霍纳想法抓住了那只雏鹰，把它拴了起来。两周后，霍纳觉得自己彻底恢复了，便放了雏鹰，自己朝悬崖下爬去。他向雄鹰挥手表示感谢，感谢它的款待。三年后，霍纳在另外一个城市的森林公园里竟然看到了这只雄鹰。一个本应自由翱翔于蓝天的生命竟然被囚禁在一个小小的笼子里，霍纳心疼得都快哭了，他下定决心要救它出去。霍纳努力奔走，四处抗争，被人们当成了饭后谈资。但是，园长被他和雄鹰的故事打动了，同意他将自己的老朋友带走。雄鹰以一种王者的气势，振翅向家乡飞去，留下了一段关于人和鹰之间尊重、友谊和自由的浪漫而隽永的记忆。但令人深思的是，故事的结局虽然是霍纳带走了他的老朋友，但是他交了一笔钱，这笔钱要用来寻找一只新的白头鹰。也就是说，霍纳老朋友的自由是用另一只白头鹰的自由换来的。所以，一个残酷的现实摆在了我们面前：如果不能真正解决怎么对待野生动物的问题，霍纳拯救白头鹰的故事还会上演。那些被人关在动物园或森林公园笼子里的动物，它们的生命是存在的，可是它们的精神呢？这样的相处能称得上是和平共处吗？故事里的霍纳对白头鹰的救助表面上看是感恩，实际上却反映了霍纳对野生生命的尊重。霍纳本身是一个具有顽强生命力的人，他不畏惧任何挑战，他对野生动物充满了敬意，他尊重每一个自由的生命，这也是他在森林公园里看到被囚禁在围栏里的雄壮的巨鹿后，心中愤愤不平甚至觉得自己也成了囚徒的原因。霍纳热爱生命，热爱自由，因而他能深切地感受到那些被人囚禁的生命对自由的向往。他知道它们的眼睛越过栏杆，看到了家乡绿意浓浓的森林。将野生动物关在笼子里虽然没有夺去它们的生命，却剥夺了它们的自由。失去自由对那些遨游于苍穹，奔驰于大地的生灵来说意味着什么，只有那些热爱自由的人才能深切体会。

　　强烈谴责破坏自然、破坏野生动物的生存环境的态度也反映了罗伯茨对与野生动物和平共处、同享自然的强烈愿望。野生动物如果失去了赖以生存的家园就会流离失所，最终的命运就是被毁灭。罗伯茨在自己的作品中批判了人对大自然的掠夺，表达了对荒野居民的深切同情。在《野地里的异类》（见《足迹追踪》）里，他为一头小公牛鸣不平："他们把树木都砍了，森林里没有你的立足之地。"在《灵沃克的入侵者》（见《足迹追踪》）里，他替一只野猫控诉人类的罪恶：野猫的领地丛林密布，它是那里的王，它在那里过得很满足。不幸的是，木材商发现了这个地方，野猫被迫逃往他乡。它逃到了一只猞猁的领地，猞猁为了维护自己的地位与它大战了一场，以身负重伤的代价赢得了这场战斗。谁该为野猫的死负责呢？野猫本来在自己的领地里生活得好好的，享受着所有野生动物都想得到的尊贵，如果不是人入侵，它怎么可能跑到别的动物的领地上讨生活，还最终丢了性命呢？人对野生动物生存空间的挤压、生存环境的破坏，给野生动物带来了毁灭性的灾难。这也让罗伯茨对人类"回归自然"心存疑虑，因为他理解的"回归自然"不是"回到野蛮"，而人类的这种掠夺行为却是野蛮的表现。

　　罗伯茨的野生动物故事能让读者想象生命的原始起源，那是一个野生动物是绝对主人的时代。它们坦然面对自然秩序，勇敢面对生活中的各种偶然，为自己的生命而战，同时也为死亡做好准备。罗伯茨的野生动物故事以其独特的风格构筑了加拿大动物故事园地，并对其他国家的动物小说创作者产生了深远的影响。

第二节 欧内斯特·汤普森·西顿研究

欧内斯特·汤普森·西顿是加拿大著名作家、艺术家、自然主义者、自然保护主义者，是写作现代动物小说的先驱，他最受欢迎的作品是《我所知道的野生动物》。他的写实性野生动物故事不仅在当时非常畅销，而且整个二十世纪都在不断地印刷出版。西顿创作野生动物故事的成功和他的经历密不可分。1882年3月的一天，西顿和他的好朋友威利·G.布罗迪登上了一列农场火车，车上有六十只鸡、四只鹅和四只火鸡。威利的父亲威廉·布罗迪医生是他在自然历史方面的导师，他带着西顿实地考察了多伦多的沼泽地。在西顿为沼泽地之行做准备时，他建议西顿每天都写日记，记录当天的所有事情。西顿在曼尼托巴省时，把大量时间用在了观察鸟和动物上。他收集植物和动物的标本，仔细测量并记录在他的日记里。威利帮助西顿辨认他们所看到的鸟类和昆虫，直到他在一次事故中不幸去世。威利的死对西顿是个沉重的打击。西顿似乎对鸟类情有独钟，他会一连好几天去卡伯里山，听各种各样的鸟唱歌，看草原鸡跳舞。当地人对他的这一行为嗤之以鼻，他在当地以懒惰和古怪著称。在这里，他写下了自己的第一篇自然历史文章。

《狼王洛波》这个作品影响很大。故事的素材来自他在新墨西哥州和一个朋友的一次狩猎，最初发表在斯克里布纳的杂志上，后来收录进1898年出版的《我所知道的野生动物》一书里。该书的出版为西顿赢得了极大的荣誉，他成了北美和欧洲著名的作家、艺术家、演讲家和环保主义者。西顿一生写了大约一万篇科普文章，获得了斯普林菲尔德学院人文学科荣誉硕士学位。

西顿不仅是一位成功的作家，还是一位成功的画家，是公认的野生动物艺术家。1885年他签订了一份合同，为《世纪词典》作1000幅哺乳动物的插画。他的画作《沉睡的狼》在1891年的巴黎艺术沙龙上展出。他把大量精力都花在对动物和鸟类的科学探索和追求精确的插图上，出版了《动物解剖学艺术研究》《北方动物的生命故事》《动物英雄》和《野生动物的方式》。西顿凭借其在绘画艺术上的杰出贡献成了加拿大皇家艺术学会的成员。

西顿的代表作《我所知道的野生动物》，是根据他在安大略省南部曼尼托巴省和新墨西哥州的观察和经历所著的野生动物的"传记"合集。在这个作品里，西顿塑造了很多性格鲜明的动物英雄。洛波代表尊严和永恒的爱，银斑代表睿智，红脖子鹧鸪代表顺从，宾果代表忠诚，泉原狐和棉尾兔代表母爱，溜蹄的野马代表对自由的热爱。在他塑造的众多动物形象中，狼的形象最为突出。狼在西方文学中饱受诟病，一直扮演反派角色。分析狼在寓言和童话故事中所扮演的角色，比如《小红帽》《列那狐的故事》《狼和小羊》，我们可以发现，狼是贪婪的、邪恶的、狡诈的，人对狼是又恨又怕。有观点认为，人对狼的憎恨是对人类自身兽性的恐惧，只是把这种恐惧投射到动物身上。十九世纪之前的美国，进步等同于征服荒野，这被理解成对狼的猎杀，对荒野动物的猎杀。在这个国家的许多地区，出现了大量的灭绝运动和捕猎狼的赏金猎人。在加拿大，情况也是这样。人们大肆捕捉狼，只因为狼杀死了牧场主的牲畜。但是，人很少反思狼为什么会把牲畜作为自己的打猎对象。

写实类野生动物故事的兴起，逐步改变了人们对荒野的看法，野生动物的大量灭绝也引起了人们的重视，西顿从中起到了很大的作用。西顿对大自然有着敏锐的观察，他记录了大量的笔记，并以此为基础创作故事，他将他的动物故事描述为"故事形式的自然历史"。因为他的作品，北美野生动物数量和栖息地的减少日益受到关注。西顿在他的巡回演讲中，以丰富的动物学知识和惟妙惟肖的鸟叫声让观众大开眼界。他谴责现代生活的贫乏，呼吁通过保护野生动物来恢复人类的精神生活。

西顿在一个虔诚的基督教家庭长大，但他无法接受祖先的信仰，他觉得，只有在动物的世界里，他才能为宗教信仰做出贡献。对西顿来说，大自然拥有一种令精神再生的力量。

西顿对狼似乎情有独钟，他有个别名叫"黑狼"。还在巴黎的一所学校学习艺术时，他就提交了大量的关于狼的研究。他经常在他的签名旁边画一个狼爪印。后来，他创作了很多关于狼的动物故事，塑造了很多狼形象。西顿对这些狼形象倾注了满腔的同情，同时也表达了充分的尊重。

这些关于狼的故事，最著名的是《狼王洛波》（见《我所知道的野生动物》），这个故事源于西顿和朋友在新墨西哥州的一次打猎经历。在叙述人介入捕捉洛波的行动之前，文章用了很长的篇幅来讲述洛波臭名昭著的行为，似乎是为了说明洛波为何应该被人猎杀。

洛波是一只威震四方的老灰狼，是一个灰狼部落的首领。它虽然只有五个部下，但这五员大将个个声名显赫，每只狼的个头儿都比普通狼大很多。"二把手"是一只名副其实的巨狼；叫布兰卡的母狼，皮毛雪白，长得非常漂亮，是狼王的妻子；那只黄狼，捕猎本领一流，多次在捕捉羚羊时立下汗马功劳。这些狼嗜血成性，经常袭击附近牧场的牲畜，在科伦坡一带嚣张了很多年。从文中的叙述来看，洛波和它的部下作恶多端，牧场主们对它们恨得咬牙切齿。五年来，它们吃掉了至少两千头优质牲畜。让人愤怒的是，它们并不是因为饥饿才猎杀牲畜。它们对食物非常挑剔，老弱病残的牲畜根本看都不看，最喜欢的是一岁的小母牛，而且专吃它身上最嫩的地方。灰狼们很喜欢捕羊，但它们不喜欢吃羊肉，而是把捕羊当作一种乐趣。文中还举了个例子来说明灰狼们令人发指的行为。1893年11月的一天晚上，布兰卡和黄狼合力咬死了250只绵羊，不是为了填饱肚子，只是为了消遣娱乐。这些事情让人觉得洛波和它的部下恶贯满盈，应该被绳之以法。

当地的牧场主组织了很多次围剿行动,但是都失败了。被地方政府的高额赏金所吸引来的猎人也都空手而归。无论是毒药还是陷阱,洛波和它的部下都能对付。为了避免被人捕获,洛波给部下定了很多规矩,比如:只要是在白天,一看到男人就必须赶快逃走,因为男人都随身携带枪支;只能吃自己咬死的牲畜。这些规矩让它们多次死里逃生。人的每一次失败似乎都表明,狼比人狡猾,不可战胜,人没什么创造性,面对狼的暴行无能为力。这些叙述似乎也印证了人们对狼的传统认知:贪婪、狡诈、凶残,狼的形象没有跳出童话故事和寓言里的角色。在冲着赏金来的猎人中有个叫乔·卡洛纳的,他的牧场坐落在科伦坡河畔,附近有一个美丽的山谷。卡洛纳捕捉洛波失败的这一年的春天,洛波带着部下到科伦坡安家落户,把卡洛纳养的牛、羊、猎狗全都咬死了,卡洛纳却束手无策。

洛波的这些恶行,不仅让当事人感到愤怒,也让读者感到愤怒,觉得它们真是一群十恶不赦的坏蛋,必须狠狠惩罚才能解心头之恨。但是,很奇怪,在憎恨的同时,读者也对狼产生了一种敬佩之情。洛波它们打猎技艺的高超、团队作战的精神、严密的组织纪律性都让人不得不佩服。"交战"双方各自为各自的利益而战,人这一方想尽办法,狼这一方全力应对,人没有胜过狼,只能说明狼技高一筹。人自认为是万物的主宰,土地、高山、河流、湖泊都是自己的,殊不知狼也有这样的想法:在我的地盘上生长起来的东西,牛也好,羊也好,马也好,都是我的猎物。人要为生存而战,狼也要为生存而战,战争就不可避免了。所有的狼都表现出对人类的厌恶,它们的掠夺行为是对人类企图命令、限制或缩小它们野性力量的反抗。

西顿的写实类野生动物故事其实也反映了斯罗普·弗莱所说的"驻防心态"。当人因侵占野生动物的地盘而与其遭遇时,"威胁"的感觉便会始终存在,"消灭"的行动便会成为日常。叙述人没有告诉读者人是怎么与以洛波为首的灰狼部落产生地盘交集的,我们只能推测或许是人为了扩大自己的生存空间而侵占了狼的地盘。狼无处可去,只能游走在和人的交集里,靠智慧、靠力量、靠勇气过着死亡在脚边跳舞的生活。随着故事情节的发展,很明显,叙述者注定会并且必须战胜洛波,这象征着人类和野生动物之间的可怕对抗,而人必须赢。

1893年秋天,叙述人应邀去对付洛波。他也采用了猎人们和农场主们常用的办法:投毒、布陷阱。他自认为自己的投毒很巧妙,甚至相信洛波已经中毒,但是,当他兴致勃勃地循着洛波的足迹追到最后一块投放诱饵的地方时,却发现洛波把四块诱饵叠放在一起,在上面拉了一泡屎!洛波,这个强大的荒野之王,以这种行为表达了自己对人的不屑。叙述人羞愤难当,寄希望于巨型捕狼器。他把捕狼器布成"工"字阵,但还是没能抓住洛波。眼看洛波就要跑到"工"字中间那横上了,它却突然停了下来,小心翼翼地按原路返回,没有丝毫偏差地将爪子放进原来的脚印里。退出来后,它跟以前一样,用爪子扒拉着,把每一个捕狼器都挖了出来。它是怎么发现危险的,叙述人也不得而知。没有同伴告诉它,陷阱也没有任何漏洞。也许是它的经验,也许是冥冥之中有种力量在帮它。

和前面的猎人一样,叙述人没能凭借自己的智慧和人类先进的工具战胜洛波,反而被洛波所羞辱。但是,人类终究比狼聪明,叙述人通过观察狼群的脚印,制订了一个捕捉计划:先抓住布兰卡,再引诱狼王上钩。这个办法奏效了。当发现妻子不见了时,洛波愤怒地吼叫着,整整一天都在距离叙述人他们很远的地方徘徊。它的嚎叫声听起来极其凄惨,连牧牛人都说从未听到过哪只狼这样哀嚎个没完没了。洛波单枪匹马闯进牧场,把看门狗撕成了碎片,发疯似的到处乱跑,试图救出自己的妻子,它不知道布兰卡已经被杀了。洛波完全失去了以往的沉着冷静,所以,尽管它逃出了牧场,却还是不幸被埋在野外的捕狼器抓住了,那些

154

器具上有布兰卡的气味。叙述人成功了,他击中了洛波的软肋。洛波虽然给人的印象是凶狠残暴,但它对自己的伴侣却情深义重。故事讲述到这里,读者对洛波的看法又有了新的变化:这是一只重情重义的狼,它不顾生命危险去救自己的伴侣,这种行为让人敬佩。狼的传统形象已经改变了,写实类野生动物故事通过呈现野生动物的真实面貌,修正了那些寓言和童话故事强加给它们的性格特征,让人看到了更全面、更真实的野生动物。

　　洛波的魅力还不止这些,它还有更让人刮目相看的一面。即便被抓了,洛波也不失狼王风范。当"我"靠近它时,已经挣扎了两天的它腾地站了起来,扬起头高声嚎叫,低沉有力的咆哮声在空旷的山谷中回荡。文中写道:"它的眼睛里满是愤怒的火焰,它张大嘴巴,恨不得扑上来吃掉我。"而当我们终于制服它,抬着它往牧场走去时,"一路上它都很安静,呼吸也很均匀,看都不看我们一眼,只是静静地凝视着远处的山岭。那里曾经是它统治的王国"。洛波就像一个高贵的战士,它战斗过,拼杀过,虽然最后失败了,但它并不觉得遗憾,它平静地接受了命运的安排。即便落入敌手,洛波仍然对人一如既往地鄙视,让人感觉不到一丁点儿成功的喜悦。"我"给洛波送上肉和水,它看也不看。"我"用手碰它,它一动也不动。它静静地卧在那里,眼睛坚定不移地望着灰狼部落的方向,久久地凝视着。它在想什么呢?想自己昔日的辉煌?想纵横驰骋的战斗生涯?想那些不来救自己的部下?想和伴侣成双出入的幸福日子?不管它在想什么,它都彻底地忽视了捕获它的人。

　　有人说,只要掠夺了狮子的力量,剥夺了鹰的自由,抢走了鸽子的伴侣,这三种动物便会死去。当这三种致命的痛苦同时降临到洛波身上时,它承受不住,死去了。捕获它的人并没有杀死它,是它自己选择了死亡。它没有把杀死它的权利交给人,它以死亡战胜了捕获它的人。它那双坚定的黄色眼睛,从"我"的视线中穿过,穿过了大门,越过了开阔的平原——它的平原，它的灵魂回到了它的领地。洛波死得有尊严，死得无所畏惧，死得很坚定。叙述者对洛波的感情也由最初的痛恨变成了同情，变成了尊重。他把洛波抱到布兰卡的身边，让这对伴侣依偎在一起。而读者对洛波的感情也由最初的痛恨和痛恨之余的欣赏变成了同情和敬佩。为什么我们会对这个滥杀牲畜的狼王产生同情呢？究竟是什么把这个我们期待已久的胜利转化成了悲伤呢？我想应该是英雄的被毁灭。抛开和人类的矛盾，客观地来看，洛波有勇有谋，机智灵活，对伴侣情深意厚。身为狼王，它教导部下有方，使它们免遭无谓的死亡；身为丈夫，它对妻子宠爱有加，竟然为了它不惜以身犯险。它崇尚力量，追求自由，宁可饿死也不吃"敌人"给的食物，是一只很有节操的狼。这样的个体是值得人尊敬的，因为它的身上有很多东西是人欣赏渴望却不具备的。西顿想通过洛波这个狼形象来告诉世人，野生动物是自然的一部分，人类战胜不断反抗他的野生动物，最终只能获得一种空虚的毁灭感。当洛波终于死去时，人才发现，原来洛波代表了自己所追求的东西，因为洛波代表荒野。

　　当西顿的读者向他抱怨这么多的动物英雄都死了时，西顿解释说："这些故事是真实的，这些事实说明了为何所有的故事都是悲剧性的。所有野生动物的生命都以悲剧告终。"他又解释道："对野生动物来说，它们不会寿终正寝，它们的生命是在前线度过的，一旦它的力量减弱了，它的敌人比它强大太多，它就倒下了。"[①]野生动物的一生确实死亡如影随形，除去人，它们还要面对各种天敌，每一天的生活都是不确定的，安全都是没有保障的，但它们仍然快乐地生活。西顿笔下的乌鸦、红脖子鹧鸪、棉尾兔，每个季节每一天都会遇到不同的敌人，但是，生活还是要继续。从这点来看，野生动物其实是很乐观的，是生活的强者。当

[①] Ralph H.Lutts, *The Wild Animal Story*.Preface, Temple University Press, 2001.

人给它们带来危害时,它们像接受其他天敌一样平静地接受了人,因为它们的一生就是战斗的一生,不管是和谁战斗。洛波也是如此,它坦然地接受了人是自己的敌人这个事实,并为自己的生存而战。洛波是生活的强者,但它最终还是被人毁灭了。另一个狼王——警棍(《王者之狼》,见《我所知道的野生动物》),却战胜了人,继续屹立在荒野中,为了自己的生存和人战斗。

警棍是在逆境中、在苦难中成长起来的狼王。它机智无畏、顾念同族、英勇善战。和《狼王洛波》不同,西顿在这个故事里尽管也呈现了狼给人造成的损失、带来的危害,但他的情感从一开始就是偏向警棍的。

在亲眼见到警棍之前,叙述人对警棍的认识是基于捕狼人瑞德的介绍。瑞德捕狼多年,从来没有失过手。他说他一共见过警棍六次,如果这个星期天能见到它,那就是七次了。瑞德的失利反衬了警棍的厉害,不仅叙述者,就连读者都很希望知道警棍究竟是只怎样的狼。随着故事的展开,我们从瑞德那里知道了警棍的童年和青少年时期的生活。在警棍还是小狼崽时,一个捕狼人杀死了它的母亲和兄弟姊妹,它成了孤儿。警棍很机智,也很勇敢,没有在危险面前吓得慌了神。当捕狼人钻进狼窝时,它躲进了洞穴里的小洞里,没有被捕狼人发现。上天很眷顾警棍,它很快就遇到了一只很聪明的母狼,被母狼收养,成了它的养子。否则,一只小狼崽,即便再有天赋,要想在敌人无处不在的荒野里活下来是不可能的。这只母狼不仅捕猎技艺高超,还对人的危险性有深刻的认识。它知道捕狼人都带着威力很大的枪,但是,只要躲开捕狼人的视线,就可以避免受伤。母狼把关于陷阱、毒药、猎狗、信息中心的知识都教给了警棍。在养母的精心教育下,警棍的生存技能不断增长,它跟着养母过着虽然艰难却很幸福的生活。然而,生活是一场艰难的游戏,虽有成千上万次的成功,可一旦失手,便满盘皆输。警棍的养母虽然对陷阱非常了解,但最终还是没能逃过捕狼人设的陷阱,它被捕狼夹夹住了。警棍很害怕，它痛苦地哀嚎着，想靠近养母，却又被养母狰狞的样子吓得退了回去。整个晚上，警棍都惊慌失措，痛苦万分，却又束手无策。警棍对养母感情很深，出于本能它想救养母，同样也是出于本能，它害怕捕狼夹。第二天，当它发现有人来了时，它更加害怕了，但它不知道该怎么对付人，只好独自逃跑了。警棍的表现是一只狼的正常表现，也是一只依恋母亲的小狼的正常反应。警棍又变成孤身一个了，它又要独自面对这个世界了。不过，这个时候的警棍和失去亲生母亲时的警棍已不可同日而语。警棍天赋超群，再加上经验丰富的养母的精心教导、复杂多变的生活的历练，它已经越发谨慎、越发强壮、越发机智，有能力独自面对世界了。

　　从警棍的经历可以看出，人对狼的捕杀不仅从来没有停止过，而且还呈现出不赶尽杀绝誓不罢休的势头。人与狼的矛盾已经到了不可调和的地步，似乎只有"战争"才能解决所有的问题。警棍一路流浪回到了自己出生的哨兵山，它打败了所有的狼，成了狼王，从此过着贵族般的生活，但也因此让人把矛头都指向了它。牧场主们开始组织力量围捕警棍，他们一次又一次地围捕，一次又一次地失败。人成群结队，有枪，有猎狗，有毒药，有陷阱，但就是抓不住什么也没有的狼。那么，狼究竟是依靠什么打败了人？这个问题值得深思。警棍在当地肆无忌惮地打猎，杀死了很多牲畜，还有些牲畜是不小心吃了为它准备的毒药而死的，这给牧场主们造成了很大的损失，但牧场主们对这个可恨的敌人却没有什么了解。叙述人提了这么一个问题："既然猎狗如此勇敢，为什么昨晚它们没有战胜警棍呢？"牧场主潘鲁夫则若有所思地答道："我猜老警棍昨晚召集了一群狼。"而专业捕狼人瑞德却很暴躁地对牧场主说："你难道没有看出这里只有一种脚印吗？"和对手交战了这么多次却仍然不了解对手，人的能耐可见一斑。而捕狼人的愤怒则说明他品尝到了被警棍打败的耻辱。

在追捕警棍的过程中，人始终处于被动地位，他们整日跟着猎狗们四处追寻，那些猎狗却总是找不到警棍的踪迹，还常常跟丢了它的脚印。和警棍斗智，人的智慧显得捉襟见肘。追捕了一个月，人和马累得筋疲力尽，猎狗由十只减少到七只。只杀死了一只灰狼和三只山狗，警棍却杀了不少牛，每只都价值五十美元左右。比较起来人的损失很大，投入了极大的精力，收获却甚微。就在人们想放弃的时候，转机出现了。人们盯上了一只小狼，紧追不放，小狼开始嚎叫，向自己的首领求救。捕狼者很清楚，如果这只小狼不求救，警棍是不会出现的，他们辛苦这么久，会连警棍的影子都看不到。警棍果然出现了，它救了小狼，成了猎狗们追捕的对象。叙述者在这里表达了他的同情，他认为警棍很勇敢，也很仗义，没有抛下朋友独自逃走。而读者读到这里，对警棍的同情里也多了赞赏。当看到警棍低着头，垂着尾巴，艰难地在雪地上行进时，一股怜悯之情涌上了叙述者的心头，也涌上了读者的心头。从牧场主的角度来看，警棍确实很邪恶。但客观来说，警棍很仗义，有救助弱小之心。它本来可以不露面，它很清楚只要它一露面，就会成为猎狗追撵的对象，但为了救助同类，它出现在了猎狗的视野里。在生死关头能够不放弃自己的朋友，敢于牺牲自己救助朋友，这是一种很崇高的精神。这种精神是人类世界所提倡的。所以，当我们在警棍身上，在野生动物身上看到这种精神时，不能不让我们深深感动。

虽然警棍没能甩掉跟踪它的猎狗，但这并不能说明那些猎狗就有战胜它的机会。警棍能够当上狼王，能够在捕狼人的数次围剿中成功突围，说明它确实有不同于常人的地方。随着故事的发展，我们即将看到警棍是怎么打败捕狼人的。读者其实很期待看到警棍把猎狗打败，从而成功逃脱。果然，警棍把狗群带到了一个很窄的地方，在那里，哪怕走错一步都会丧命。作为这片荒野的主人，警棍当然知道应该选择哪个地方作为决一死战的地方。既然决战不可避免，它就不能逃避；既然不能逃避，那么选好作战地点就会占据主动。虽然猎狗们是主动出击，警棍是被动应战，但是，猎狗们却没有把选择作战地的权利抓在自己手里，注定了要处于被动地位。警棍突然转过头来，眼睛直直地盯着狗群。它仍然沉默着，不发出一点儿声音。虽然它的身体已经疲惫不堪，但是它的心里却充满了斗志，它把猎狗们全解决了。站在远处观望的人却惊呆了，他们愣愣地站着，一动不动，就像石头人一样，甚至忘了手中还有枪。事情发生得太快了，直到警棍离开，他们都没有反应过来。捕狼人的反应除了说明战斗的迅速，还说明了人对警棍的无知。人高估了自己驯养的猎狗，高估了自己的力量。

  作品里也描写了警棍的恶：肆意宰杀，剖开一头牛，吃几口就不吃了，又去捕杀另外一头。警棍和同伴的这种行为与其说是为了找乐，不如说是在向人类示威，是在向人类表达自己的生存空间被人侵占的不满。人面临生存的问题，野生动物同样也面临生存的问题，当人和野生动物为了生存而彼此开战时，就很难说谁对谁错了。也许是在《狼王洛波》里叙述人深切地感受到了洛波的死给他带来的心灵的空虚，在这个故事里，他没有让警棍被捕获，或者说现实生活中警棍就确实一直都在山上的某个地方注视着人类，等到太阳下山，它就带着它的部下出来活动。警棍最终活着，这让读者没有产生人在宇宙中活得很孤单的感觉。在故事的结尾，捕狼人瑞德摸着马，冷冷地说："就是它，警棍。它和它的狼群出发了，要去追捕另一头牛了。"瑞德对警棍的敌视代表了牧场主们对警棍的敌视，这种敌视反映了人对荒野、对自然的敌视。而叙述者对警棍的同情和怜悯则代表了人对荒野的敬畏之心。人如何与野生动物相处决定了人如何与自然相处，人如何与宇宙中异于人的生命相处。

  在《温尼伯湖的灰狼》（见《我所知道的野生动物》）里，西顿又让我们看到了一只有情有义的狼，读到了一个令人感动的"人狼情未了"

的故事。叙述者第一次看到灰狼是它独自力战群狗的时候，一大群狗将一只高大、冷酷的灰狼围在中间。灰狼看起来很像威风凛凛的狮子，它的背毛竖立着，眼睛扫视着四周，一副对敌人不屑一顾的样子。它坚定，镇静，噌噌噌地在雪地上跳来跳去，反击那群狗。狗群招架不住，连连发出痛不欲生的惨叫。而灰狼却毫发无损，轻蔑地看着那群狗。文章一开篇就将狼和狗的敌对呈现在读者面前，狼和狗的敌对意味着狼和人的敌对。

这只灰狼就是加洛。加洛还是只小狼时，它的母亲和兄弟姊妹都被一个叫保罗的猎人打死了，保罗留下它并不是出于善心，而是担心把整窝狼都杀死了会遭到报应。保罗把小狼卖给了酒店老板霍根，霍根把小狼拴在院子里。小狼受尽了折磨，唯一的安慰就是霍根的儿子吉姆，加洛这个名字就是吉姆给小狼起的。因为加洛杀死了曾经咬过吉姆的狗，所以吉姆非常喜欢它，每天都会亲自给加洛喂东西，把它当宝贝一样照顾。加洛和吉姆建立了深厚的友谊。吉姆的父亲霍根是一个不合格的父亲，有时会因为一点儿小事就狠狠地揍吉姆。他打吉姆并不是因为吉姆做错了事，而是因为吉姆做了让他生气、不合他心意的事。有一天，吉姆又惹父亲生气了，他灵机一动，朝加洛跑了过去。看到霍根追赶自己的好朋友，加洛立刻露出两排尖利的牙齿，冲着霍根咆哮。从那以后，只要吉姆遇到危险，就会向加洛求救，有加洛在身边，吉姆就谁都不用怕。一只从小就成为孤儿的狼，一个虽然有父亲却不被疼爱的小男孩，因为渴望爱、渴望被关心、渴望朋友而走到了一起。吉姆照顾加洛，加洛保护吉姆，相互守护。儿童对动物天生就有一种亲近感，这种亲近让我们看到了人与动物和谐相处的可能性。

对那个害得自己成了孤儿的保罗，加洛心中怀着极端的恨意。当这种恨与保护朋友的责任心相互叠加时，加洛的力量就变得不可估量了。这天，当保罗追着吉姆打时，吉姆又飞快地朝加洛跑去。一看到仇人在追打自己的朋友，旧仇未了，又添新恨，加洛愤怒地挣紧链子向保罗扑去。保罗抄起旁边的一根长棍就朝加洛打去，吉姆见自己的好伙伴遭受毒打，情急之下就把加洛的链子解开了，保罗吓得赶紧跑了。经过这件事，吉姆和加洛的友谊更加深厚了。加洛用自己与生俱来的强大力量，向那些浑身散发着威士忌气味的人和那些折磨过它的狗，毫不掩饰地表达自己的仇恨，但它对吉姆的爱却与日俱增。其实，因为吉姆的缘故，加洛对所有的小孩都有了强烈的好感，它身上那种希望保护他人的天性被吉姆激发出来了。西顿在此用了"天性"一词，说明他经过多年的观察，认为野生动物本性是善良的，不会无缘无故地展开血腥杀戮。此时，出现在我们面前的加洛是一只充满爱心，呵护弱小的天使狼。但是，就是这样一只天使狼却遭到了成人的迫害。

霍根背着吉姆把加洛卖掉了。为了一笔可观的收入，他选择牺牲吉姆的好朋友。加洛被送到猎狼犬养殖场后，一被松开就开始逃跑。男人们把狗放出去，让它们去追咬加洛。加洛沉着冷静，果断出击，解决了追上自己的狗。加洛可能也明白它没有第二次机会，狗太多了，而那些人很快就会赶上来，它必须一击就成功。在前些日子农场主组织的围捕狼的行动中，这些狗都是狼的手下败将。在荒野中没能战胜狼，现在指望着在训练场上，靠"狗海"战术战胜狼。虽然叙述者没有明确表达对农场主和狗群的态度，但鄙视之意尽在对战斗场面的描述中。

最终是吉姆把加洛救了。在加洛处于劣势的危急关头。吉姆骑着一匹小马冲了过来。他一边喊着亲爱的加洛，一边跳下马，挤过重重包围，一把搂住了加洛的脖子，亲昵地蹭着它的脸。加洛也伸出舌头舔着吉姆的脸，欢快地摇着尾巴，就像见到了久违的朋友。一个小男孩，一只成年狼，竟然如此亲密，不知道当时看到此情此景的那些男人是怎么想的。他们真应该感到羞愧才对，他们刚才竟然想杀死一个小男孩的朋友。虽然它是一只狼，但是，它是小男孩的朋友。加洛在吉姆的面前是如此的顺从,如果不是真心地爱着吉姆,一条细麻绳,一个9岁的孩子怎么可能牵着高大威猛的加洛走在回家的路上呢?这不是童话里的情节,而是发生在现实生活中的故事。

然而,这一年的圣诞前夕,吉姆死了,他再也不需要加洛的保护了,他也不能保护加洛了。加洛参加了吉姆的葬礼,当肃穆的钟声响起时,加洛痛苦地悲嚎起来。从此,加洛就在这片地区活动,它要守着吉姆。第二年圣诞前夕,吉姆祭日的那天,当教堂的钟声响起后,一个叫雷诺的猎人听到从森林深处传来了一阵狼的叫声。雷诺是个经验丰富的猎狼人,一下就听出这是一只孤独而忧郁的狼。

有谁能体会加洛心中的悲痛呢?一个曾经给予自己爱,照顾自己,关心自己的好伙伴永远地离开了,剩下自己独自一个,它该如何面对这个复杂冷酷的世界呢?它是狼,为了更好地生活,它应该选择回到同类中去。但是,为了守着自己的朋友,为了那份曾经的安慰,它留在了人类的活动区,它愿意时刻面临猎狗的追赶和猎人的猎枪。西顿似乎是想借这种生死不离的友谊,这种跨越物种的友谊来说明人对野生动物的了解微乎其微。说到底,有谁能理解一只狼的心呢?

叙述者在这个故事里的态度比起《狼王洛波》《王者之狼》里的态度来要积极得多,他明确表示:要不是我当时是在飞驰的火车上,我肯定会去帮助那只灰狼。这不仅仅是在心里表示同情,而是要付诸行动了。叙述者的这种变化体现了西顿对野生动物态度的变化。在写完《狼王洛波》这个故事后,他曾经说猎杀洛波这件事让他对野生动物的态度发生了变化。在《狼王洛波》里,叙述者是捕杀行动的主角,是他亲手将洛波抓住的。虽然他后来对洛波产生了同情,但毕竟是他直接导致了洛波的死亡:让洛波失去了自由,失去了伴侣,失去了力量。在《王者之狼》这个故事里,叙述者也参与了抓捕行动,但他从行动一开始就对警棍怀着深深的同情,也没有开枪射杀警棍。而在《温尼伯湖的灰狼》这个故事里，叙述者的态度就更加积极了，他愿意出面帮助加洛对付那群狗。和狼接触得越多，叙述者对这种野生动物的理解就越多。即使不可避免地要提到动物的恶，但是，西顿总是将动物的善呈现给读者，让读者能全面认识野生动物，从而在动物身上发现人类最欣赏的美德。西顿希望通过这种方式，唤醒人了解动物的渴望，而不愿人们只从寓言里或者童话故事里认识动物。只有这样，人与动物才能达成真正的和解。

　　狼是喜欢群居的动物，加洛却为了守护自己的朋友放弃了同伴，放弃了森林和草原，选择独自在城镇里生活，选择了每时每刻都要准备战斗的生活。那么，它遇见吉姆是幸还是不幸呢？加洛的有情有义并没有换来人类对它的情义。人们在乎的是他们的狗被杀了，在乎的是这么个庞然大物会给大家带来灾难。但是，叙述者明确表明，他从来没有听说过加洛伤害小孩子的事。加洛爱吉姆，并进而将这种爱推及到了像吉姆一样的小孩身上。但是，成人根深蒂固的对野生动物的憎恨和恐惧毁掉了这个美好的故事。加洛因为杀死了保罗而被人追杀，尽管它杀死的是一个混蛋，但是，它杀死的是一个人，这挑战了人的底线，也增加了人的恐怖感，所以，人必须杀死它。但是，有一个成人却对加洛表达了由衷的谢意，这个人就是猎人雷诺，因为他的女儿不用因为嫁给保罗而吃尽苦头了。尽管雷诺承认"加洛总是对孩子们那么好"，但是，他并没有因此就隐瞒事情的真相。正是他，一路上仔细地搜寻蛛丝马迹，理智地还原了当时的情况，确认是加洛杀了保罗。加洛间接救了雷诺的女儿，雷诺却把加洛是凶手的事公之于众，这虽然是一个矛盾，却说明了人类中心主义的本质。人始终是中心，一个动物，无论多么尊贵，多么良善，只要它伤害了人，不管这个人是谁，就应该受到惩罚。这让我想起了杰克·伦敦的《荒野的呼唤》里的一个情节：桑顿带着巴克去一个酒吧喝酒，一个喝醉了酒的人故意挑衅酒店伙计，桑顿看不惯，就上去劝说，不料却被此人推倒在地上。巴克跳起来就朝那个酒鬼扑去，咬伤了他的喉咙。如果不是周围人劝阻，巴克肯定会把这个家伙咬死。事后，目睹了整个事件的人对此事作出了判决，一致认为巴克是为了保护主人桑顿才攻击人的，不负任何责任。这些整天跟荒野打交道的人处理得非常公正，他们能理解一只狗对主人的忠心。如果加洛是一只狗呢？是不是人类就会放过它？

　　村里人打着正义的旗号开始围捕加洛。加洛意识到自己已经无路可走了，但面对这个决心置他于死地的庞大队伍，它没有丝毫畏惧，它从心底里鄙视那些狗，鄙视那些人。加洛连续击退了狗群的三次进攻，那群狗最后吓得站在原地不敢前进。加洛用刀锋般的眼神扫视着敌人，宽阔的胸膛平稳地一起一伏。这样对峙了一会儿后，它不想耽搁下去了，就朝着人群走了几步，好给那些带着枪的人一个开枪的机会。三声枪响过后，加洛倒在了雪地上。加洛死了，一只重情重义的天使狼就这么死了。这只走进了人类世界的狼最终还是被人杀死了。如果它选择回到荒野，远离人类的荒野，它会不会生活得更好呢？谁又能洞悉加洛的智慧呢？谁又能说出它生存的动力是什么呢？它为什么要坚持在一个充满危险的地方生活呢？恐怕除了爱，无法解释加洛的行为。加洛对吉姆的那种不能熄灭的爱，不变的忠诚，将加洛永远地留在了吉姆的墓地旁。爱是自然界中最强大的力量。

　　在加洛那里，它将人进行了划分：弱小的孩子和强壮的成人。它是弱小的孩子的守护神，强壮的成人却把它看作敌人。它最后走向人群的举动显示了它对人类的极大蔑视。它瞧不起这些带着枪、带着狗的成人，是成人的道德观，是成人对野生动物的偏见和恐惧导致了加洛的悲剧。如果说杀人就要偿命，那么根据这个逻辑，加洛作为一只狼是不是也可以这么推断：保罗杀死我的母亲和兄弟姊妹，好几条命，保罗必须偿命。但是，是人在主宰这个世界，加洛生活在人说了算的世界里，保罗杀死了它的兄弟姊妹不必偿命，它杀死了保罗却必须偿命。西顿将这个难题

165

提了出来，他虽然没有回答，但从文章的结尾却可以看到他对加洛的深切同情：事情已经过去很久了，但是直到今天，圣·伯尼菲斯教堂的执事仍然会在每个圣诞节钟声响起的时候，听到从百步外的森林墓地那边传来一阵阵不可思议的狼嚎声。那片墓地正是吉姆——这个世界上唯一一个爱过加洛的人——安息的地方。加洛为了守护吉姆而留了下来，它选择了留下也就选择了被人追杀。是爱给了它勇气。现在，加洛终于可以时刻陪伴吉姆了，谁也不能将他们分开了。

西顿在1901年写道："我不打算谴责某些体育运动，甚至是对动物的残忍行为。我最主要的动机，我最诚挚的愿望，就是希望停止对无害的野生动物的灭绝。"[1]如果能将加洛杀害保罗一事另当别论，那么加洛算得上是最无害的野生动物。如果加洛是有害的野生动物，如果洛波、警棍是有害的野生动物，那么，是谁让它们变得有害的？当人动辄围剿的时候，是不是也应该冷静地想一想，除了对抗，除了敌意，人和野生动物之间还有没有别的相处方式？无论是西顿的野生动物故事还是罗伯茨的野生动物故事，都反映了公众对环境破坏和物种灭绝的日益关注。生存和牺牲是两个极端，是不是为了人的生存就必须牺牲野生动物？或者为了野生动物的生存就必须牺牲人的利益？这肯定不是一个走极端就可以解决的问题。

西顿在自己的自传《自然艺术家的足迹》中，描述了他在安大略省的童年时光，他认为这是他对野生动物感情深厚的深刻原因。他说他很想知道林赛地区所有鸟类的名字，他用"心灵饥饿"来解释他的感情的强烈程度：

我的天性渴望了解这些知识，但既没有书，也没有鸟类

---

[1] Ralph H. Lutts, *The Wild Animal Story*.Preface, Temple University Press, 2001.

学家来帮助我。我不知道其他男孩是否也遭受着心灵饥渴的折磨。当我瞥见一些新来的鸟，一些奇妙的、不知名的鸟时，我的头皮一阵奇怪的刺痛。什么东西掐住了我的喉咙；鸟儿飞走了，我又黯然神伤，仿佛一片漆黑突然袭来，莫名地忧伤失落。

没有了这只鸟，西顿觉得自己身处黑暗中，这种感觉正是藏在西顿作品背后的恐惧：如果没有野生动物，人类将会面临无法忍受的宇宙孤独。野生动物和人不是敌对的关系，在很多万年前，我们是一起在荒野里追逐的兄弟。

除了成功地塑造了"狼"这种看似"有害"的野生动物，西顿还塑造了很多"无害"的野生动物，比如鹧鸪、乌鸦。老乌鸦银斑是一个很成功的形象。银斑是一群乌鸦的首领，它已经在那个山谷生活了二十多年。银斑很聪明，也很大胆，它选择了一个废弃不用的鹰巢作为自己的巢穴，每天都有捕猎乌鸦的猎人拿着枪从这个鹰巢下走过，它们却始终安然无恙。猎人可没想到他要捕捉的对象正在自己头顶的巢穴里看着自己。还有一次，银斑找到了一块面包，它叼在嘴里飞行时，不小心把面包掉到水渠里了。它看着水里的面包想了想，往水渠的另一头飞去了。它停在那里，等着自己的面包。果然，面包随着流水漂了出来。它快乐地拍着翅膀，叼起面包，心满意足地吃了起来。银斑也有很残忍的一面。它喜欢每天早上去附近的鸟巢里溜达，一旦发现鸟蛋，就全部吃光。银斑的一生中经历过很多危险，食雀鹰曾经抓住过它，必胜鸟也常常追赶它，但是，它都逃脱了，它把这些看作生活的一部分。

西顿给我们讲着银斑的日常生活，将一个真实的银斑呈现在读者面前。银斑最后死在了猫头鹰的铁爪之下，结束了它那漫长的、功勋卓著的一生。作为一只乌鸦，它对人来说应该是无害的。如果人捕猎狼是因为狼猎杀了他们的牲畜，那么他们捕猎乌鸦是因为什么呢？难道是为了消遣？银斑虽然不是死在人的枪下，但捕捉乌鸦的猎人的出现对乌鸦来说可不是什么好事。如果不能认识到乌鸦作为野生禽类对大自然的生态平衡有重要作用，那么，死在猎人枪下的乌鸦就会越来越多，乌鸦这个物种也会面临灭绝的危险。西顿曾经说过，他最主要的动机，最诚挚的愿望，就是希望停止对无害的野生动物的灭绝。我想，《老乌鸦银斑》这个故事的意义就在于此吧。

西顿开创了野生动物故事写作的新模式。他的这种亲身、长久的观察，然后再进行创作的写作态度让他笔下的野生动物真实可信。在《老乌鸦银斑》的开头，他写了一段话："有人见过真正的野生动物吗？我说的不是偶尔见过一两次，或仅仅见过那些养在笼子里的动物，而是真正深入到野生环境中，长时间地去了解、观察野生动物，并且熟悉它们的生活，对它们了如指掌。"他的作品几乎都是这么写出来的。西顿让我们看到了不一样的野生动物，知道了它们也有情感，也会思考。悲恸、哀伤、依恋、热爱、执着……这些人类所具有的情感，野生动物并不是一样也没有。西顿的野生动物故事让人们对野生动物有了全新的认识，并进而开始关心野生动物的生活，关心荒野，思考人对自然的破坏。而他通过翻译乌鸦或者兔子的语言来表现它们复杂的交流方式的尝试也为后世的动物小说创作提供了有益的借鉴。

第三节 吉姆·凯尔高研究

吉姆·凯尔高是美国著名青少年文学作家，以创作动物小说闻名于世。他热衷于野外生活，熟悉各种捕猎手段，因此被誉为"猎人作家"。他的风格代表了动物小说的另一个走向：基于切身荒野体验的创作，和杰克·伦敦、詹姆斯·奥利弗·柯伍德的风格一脉相承。他将自己的荒野体验和对大自然的仔细研究融入到精彩的故事中，给读者呈现了一幅幅如影像般的荒野画面。凯尔高著述颇丰，一生共创作了四十多部小说，好些作品已经成为经典。作品里做主角的动物很多，有狗、北极熊、鹿、海狸、红狐、沼泽猫等。其中最多的是狗，有爱尔兰赛特犬、哈士奇、柯利牧羊犬、阿尔卑斯山獒等，这也说明了凯尔高对狗的特别情感。凯尔高的很多作品都展示了荣誉、忠诚、勇气、责任、毅力等主题，正是这些具有普遍意义的主题让他的作品直到今天仍然熠熠生辉。这些主题常常是通过人和动物的关系来体现，一个少年或者一个男人和他喜欢的动物一起征服暴风雪或者经历其他冒险，共同走向成熟。凯尔高影响最大的作品是《义犬情深》，该书出版于1945年，出版后持续受到年轻读者的喜爱。1960年，迪士尼公司将《义犬情深》改编成同名电影。

凯尔高的所有作品都有一两个令人钦佩的主角，或者是动物或者是一只动物和一个人，故事总是以一个经过渲染的逼真的自然环境为背景来展开。其作品的永恒魅力在于人与自然之间永不改变的关系，以及他对人类生活方式和荒野的生动描写。在他的作品里，人与大自然水乳交融、和谐共处。人从大自然讨生活，同时又尊敬善待大自然。不管是猎人还是自然摄影师，不管是护林员还是博物学家，都在凯尔高的作品里出现过，这让他的作品为许多涉及自然的职业提供了翔实的研究资料。

吉姆·凯尔高特别喜欢户外生活。他虽然出生在纽约，但是，当他两岁时，他的父亲带着全家搬到了宾夕法尼亚州的山区。他的童年是在阿勒格尼山的一个750英亩的农场里、连绵的群山里、纵横交错的溪流边度过的。当时的美国人很崇尚打猎和钓鱼，这种生活方式不仅影响了幼年凯尔高，也对长大成人的凯尔高有着深远的影响。凯尔高经常跑到森林里去观察动物的生活，经常和兄弟们去打猎、钓鱼。他曾经说如果可以在去俱乐部参加派对和去钓鱼之间选择，他会选择去钓鱼。凯尔高兄弟几个也是设陷阱打猎的高手，他们把很多时间都花在了波特县的溪水里，捕捉貂和海狸。凯尔高高中毕业那年，他和盖顿当地的一个朋友决定整个冬天都用来设陷阱打猎。他们在安索尼亚的营地待了三个月。后来，当他们把所有的毛皮都搬到斯坦利的车上时，那辆福特车的轮胎都被压扁了。两个勇敢无畏的猎人用草塞满轮胎，把车开回了盖顿。1930年代，一种新的职业——向导猎人诞生了。那些住在城市而又喜欢打猎的人，坐火车来到山村，需要有人带他们去打猎。为了挣钱养家，凯尔高和他的兄弟们经常给这些人当向导猎人。这些经历都被吉姆写进了作品里，比如《迈克传奇》里，那个喜欢钓鱼的查利来到温特比想钓一条大鳟鱼，承诺说如果钓到了就给丹尼一笔钱，这笔钱足以解决丹尼和父亲当时面临的经济困难。因为有这样的体验，所以凯尔高在将这段生活写进作品里时，对城市来的狩猎者的性格把握，对丹尼的心情描写就非常准确到位，让人相信这不是虚构的，事实就是这样。

吉姆·凯尔高从10岁就开始写作。他用一个箱子做了张书桌，开始在上面敲故事。他一直坚持写作，内容主要是关于荒野生活和美国历史的。他把自己写的冒险故事寄给狩猎或者钓鱼这类户外杂志，但总是被拒绝。1928年，他终于卖出了一个故事，稿费是该杂志为期两年的赠阅。他前期主要写短篇故事，发表在户外生活杂志上。很多年后，假日屋出版社的编辑弗农·伊夫斯读到了凯尔高的作品，发现他的作品具有浓郁的冒险品质，而这些品质是针对男孩子的图书所必须具备的。于是他就写信给凯尔高，问他是否愿意为男孩子写作，凯尔高回信说非常愿意，并且告诉弗农他想写一本关于森林护林员的书，出版商告诉他继续推进。于是，1941年，凯尔高的第一部小说《森林巡逻》出版了，该书的出版为他赢得了声誉。《森林巡逻》一书是根据凯尔高和哥哥约翰在宾夕法尼亚的黑森林里的生活来创作的，里面的人类角色都是以吉姆在波特县的朋友为原型的。1930年代初，约翰谋得了在十字叉镇的黑森林里当护林员的职位,凯尔高跑去和哥哥住了很长一段时间。阅读《森林巡逻》,我们很容易看到虚构的松山镇和真正的十字叉镇之间的相似之处。1943年,凯尔高的第二部作品《突出重围》出版,不过,这部作品并没有赢得预期的欢迎。直到1945年《义犬情深》出版,凯尔高才奠定了自己"猎人作家"的地位。凯尔高曾经说给男孩子写故事很辛苦,你得加倍努力,以争取达到孩子们的水平。正是这种谦虚的写作态度和深入骨髓的生活体验造就了一个广受赞誉的"猎人作家"。《义犬情深》取得巨大成功后,凯尔高又继续写了以爱尔兰赛特犬"大红狗"的儿子迈克和肖恩为主角的《迈克传奇》和《荒野奇缘》,这两部作品分别于1951年和1953年出版,同样备受称赞。凯尔高作品独特的价值为他赢得了荣誉,1948年,《义犬情深》获得了"男孩俱乐部奖"。1958年,凯尔高因《狼兄弟》被"美国西部作家"授予"马刺奖"。"马刺奖"是美国文学界最古老的奖项之一,也是最受尊敬的奖项之一,只授予那些声誉卓著并且有杰出作品的美国西部作家。1959年,凯尔高又凭借《尤利西斯和他的森林动物园》获得了"男孩生活奖"。

  凯尔高的作品几乎都是这样一个模式:一个少年或者一个成年男人和一个动物因为彼此吸引而走到一起,他们必须解决由人或自然环境造成的困难,并由此展现荣誉、忠诚、勇气、毅力、责任、牺牲精神等主题,表现人物的成长和人物所钟爱的动物的成长。虽然他的作品都是同一个模式,读者却百读不厌,这是因为凯尔高非常善于讲故事,每一个故事都被他讲得跌宕起伏。他还非常善于渲染环境,他对荒野的描写能让人觉得那个壮美苍茫的世界就在眼前。这一模式在他最著名的作品《义犬情深》三部曲(包括《义犬情深》《迈克传奇》《荒野奇缘》)中表现最为充分。《义犬情深》讲的是17岁的少年猎人丹尼和爱尔兰赛特犬大红狗之间的友谊和爱。17岁的丹尼第一眼看到大红狗时就爱上了它,而大红狗在见到丹尼后就再也离不开他了,它偷偷地循着丹尼的足迹找到了他家，吓得丹尼的父亲罗斯赶紧跑到森林里去避嫌：他担心会有人说是他把大红狗拐来的。丹尼和他的父亲是靠山谋生的山地猎人，承蒙大红狗的主人哈金先生照顾，才得以在温特比的森林里有一处栖身之地。但是，丹尼和父亲的态度完全不同，他一直希望能有一条优秀的狗陪在自己身边，而大红狗就是这样一只狗。他觉得为了生命中的这一天——和自己钟爱的狗待在一起，就算是坐牢也值得。然而，事情竟然有了让人意想不到的转机，哈金先生请丹尼来照顾和训练大红狗。很快，大红狗和丹尼就结成了一种独特的友谊，他们一起在森林里生活，一起去森林里冒险，一起成熟长大。《迈克传奇》里，丹尼和迈克的关系从一开始并不好，因为丹尼认为迈克是一条没有头脑、自以为是的小狗。可丹尼的父亲罗斯却认为迈克是他见过的最有潜质的狗，如果能将它的潜质激发出来，它将成为最优秀的猎犬。丹尼成功地做到了这一点。他和迈克去塔头山猎貂，天气突变，他们被暴风雪困住了，丹尼还被树枝砸成了重伤。在危难关头，迈克没有独自离开，而是始终陪在丹尼身边。当迈克被美洲狮吓得魂不附体，而丹尼开了几枪就击退美洲狮时，迈克看到了自己的不足，人的强大，从而第一次有了团队意识。在《荒野奇缘》里，丹尼已经成了哈金先生养犬场的负责人，少年主角由丹尼换成了贝利，狗主角也换成了迈克的哥哥肖恩。贝利也是一个在森林里讨生活的人，他喜欢肖恩，希望自己能有机会像丹尼拥有大红狗一样拥有肖恩。因为一次意外，肖恩跑到了森林里，这只养尊处优的冠军犬很快便学会了怎么在森林里生存。后来，贝利找到了肖恩，把它带回了哈金先生的养犬场。肖恩在流浪的日子里学会了很多生存技巧，面对企图伤害自己家人的敌人时，它没有逃避，而是勇敢地担负起了自己的责任，消灭了敌人。而贝利也在寻找肖恩的过程中找回了自信。当他们一起坐在篝火边时，贝利下定决心不再瞻前顾后、畏首畏尾了，因为主人至少应该和他的狗一样优秀。"肖恩能做到的事情，贝利也可以做到。"

第五章 作家作品研究

凯尔高的作品在模式化的结构上体现如下几个方面的特征：强调人和自然的和谐相处；强调人对动物的意义——帮助其实现生命价值的最大化；强调动物对人的意义——人在与动物的互动中获得成长；强调对动物主角的真实描写；强调对荒野和荒野生活的真实抒写。

我们先来探讨凯尔高作品中展现的人和自然要和谐相处的生态保护思想。凯尔高的成长环境决定了他对大自然非常熟悉，而他对动物生活习性的了解则决定了他对保护动物栖息地的重视。早在凯尔高出生之前的1900年，美国国会就通过了美国的首部野生动物保护联邦法律——《雷斯法案》，法案禁止非法捕猎、采收、运输和出售野生动植物。打猎是许多美国民众热衷的运动，但打猎不仅需要许可证，而且政府对狩猎的时间、猎物的数量等都有严格的规定。这些规定我们都能在凯尔高的作品里找到踪迹。

在《义犬情深》里，有一个细节既体现了美国民众对打猎的热衷，也体现了民众对法律的严格遵守。丹尼去猎鹿，意外地抓到了几天前从附近监狱里逃出来的逃犯，他将逃犯押回家交给父亲罗斯看着，自己则跑去哈金先生的庄园打电话通知本地的护林员贝利，电话却老是占线。贝利到来后的一番话说明了原委：今天早上起码有五十个猎人跑到山林的那一侧进行狩猎活动，不过这都是专门组织的活动。丹尼打电话找他时，他正在打电话让更多的人出来。这种在狩猎季专门组织的狩猎活动，参加的人都不是在山林里讨生活的人。对生活在山里的人来说，狩猎季的狩猎活动不是运动，而是为一年的生活储备食物。但即便是为了食物而打猎，山里人也都严格地遵循狩猎规定。比如法律规定每人每天只能捕四只鹧鸪，于是，在射落四只鹧鸪后，丹尼就停止了对大红狗的训练。出去打猎的罗斯回到棚屋后，解开他的猎物口袋，取出来的也只有四只鹧鸪。一旦狩猎季过去，丹尼和罗斯就再也不会开枪打猎。大红狗因为丹尼关注一只叫希拉的母狗和丹尼闹了矛盾，一个晚上都没有理睬丹尼。

当看到希拉去追鹩鸪时,大红狗当即冲了上去,丹尼以为大红狗想干掉希拉,正想出声制止,没想到却看见大红狗给出了发现猎物的指示。他拿起猎枪就跑了出去。大红狗冲上前去,两只鹩鸪大叫着飞了起来。丹尼举起枪,故意没有打中这两只已经过了狩猎季节的鸟。丹尼和罗斯不仅靠猎枪捕猎,也靠布陷阱捕猎。秋天刚到他们就会去森林里布捕捉麝鼠、水貂等猎物的陷阱,但是,他们要等到狩猎季到来时才会将捕兽夹的开关开启,决不违反法律。

丹尼一心想把大红狗训练成一只捕鸟犬,经过耐心的、坚持不懈的一系列训练后,只剩下野外实地射落猎物的训练了。尽管丹尼迫切想射中几只鸟来完成对大红狗的最后训练,可是狩猎季节还没有到来,他只能等待。"他和罗斯从来没有违反过野生动物保护法,当然他现在也不会违反。大红狗要接受的最后训练必须等到进入合法的狩猎季节才能开始。"所以,当大红狗忍不住朝山毛榉树林翕动鼻子时,丹尼就会警告它:"不要去嗅鹩鸪的气味了,无论如何,现在我们还不能猎捕它们。"

为了保护野生动物,凯尔高笔下的人物不会滥捕滥杀,但是,当野生动物一而再、再而三地侵犯人的利益时,为了保护人的生存,同时也是为了保护其他野生动物的生存,凯尔高笔下的人物也会痛下杀手。在《义犬情深》里,有一头叫老魔王的大黑熊给当地人造成了很大的损失。老魔王在温特比称王称霸已有多年,被它猎杀的家畜单单哈金先生一家就有五头牛,十九只羊,而且都是纯种。这头大黑熊早已成为人类的宿敌。罗斯带着猎狗去追捕老魔王没有成功,还差点儿丢了性命。丹尼带着大红狗摸黑发起进攻,终于干掉了老魔王,为当地人除了一害。不止老魔王,凡是对人类造成巨大威胁的,比如山猫和狼獾,都会被除掉。罗斯带着猎犬进山,碰到了一只山猫,它杀死了罗斯的一条小猎犬。罗斯非常伤心,决心为小猎犬报仇。他告诉丹尼这只体型巨大的山猫很奸诈,他觉得它是想在孤石岗上称王称霸。罗斯还提醒丹尼,如果要去孤石岗一定要带上枪。罗斯一辈子都在猎捕狐狸、狼獾、山猫等动物，没有人比他更了解它们。所以，当他说这只山猫很歹毒时，那它就真的很歹毒。温特比的禁猎巡查员约翰·贝利得知这一消息后，明确表示希望罗斯能逮住那只山猫，因为，"在温特比一带，我们不能容忍任何大猫杀死野鹿"。所以，罗斯猎杀山猫是法律所允许的。正如罗斯所说，这只山猫很狡诈，它躲避罗斯的追击，趁黑游荡到孤石岗外围，发现了前来帮助受伤的野鹿却又被困住无法动弹的丹尼。山猫准备趁黑袭击丹尼，但是，大红狗保护了丹尼，山猫没有得手。第二天，罗斯赶来，击毙了山猫，为温特比除了一害。狼獾也是一大危害，它对猎人来说是个噩梦。狼獾特别喜欢搞破坏，它会把陷阱链上的猎物统统撕烂。只要被它盯上，倒霉的猎人要么想法杀死这个强盗，要么撤掉陷阱。四年前，一只狼獾来到温特比，盯上了罗斯设的两条陷阱链。在森林中生活了一辈子的罗斯，用尽了一切办法，布了各种各样的陷阱来猎捕它，最后还是输给了这个"印第安恶魔"。那一年，罗斯和丹尼只弄到了往年三分之一的动物毛皮。结果到了夏天，他们连吃饭都成了问题，日子过得相当惨。现在，狼獾又来了，又找上丹尼家的陷阱链了。丹尼没有带枪，只带了一把斧头。任何遭遇过狼獾的猎人都认为，狼獾是世界上最邪恶之物的化身。它们心怀恶意，歹毒凶狠的目光里充满了仇恨。尽管如此，丹尼仍不打算逃避，他不能让四年前的生活重演。这头狼獾不仅破坏陷阱，还企图猎杀丹尼。在丹尼跑到林中小屋后，狼獾从烟囱里跳进了小屋。大红狗为保护丹尼而战，丹尼为保护大红狗和自己而战，他们最终合力杀死了这头恶魔。

  人和自然要和谐相处的思想体现了吉姆·凯尔高对动物的尊重，而人帮助动物实现生命价值的最大化，则体现了吉姆·凯尔高对生命的敬畏。人会因为自己的偏好而将动物训练成自己所希望的样子，而真正了解动物的人则会将它训练成它最适合成为的样子，从而帮助它实现生命价值的最大化。当然，这种帮助得建立在动物对人完全信任、人对动物特别了解、彼此之间真诚相爱的基础上。在《义犬情深》里，丹尼遇到了他一直以来梦寐以求的狗——大红狗，他想把它训练成捕鸟犬，却遇到了一系列的困难，还和父亲罗斯把关系搞得很僵。对大红狗来说，丹尼是它找了半辈子终于找到的知己。"在度过了大半生的宠物生涯后，它为了自己渴望的友情前来投奔这个新认识的知己。"只要这个知己肯接纳它，它愿意为他付出一切甚至生命。在它去找丹尼的那天，它就以实际行动证明了自己对丹尼的爱。丹尼带着它在森林里穿梭，碰到了那头在温特比一带臭名昭著的大黑熊，在大黑熊向丹尼扑过来的一瞬间，在丹尼以为自己必死无疑的刹那间，大红狗迎着大黑熊冲了上去。大黑熊吓了一跳——还没有哪只狗敢单枪匹马冲上前和它搏斗，它本能地转身就跑。大红狗不是一条猎犬，而是一条宠物犬，在此之前，它连森林都没有进过，更不用说和野兽搏斗了。但是，对丹尼的爱让它勇敢地冲了上去，就像丹尼对父亲罗斯解释的那样：大红狗去追那头大黑熊只是因为它认为大黑熊要伤害他。大红狗选对了知己，因为丹尼，它获得了犬展比赛的冠军；因为丹尼，它再也不用待在狗舍里接受乏味的训练；因为丹尼，它能在广阔的大森林里自由自在地奔跑，追逐小动物，追赶飞鸟，并最终发现了自己的所长，释放了自己的潜能，成为了一条优秀的捕鸟犬，最大限度地实现了自己的价值。

其实，丹尼也是后来才明白应该把大红狗训练成一只捕鸟犬的。他起初只是觉得大红狗非常聪明，无论你教它什么它都会很快学会。他并没有想过要将大红狗训练成什么样的狗。当他和大红狗在森林里第一次遭遇老魔王时，大红狗展示了非凡的勇气和智慧。它不仅勇敢地朝老魔王冲了过去，还紧追老魔王不放，追得它无法脱身。由此，丹尼意识到大红狗是一只善于搏杀的狗，它不应该被关在狗舍里，它活着不应该只是为了获得一条蓝绶带。但是，当父亲罗斯说大红狗将成为他们所拥有过的最好的猎犬时，丹尼有些吃惊，还皱了一下眉头。"他一边洗脸洗手，一边试图回想起刚才在脑海里一闪而过的某个念头。但他一下想不起来了。"丹尼知道罗斯说的猎犬是去猎捕狐狸、貂、麝鼠等的猎犬，尽管大红狗有成为这种猎犬的能力，但是，在丹尼的潜意识里，他并不想把大红狗训练成这样的猎犬，他觉得不合适。最初，丹尼并没有想过大红狗为何如此优秀，是哈金先生的一番话让他明白的。哈金先生让丹尼把驯犬这件事看作是人类事业的一部分，看作是人对更美好事物的不懈追求。如果大红狗得了冠军，那么，以后的养犬人在追溯历史时，就很可能会追溯到大红狗这里，"他就会明白，他是在那些行家们发现的最优秀犬只的基础上进步的。他还会明白，他也可以向着完美的事物迈出新的一步——人们必须去追求完美，而且也有能力去追求完美"。哈金先生的这番话让丹尼重新认识了大红狗的价值，也让丹尼认真思考要把大红狗训练成一只什么样的狗。比赛结束后回到温特比，丹尼放开了被拴着的四只猎犬，但他没有让大红狗和它们一起去疯跑，他告诉大红狗："你不能跟着这些普通的猎犬一块儿跑。你有更重要的任务。"当罗斯说想让大红狗尽快适应森林生活，好带着它去猎取动物毛皮时，丹尼欲言又止。他知道罗斯是想将大红狗训练成一只猎狐犬。但是，任何四条腿的杂种狗，只要具有奔跑的能力，就能够去追捕狐狸之类的动物。而丹尼认为第一个渴望拥有一只爱尔兰赛特犬的人应该是渴望拥有一只能猎捕飞鸟的猎犬，如果把大红狗训练成一只猎狐犬，那就完全违背了这个人的梦想，也违背了所有致力于挖掘赛特犬出色潜力的人的梦想。丹尼坚信一只优秀的赛特犬应该成为一只捕鸟犬，这才是一只赛特犬的最大价值。为了将大红狗训练成猎捕飞鸟的猎犬，丹尼和罗斯还闹了矛盾，这在以前是从来没有过的。训练的过程很艰难，大红狗最初并没有表现出它在捕鸟方面的潜力，甚至连兴趣也没有表现出来，反而对时不时跳出来的小兔子、小松鼠特别感兴趣。罗斯非常不明白丹尼为何不允许大红狗去追小动物，丹尼也不知道该怎么跟他解释。在丹尼看来，罗斯所理解的狩猎仅限于谋生，就是为了实际的价值而尽力去捕杀动物。就他的知识范围而言，他还不能理解用大红狗这样的良犬去追捕狐鼠之类的小动物，就像用哈金先生的一匹优等赛马去干一头骡子干的活儿一样。当罗斯建议丹尼用鞭子教训大红狗时，丹尼拒绝了，他希望大红狗能自己明白过来。丹尼觉得罗斯并不明白，并不是每只狗都要主人用棍棒或鞭子威吓才会顺从主人的意志。大红狗不是一条普通的狗，它非常敏感，感情充沛，一顿鞭子只会让它对打它的人产生仇恨或者恐惧。丹尼坚信，大红狗的血统里有成为一只捕鸟犬的潜力，总有一天它会成为一只优秀的捕鸟犬的。丹尼的苦心没有白费，大红狗终于不去追赶小动物了，一门心思捕捉飞鸟，最后成了温特比一带最优秀的捕鸟犬，即使是最优秀的驯犬师也不能教它什么了。

　　大红狗的儿子迈克（《迈克传奇》）也具有成为优秀捕鸟犬的潜质，但是它做事只凭兴趣，完全不动脑子，闯了很多祸，所以几乎没有人看好它，甚至连丹尼都认为它一无是处。罗斯却认为除了身材，迈克继承了它父亲和母亲的所有优点，坚信迈克会成长为一只优秀的捕鸟犬。丹尼对罗斯的话半信半疑，在迈克逃出哈金先生的庄园跑来后他们开始了对迈克的训练，却始终没有进展。在森林里流浪的时候，迈克最感兴趣的事就是抓鹧鸪。它可能追了有好几千只鹧鸪，却一只也没有抓到。不过，它却因此积累了很多经验。它掌握了鹧鸪的生活习性、作息时间、饮食习惯、栖息环境等。比如，它知道鹧鸪都在森林里活动，很少在平地里出没。它们喜欢晒太阳，早上或下午会出来晒太阳，晚上就回到灌木丛里去。它们什么都吃，野果、昆虫、坚果等都是它们的食物。迈克甚至还清楚被追过的鹧鸪会跑到森林深处去，它还学会了根据气味来辨别不同的鸟。这些在实战中获得的经验即便是最优秀的驯犬师也不可能教给它。迈克始终坚信自己能抓到鹧鸪，事实证明它太自以为是，它却一点儿也没有意识到。它还不知道打猎是两个人的事,除了它,还有身边的猎人,他们得配合,得团队作战。不仅丹尼在训练迈克,罗斯也在训练迈克,但是,迈克严重缺乏团队意识,以至于一直对它信心十足的罗斯都开始怀疑自己是不是看错了。但罗斯并没有放弃迈克,丹尼也没有放弃,他们很期待能发生一件事让迈克明白它没有自己想象中那么强大,要想打猎成功就必须和身边的猎人配合。终于等来了这个机会。丹尼带着迈克去塔头山捕貂,暴风雪突然来临。丹尼被树枝砸中,受了重伤。食物少,行走艰难,丹尼和迈克遇到了前所未有的挑战。起初迈克并没有觉得这个意外有多严重,它仍然是看见鹧鸪就追,根本不听丹尼指挥。但是后来,迈克慢慢发生了变化,它开始犹豫是去追鹧鸪还是回到丹尼身边陪着他。当美洲狮尾随它,想趁黑偷袭他们时,丹尼开枪吓跑了美洲狮。迈克彻底明白了自己不够强大。它没头没脑、只顾自己的日子彻底过去了。当它在丹尼的命令下停住脚步时,那个没头脑、没纪律的小狗已经消失了。它叼起丹尼打中的鹧鸪,跑回来交给丹尼。迈克终于成了一只优秀的捕鸟犬。

在凯尔高的笔下,人帮助自己喜欢的动物最大程度地发挥了潜能,实现了生命价值的最大化。反过来,在这一过程中,人也获得了成长,人和动物相互成就。大红狗遇见丹尼,让自己的才能得以充分施展,让自己的生活完全改观,而丹尼遇见大红狗,也让自己的命运发生了改变。丹尼生在森林里,长在森林里,跟父亲罗斯一道设陷阱猎捕狐狸、水貂、黄鼠狼等小型动物,靠卖这些动物的毛皮为生。虽然罗斯一心想让丹尼过上跟自己不一样的生活,但是,他显得力不从心。可以说,是大红狗给了丹尼改变命运的机会。

对丹尼而言,大红狗是他多年来梦寐以求的伙伴。他第一次见到大红狗后,是这么对罗斯说的:"要是能有那样一只狗,哪怕替人干一百年的活儿也值啊!"当大红狗来找他,父亲罗斯让他赶紧将大红狗送回去时，他觉得"为了一生中的这一天，无论受到什么样的惩罚都是值得的"。为了大红狗，丹尼放弃了千载难逢的击毙老魔王的机会；为了大红狗，他不仅打了哈金先生的驯犬师，甚至当着哈金先生的面哭了起来。正是这份真挚的爱，让丹尼获得了训练大红狗的机会。他得以去纽约观看犬展比赛，并对比赛有了全新的认识：犬展比赛表现了人对更美好事物的不懈追求。而这些是他以前从未想过的。纽约之行也让丹尼增长了不少见识，特别是少年哈金光脚破衣的照片给他带来的震撼：原来这位拥有这么一幢豪华大房子，拥有温特比大庄园的哈金先生，并不是一直都这么富有！丹尼突然间觉得他已经不再是那个来自温特比的丹尼了。可以说是大红狗给了丹尼重新认识自己的机会。

但大红狗对丹尼的成就不止于此。随着故事向前发展，大红狗和丹尼的感情日益加深，大红狗对丹尼的影响也越来越大。丹尼的责任心，挑战困难的决心和勇气，都因为大红狗而成倍地增强。在老魔王又一次出击，打死了罗斯的猎犬并将罗斯打成重伤后，丹尼决定带着大红狗去追猎老魔王，在老魔王的地盘和它做一个了结。丹尼觉得这是生活带给他的挑战，是温特比带给他的挑战。任何人，如果在温特比带给他的挑战面前胆怯了、退缩了，那他就永远地失败了。丹尼不允许自己失败，也不允许自己在大红狗面前表现出怯懦、退缩。丹尼认为消灭危害温特比多年的老魔王是每一个温特比人的责任，是一个男人不可以忘记或者逃避的使命。他决心承担起这个责任，和自己最钟爱的大红狗一起消灭老魔王。事实上，是大红狗增强了丹尼战胜老魔王的勇气和决心。大红狗是温特比一带迄今为止唯一一条把老魔王追得四处逃窜的猎犬，它不仅能根据老魔王的足迹和气味追踪，还有勇气冲上去和老魔王搏杀。如果单枪匹马挑战老魔王，丹尼很难有胜算。所以，丹尼在分析他拥有的机会和将面临的危险时首先想到的是大红狗。在世间万物中，丹尼对这大狗的爱仅次于他对父亲罗斯的爱。大红狗很可能会被老魔王杀死，丹尼自己也很可能会受伤。但是，不能因为这些担忧就不去猎杀老魔王。丹尼明白，自己将来很可能会遇到更多的大黑熊，他应当怎样对付它们，很大程度上取决于他眼下如何对付老魔王。这是一场属于他的战斗，不管会遭遇多大的损失和牺牲，他都必须全力以赴赢得这场战斗。从丹尼决心进山找老魔王决斗的那一刻起，他就已经更加有担当精神了，他能坦然面对厄运并勇敢地迎接生活的挑战。在大红狗的帮助下，丹尼杀死了老魔王。但是，丹尼明白，如果不是大红狗，倒在地上的就是他。老魔王倒下了，大红狗也瘸了一条腿，再也不能参加犬展比赛了。带着受伤的大红狗走在回家路上的丹尼也发生了很大变化："以前的那个去追捕无法无天、凶狠歹毒的大黑熊的丹尼·皮克特已经离去，一个新的丹尼·皮克特正走在回家的路上。这个新的丹尼·皮克特能够去做过去的丹尼·皮克特不可能做的一切事情。"这种变化是谁带给他的呢？是大红狗。他必须面对大红狗受伤这个事实，他必须面对大红狗价值七千美元这个事实，他无法逃避，也不能逃避。过去的那个丹尼·皮克特可能会特别害怕把受伤的大红狗带到哈金先生跟前，但新的丹尼·皮克特似乎能够这样做，就像他遭遇并解决所有其他问题一样，他也能把这件事情处理好。丹尼向哈金先生承诺，如果他把大红狗卖给他，他将分文不差支付他七千美元。说这番话时，丹尼觉得他的内心深处有一股强大的力量正在生长。他觉得自己不再是那个从一出生就一直过着苦日子的丹尼·皮克特了，他已经挣脱了那些桎梏和束缚。如果别人能做大事，那么他也能！对大红狗的爱、对大红狗的责任唤醒了丹尼内心深处的奋斗愿望，激发了他改变命运的决心和勇气。丹尼变得成熟了，他对自己充满了自信。大红狗重塑了丹尼，这一人一狗，相互塑造，相互成就。

有人说这种经典的一个男孩子和一只狗的故事是一种原始的爱情故事。狗对男主角毫不犹豫的奉献让男主角感到非常满意，大多数男孩子都很愿意认同这种关系中的权力地位。可在丹尼和大红狗的故事里却没有这种所谓的权力地位，有的只是毫不犹豫的奉献，真诚无私的关爱，陪伴一生的行动。丹尼愿意花七千美元买下已经残疾的大红狗，须知他猎捕一只黄鼠狼只能挣七十五美分，这笔巨款很可能是他一生的劳动所得，可是他心甘情愿，因为他说他一定要和大红狗在一起，不能分开，它是他的。丹尼和大红狗的相知相守、相互成就让《义犬情深》成为了经典，感动了无数的少年读者。有的男性读者在数十年后重读这个故事，仍然能体味到当初的感动。

吉姆·凯尔高笔下的动物很真实，只有了解动物的人才能塑造出这种真实的形象。在《义犬情深》里，虽然作者几乎没有从大红狗的视角来展开叙事，但是，作者并没有因此就将大红狗塑造为一个被人所左右的傀儡。在凯尔高的笔下，大红狗不是一个依附于人的存在，不是披着狗的皮毛、说着人的话、有着人的思想的动物，它有自己的独立个性，是独特的这一个。它有自己的主张，敢于争取，勇敢忠诚，也敢于表达自己的不满。"正如在人类的生活中有悲剧，有幽默，有感伤，野生动物的生活同样如此，不乏浓厚的趣味、真实的故事和饱满的生活可供书写，作者完全没有必要非得靠想象去臆造虚构。"[1]大红狗虽然是家养的猎犬，但是，它的生活和性格也不是凯尔高臆造出来的，而是真实的存在。在认定丹尼是自己的朋友后，大红狗逃出了富丽堂皇的哈金先生家，跟踪丹尼来到了位于林中空地的贫寒的丹尼家。这个决定不是作者替它做的，而是大红狗的真实举动。凯尔高养过很多狗，对狗非常了解，尤其是对爱尔兰赛特犬，他知道友谊和爱对一只狗意味着什么，他知道狗会选择对自己真心喜爱的人。眼看着大黑熊就要向丹尼扑过去了，大红狗勇敢地冲了上去。忠犬救主的故事我们经常读到，经常带着

---

[1] [美]詹姆斯·奥利弗·柯伍德：《灰熊王·前言》，涂明求译，外语教学与研究出版社，2013年，第5页。

猎犬进山打猎的猎人对这个场景也不会感到陌生。是爱,是一种深入到骨髓里的情感让大红狗向大黑熊扑了过去。当大红狗认为自己的利益受到侵犯时,它敢表现出自己的不满,并以实际行动进行反抗,不争取到自己的利益决不罢休。丹尼满心欢喜地带回了母狗希拉,他以为大红狗会很开心,因为这是给它找的伴侣,没想到大红狗却非常生气,它认为自己被忽略了,它不能容忍自己最喜欢的人去喜欢别的狗,哪怕这只狗是一条母狗。当丹尼叫大红狗过去认识一下希拉时,"大红狗站了起来。不过,它却盯着敞开的房门,神情傲慢,无视屋子里其他人和狗的存在。接下来,大红狗带着王者的傲气,昂首阔步地走进了夜色之中"。这段话把大红狗的嫉妒、生气表现得淋漓尽致。当丹尼来到大红狗藏身的地方——骡子阿萨的棚舍时,它没有理丹尼,任凭丹尼说尽好话也不跟他回棚屋。第二天早上,丹尼冲大红狗吹口哨,它把头别向一边。这下轮到丹尼觉得心都要碎了。大红狗和丹尼闹别扭这个情节写得真实感人,如果不是对狗特别了解,不是和狗有特别深厚的情感,是写不出这种真切的。据吉姆·凯尔高的兄弟亨利·凯尔高回忆,吉姆很喜欢狗,不管是哪种狗,他都会把它带回家。在这些狗中,吉姆最喜欢的是爱尔兰赛特犬,他经常和爱尔兰赛特犬一起去打猎。《义犬情深》《迈克传奇》《荒野奇缘》的主角都是爱尔兰赛特犬,每一条赛特犬都表现出了不同的个性和气质,大红狗忠诚高贵,迈克调皮莽撞,肖恩敢爱敢恨,它们给人留下了深刻的印象。当然,除了爱尔兰赛特犬,吉姆也喜欢别的狗,这些在他的其他作品里可以看到,比如《沙漠烈犬》里的灵缇,《雪地狂奔》里的哈士奇。吉姆·凯尔高对狗的熟悉和研究,让他写活了每一只狗。

  对荒野和荒野生活的真实抒写是吉姆·凯尔高作品的另一个重要特点。作者描写细致,读来让人有身临其境之感。翻开凯尔高的作品就如同走进了一个壮丽苍茫的荒野世界,荒野气息扑面而来,这是令人兴奋惊讶的阅读体验。没有在丛林里生活过、没有丰富的丛林生活经验是写不出如此有丛林特色的作品的。在凯尔高的笔下，荒野是故事发生、推进的地方，是和猎杀联系在一起的。荒野生活是人物性格得以充分展现的重要因素。在《义犬情深》里，作者详细地描写了设陷阱、猎山猫、斗狼獾、追击黑熊等打猎生活，将读者的思绪拉到了一个人游走于森林、靠森林生活的时代。

《义犬情深》一开始就把人带进了一场紧张的追猎战中：大黑熊老魔王重伤了哈金先生的纯种公牛，丹尼发现后紧追不舍。对森林环境的描写、对丹尼如何分析老魔王行踪的描写，都表明作者对打猎生活非常熟悉。丹尼循着公牛的足迹追赶，他很有经验，根据足迹就能判断出公牛是从哪里开始逃命的，老魔王是从哪里开始追击公牛的。老魔王很睿智，知道有个带枪的猎人正追来，所以只吃了几口牛肉就跑到了枪的射程之外。这一次追猎，丹尼首次展示了自己的狩猎能力：根据足迹来判断猎物的前进方向和途中的遭遇。这也是吉姆·凯尔高的狩猎经验。丹尼第二次追击老魔王是他和大红狗去林中闲逛偶遇老魔王，老魔王想扑杀他，大红狗为了保护他向老魔王发起了进攻。等丹尼回到棚屋取了猎枪再返回去时，老魔王和大红狗已经消失得无影无踪了，而且时间也过去了很久。这一次的追踪和第一次相比，难度增加了许多。丹尼只能根据它们很早以前留下的脚印来推断它们的方向。他推测大黑熊是一路狂奔，因为它的四个脚印连成了一串，所到之处，残枝败叶一片狼藉。丹尼跑出林中空地一英里后，发现大黑熊已经从狂奔变成了慢跑，又跑了半英里后，大黑熊第一次转身面对追赶它的大红狗。这些都是丹尼根据大黑熊的足迹推断出来的，他甚至从地上的痕迹推测出了大红狗只进不攻的骚扰战术。这一次的追击因为足迹留下的时间太久，而且后来又隔了一夜，所以更加考验丹尼的能力，而丹尼的正确判断则有力地证明了他的打猎经验确实很丰富。凯尔高借丹尼再现了他年轻时的狩猎生活。丹尼第三次追击老魔王是在罗斯被它重伤之后,这一次,丹尼是抱着必须将老魔王绳之以法的心情去的,这次追猎也是对他丛林生活经验的完美检验。这一次,时间隔得更久,地上的足迹已难以辨认。丹尼根据乌鸦的降落推断出了老魔王杀死几条猎犬的位置,但他不准备从那里开始追踪,因为那样很浪费时间,他开始运用自己的荒野知识进行分析:老魔王胆敢伏击罗斯和三只猎犬,那它在离开厮杀现场后肯定不会惊慌逃窜。它很可能就在附近等着,看是否还有其他人来,所以,老魔王不会跑远。但是,老魔王跑了这么多路,又经历了生死搏杀,肯定要找个地方吃东西,眼下这个季节,最容易找到的食物就是蠕虫,而枯死的倒木下面有很多蠕虫。分析完后,丹尼开始朝自己选定的地方前进。丹尼没有分析错,他找到了老魔王留下的脚印。接下来就是丹尼和老魔王之间智慧和生存技巧的较量了。最初是丹尼在追猎老魔王,但是,当老魔王察觉到丹尼来了后,它开始反过来追猎丹尼。较量的结果,丹尼和大红狗一起杀死了老魔王,为温特比除了一害。在这里,对黑熊饮食习惯的分析、性情行为的分析,如果不是跟黑熊打过交道,非常了解黑熊,是很难分析得这么准的。凯尔高还是个孩子时就和熊打过照面。有一天,他正和兄弟亨利在外面玩,突然来了几头黑熊,他俩吓得爬到了树上,还好黑熊很快就离开了。长大后,凯尔高猎杀过黑熊。在他成为全职作家后,他去加拿大寻找故事,也曾猎杀过黑熊。他把他的猎熊经历和体会都写进了《义犬情深》里。

布陷阱捕猎也是荒野生活的重要内容。丹尼和父亲罗斯靠打猎为生,书中有很多布陷阱的情节。作者不仅描写了在什么地方布什么陷阱,还将布陷阱的过程写得非常详细,让人一看就知道该怎么做。这些真实的荒野生活源自作者本人的亲身经历,作者小时候经常去森林里布陷阱捕捉小动物。在《义犬情深》里,丹尼和罗斯会去孤石岗的山梁布狐狸夹子捕捉狐狸和别的动物,因为那里的山上有很多兔子,那些毛皮动物会上山抓兔子。他们会去孤石湖布捉麝鼠和水貂的陷阱，因为那里是它们的活动区域。布捉麝鼠的陷阱十分讲究，要先用一根枝条穿过捕兽夹尾端的链环，再把枝条深深地插入河岸边，然后猛击枝条，直到整个链条完全看不见了才把捕兽夹扔进水里。这种陷阱得在捕猎季到来之前就布好，以便给麝鼠一段适应的时间。夹子的机关没有开启，不会伤到麝鼠，也就不算违背野生动物保护法。等狩猎季到来时，麝鼠们已经对那些夹子习以为常了，所以，当夹子的机关开启时，它们都不会注意，这样收获就会很大。而在布捉水貂的陷阱链时，丹尼和罗斯会特别小心以免留下人的气味。他们把陷阱链条固定在水下，用斧子的刃面把夹子挑起来放置在水貂要经过的河岸下的小路上，然后再往上面泼些水。过一段时间他们来开启机关时，会戴上除味手套。像这种荒野狩猎生活，没有亲身经历过是很难写得如此详细的。这些描写，对远离大自然，没有任何丛林生活经历的读者来说具有很强的吸引力。因时因地设置陷阱，既体现了书中人物丰富的丛林知识，又体现了他们的生态保护意识。

关于荒野和狩猎，美国著名冒险小说家、户外探险家詹姆斯·奥利弗·柯伍德有很精辟的论述。他认为"荒野提供了一项远比杀戮更动人心魄的运动"，这个运动让人最终认识到"最惊心动魄的狩猎并不是杀生而是放生"①。吉姆·凯尔高在荒野和狩猎的认识上和柯伍德是相同的，在他的笔下，荒野生活不是和杀戮而是和环境保护紧密联系在一起的。他所着重刻画的猎杀，除了为了食物的猎杀，其他的都是在为民除害。那些花一大笔钱从四五百英里外的城市来到温特比一带捕猎的狩猎者们，他们打猎只是为了猎奇，为了娱乐，而丹尼和罗斯打猎则是为了获得食物。他们严格遵守禁猎规定，按规定时间和数量打猎。不过，尽

---

① ［美］詹姆斯·奥利弗·柯伍德：《灰熊王·前言》，涂明求译，外语教学与研究出版社，2013年，第5页。

管丹尼明白为了获取食物而打猎并不可耻,但是,当他出去猎鹿时,他还是忍不住自我指责:"一个食肉猎人,你就是一个可恨的食肉猎人罢了。"也正因如此,当他发现一头雄鹿,雄鹿却浑然不知时,他故意踩着一根枯树枝,给了雄鹿一次逃生的机会。"不要谋杀它,给它一个机会吧,爸爸也会这样做的。"当丹尼这么做时,他一定也认为放生才是最惊心动魄的狩猎。"在广袤的野外,人必须杀生以求存,这是事实,人必得吃肉,方可存活;但为了食物而杀生,并不等于为了贪欲而滥杀无辜。"①

说到对荒野的描写,《雪地狂奔》这部作品不得不提。这部作品里所描写的荒野和荒野生活与其他作品里的很不相同,这是一种更原始的荒野,是人迹罕至的荒野。《雪地狂奔》一开篇就让读者看到了荒野的苍茫与辽远。"北风紧贴着地面吹过茫茫雪原,卷起粉状的雪粒,堆积在雪丘背面,形成一道道浅浅长长的横纹。一座不算高却异常陡峭的小山的山顶上,坐着一匹黑狼。"这些文字携着荒野的苍凉与广漠,生的磨难和死的煎熬,直冲进人的心扉,为已经疏离荒野很久的我们带来了浓浓的荒野气息。在这片荒野里生活的野生动物,每一个都认为自己是这里的主人。狼是这里永远的霸主,灰熊是这里永远的王者,麋鹿是每一条麋鹿小径的主人,水下世界是水貂的天下,狼獾是屡战屡胜的王,灰噪鸦占据了枝头,树干则成了松鼠的王国……每一种野生动物都在荒野有自己的地盘,这些地盘盘根错节,也让它们的生活有了交集,让荒野充满了勃勃生机。凯尔高在《雪地狂奔》里给我们展现了野生动物真实的日常生活,让我们看到了神奇的荒野世界。对狼来说,春天是孕育生命的季节,狼会一公一母结伴离去,必须要有新的生命来代替在严寒冰雪中死去的生命。一块狩猎领地上只能有一对狼,如果有两对,那么它们就会

---

① [美]詹姆斯·奥利弗·柯伍德:《灰熊王·前言》,涂明求译,外语教学与研究出版社,2013年,第5页。

展开地盘争夺战。不想孕育新生命的狼可以结伴游荡,比如黑狼首领和独眼灰狼,但是必须避开狼窝周围。六月是荒野最生机盎然的季节:雄麋鹿忙着吃嫩叶,母麋鹿忙着照看幼崽。雄驯鹿成群结队向遥远的北方迁徙,母驯鹿则带着幼崽向族群的夏季栖息地走去。枞树鸡和松鸡咯咯叫着,领着幼崽去最好的地方觅食。半大的雪兔在树林里开拓新的领地。狐狸和狼的幼崽来到洞穴外嬉戏。鱼儿在水里游来游去。几乎每一棵树上都有张大了嘴巴要食物的雏鸟。野鸭、大雁和天鹅正在向自己的孩子传授生存技能。当然,六月也充斥着突然降临的死亡。黄鼬、狼、鱼貂、狼獾随时准备将死亡之手伸向猎物。生命到处繁衍,但死亡也将冰冷的手指掠过每一个巢穴、每一个岩洞和每一个隐蔽的角落。秋天是鹿的繁殖季节,雄鹿会为了母鹿和任何一个敌人决斗。冬天冰雪覆盖,是生存最艰难的季节,要跑很远的路,付出更多的艰辛才能找到吃的。凯尔高对荒野四季景物的描写、对栖息在这片大地上的生命的描写栩栩如生,读来让人如同身临其境。作者就像是一个摄影师,用他的镜头记录了荒野每一天每一个季节发生的故事。这种如影像般的荒野生活的描写源于作者早些年的打猎经历以及作者成为职业作家后为了寻找故事而四处奔波的旅行。他曾经说过,是狩猎让他从大西洋跑到太平洋,从北极圈跑到墨西哥城。

凯尔高的作品会把你带进那个已经逝去又令人怀念的年代,带进二十世纪初美国阿勒格尼山脉那神秘、危险、让人魂牵梦萦的遥远而僻静的深山密林,带到那些生活在森林里的野生动物身边,看它们捕食,看它们打斗。现在,凯尔高所描述的荒野生活在很多地方已经消失了。生活在水泥森林里的人只能在过去的作品里寻找荒野的痕迹,只能在字里行间神游充满神秘色彩的荒野。吉姆·凯尔高终生向往着荒野,追求写出真正反映自然的作品,奉献给小读者,他曾经说:"我死后不想去天堂,而是想去这样一个地方,在那里,我可以听到鳟鱼跃出水面,鹿在喷着鼻息。我的理想就是写更多的故事,捕获一头科迪亚克熊,钓到一条十磅重的北美溪鳟。"[1]也许,正是这样的追求和执着才让他的作品历经岁月的淘洗仍然魅力依旧。

---

[1] [美]吉姆·凯尔高:《义犬情深》,光阑、赵坤译,外语教学与研究出版社,2012年。

结语

　　动物小说是小说中重要的一支,对繁荣文学园地有很大作用。动物小说虽然是在写动物,但由于动物的生存环境——大自然——也是人的居住环境,动物的生死存亡、兴盛毁灭、发展消亡,都能反映出自然环境的变化,也就是人类生存空间的变化,从这个意义上来说,动物小说其实是在反映人类的生活现实。更由于动物与人的千丝万缕的联系,我们从一个个灵动飞扬的动物身上能够看到人自身的很多东西,我们品味动物的一生也就是在咀嚼人的一生。所以,动物小说是以艺术的名义行使人的权力,反映人的思想。"它者"成为"自身",通过动物这个地球上的伙伴,我们的存在也获得了预言或者类比。

一、动物小说对自然生态的意义

　　动物小说以其各种各样曲折生动的故事清晰地呈现了人对自然的态度,让人们看到了"人类中心主义"给自然造成的灾难性破坏。动物小说唤醒了人的自然伦理意识,使人意识到,只有以地球为中心,重建人和自然界的关系,才能拯救整个人类,从而拯救众多的自然之子。自然界的每一个存在物与人一样都具有平等的内在价值,"地球上人类和非人类生命的健康和繁荣有其自身的价值(内在价值,固有价值)。就人类而言，这些价值与非人类世界对人类世界的有用性无关"，而"生命形式的丰富性和多样性有助于这些价值的实现，并且它们自身也是有价值的"[1]。动物小说以动物的流离失所向人们诉说家园被毁的惨剧；以动物对人的反抗警醒人们与动物为敌最终的受害者是人类自身；以动物的天伦之情唤醒人类的跨物种之爱。一切都是为了重建美好的地球家园。

二、动物小说对人生的意义

动物是人类的一面镜子，人类所有的优点和缺点，几乎都可以在不同种类的动物身上找到。动物小说塑造了众多个性鲜明、特立独行的典型形象，这些独特个体的生存与奋斗、成功与失败映射了人类个体的执着打拼与或成功或失败的一生。动物小说关注生命，以一种浓郁的原始色彩审视生命、审视人生、审视社会。因为它的主角是动物而不是人，所以给了作家广阔的施展空间，把自己对社会人生的看法附着在动物身上，毫无保留地说出，而又不必担心引起麻烦，因此，动物小说对人性的批判颇为深刻，作品能"穿透易变的繁杂的外壳，沉潜到人生最本质的底蕴"[2]。揭示生命弱点，让人透过动物看到自己的或者是美好的道德情操或者是卑劣的品行，在一种被灼伤的痛感之中反思自己的人生。

三、动物小说对实现人与人和谐的意义

和谐是一种美。所谓和谐，就是矛盾处于协调的状态，而不是互相偏废。儒家认为自然的法则和人类的法则是相通的，儒家以自然的和谐有序来类比人类社会，从"礼""乐"的角度来探讨天地人的和谐。《礼

---

[1] 张德昭：《环境伦理学的内在价值范畴研究》，中国社会科学出版社，2006年，第42页。
[2] 沈石溪：《闯入动物世界》，民生报社，2005年，第27页。

记·乐记》指出:"大乐与天地同和,大礼与天地同节。和,故百物不失;节,故祀天祭地。""乐者,天地之和也;礼者,天地之序也。和,故万物皆化;序,故群物皆别。"因为有"和"有"节"有"序",所以,天地定序,人伦定位,一切处于中和之态。动物小说关注动物的生存和繁衍,关注大自然的循环运转,其目的就是要扭转人对自然的错误认识,唤醒人类的跨越物种的爱,建立人与动物和谐共处的理想生活。在《灰熊王》一书里,猎人布鲁斯为了给猎犬找吃的,杀死了一头小熊,没想到这头小熊竟然和他们捕获的小熊马斯夸有渊源——它俩打过架。这头小熊名叫皮普奈斯库斯。马斯夸试图唤醒皮普奈斯库斯,它用鼻子碰它,撩它的毛发,轻轻呜咽,都无济于事。最后,马斯夸紧紧地依偎着皮普奈斯库斯睡着了,而且还让对方的四肢环抱着自己。这个举动震撼了营地里的三个猎人,他们没有把皮普奈斯库斯喂狗,而是把它放进沟底的一个洞里,用沙子和石头将它盖住。一头小熊崽的举动竟然让习惯了杀戮的猎人都不忍心了,让他们的心变得柔软了,由此可见,动物对人的影响。而人对动物的态度,很大程度上反映了人对人的态度。法国小说家法朗士曾说:"如果没有爱上动物,一个人的灵魂就没有完全觉醒。"[1]灵魂没有觉醒,对动物没有仁爱之心,很难想象由这样的人组成的社会会和谐美好。因此,动物小说是在倡导建立和谐有序的人与动物的关系。而实现人与动物的和谐,人与自然的和谐,其最终目的是要实现人与人之间的和谐。

  目前,动物小说的创作总体上有了较大的发展,作家队伍也在不断地壮大,但是精品力作却不是很多,创作范围似乎也没有扩大,对动物小说的研究仍然不够,希望此文的研究能为将来的动物小说研究提供一些资料的积累。

---

[1] [美]布伦达·彼得森:《再造方舟——与动物共生》,程佳译,译文出版社,2006年。

参考文献

专 著

1. 朱光潜：《悲剧心理学》，人民文学出版社，1983年。
2. 彭斯远：《儿童文学散论》，重庆出版社，1985年。
3. 任大霖：《儿童小说创作论》，少年儿童出版社，1987年。
4. 蒋风主编：《中国儿童文学大系》，希望出版社，1988年。
5. 王泉根评选：《中国现代儿童文学文论选》，广西人民出版社，1989年。
6. ［美］马丁：《当代叙事学》，伍晓明译，北京大学出版社，1990年。
7. 邱紫华：《悲剧精神与民族意识》，华中师范大学出版社，1990年。
8. 周晓：《少年小说评论》，宁夏人民出版社，1990年。
9. 汪习麟：《论儿童小说及其它》，安徽少年儿童出版社，1990年。
10. 王泉根：《中国儿童文学现象研究》，湖南少年儿童出版社，1992年。
11. 徐岱：《小说叙事学》，中国社会科学出版社，1992年。
12. 周晓：《周晓评论选》，少年儿童出版社，1992年。
13. 陈模主编：《儿童文学创作艺术论》，四川少年儿童出版社，1994年。
14. 蒙培元：《人与自然》，人民出版社，2004年。
15. 胡亚敏：《叙事学》，华中师范大学出版社，1994年。

16. 汤锐：《现代儿童文学本体论》，江苏少年儿童出版社，1995年。
17. 王泉根评选：《中国当代儿童文学文论选》，接力出版社，1996年。
18. 浦漫汀：《浦漫汀儿童文学评论集》，海燕出版社，1996年。
19. 云南省文联文艺理论研究室编：《云南儿童文学研究》，晨光出版社，1996年。
20. 任大星：《儿童小说创作艺术谈》，少年儿童出版社，1998年。
21. 周晓波：《当代儿童文学面面观》，湖南少年儿童出版社，1999年。
22. 王泉根：《现代中国儿童文学主潮》，重庆出版社，2000年。
23. 樊发稼：《追求儿童文学的永恒》，河北教育出版社，2000年。
24. 张美妮：《张美妮儿童文学论集》，重庆出版社，2001年。
25. 梅子涵等：《中国儿童文学五人谈》，新蕾出版社，2001年。
26. 浦漫汀：《浦漫汀儿童文学论稿》，河北少年儿童出版社，2002年。
27. 樊发稼：《回眸与思考》，希望出版社，2002年。
28. 杨实诚：《杨实诚儿童文学论集》，天津教育出版社，2002年。
29. 王泉根主编：《中国新时期儿童文学研究》，河北少年儿童出版社，2004年。
30. 刘绪源：《文心雕虎》，少年儿童出版社，2004年。
31. 周晓：《周晓评论选续编》，少年儿童出版社，2004年。
32. ［德］尼采：《悲剧的诞生》，刘琦译，作家出版社，1986年。
33. 徐嵩龄主编：《环境伦理学进展：评论与阐释》，社会科学文献出版社，1999年。
34. ［英］彼得·辛格：《动物解放》，孟祥森、钱小祥译，光明日报出版社，1999年。
35. ［德］孙志文：《现代人的焦虑和希望》，陈永禹译，生活·读书·新知三联书店，1994年。
36. 宋耀良：《艺术家生命向力》，上海社会科学院出版社，1988年。

37. 马奇主编：《西方美学史资料选编（下卷）》，上海人民出版社，1987年。
38. ［英］约翰·伯格：《看》，刘惠媛译，广西师范大学出版社，2005年。
39. 章海荣：《生态伦理与生态美学》，复旦大学出版社，2005年。
40. 殷国明：《西方狼》，上海文化出版社，2005年。
41. ［德］威廉·冯特：《人类与动物心理学论稿》，李维、沈烈敏译，浙江教育出版社，1997年。
42. ［法］阿尔贝特·施韦泽：《敬畏生命》，陈泽环译，上海社会科学院出版社，2003年。
43. ［荷］米克·巴尔：《叙述学》，谭君强译，中国社会科学出版社，2003年。
44. ［英］德斯蒙德·莫里斯：《裸猿》，刘文荣译，文汇出版社，2002年。
45. ［英］德斯蒙德·莫里斯：《人类动物园》，刘文荣译，文汇出版社，2002年。
46. ［法］加科·布德：《人与兽——一部视觉的历史》，李扬、王珏纯、刘爽译，山东画报出版社，2001年。
47. 沈石溪：《闯入动物世界》，民生报社，2005年。
48. ［英］约翰·洛威·汤森：《英语儿童文学史纲》，谢瑶玲译，天卫文化图书有限公司，2003年。
49. ［德］费尔巴哈：《宗教的本质》，王太庆译，商务印书馆，2003年。
50. 丁乃通：《中国民间故事类型索引》，郑建成等译，中国民间文艺出版社，1986年。
51. ［俄］E.F.雅科伏列夫：《艺术与世界宗教》，任光宣、李冬晗译，文化艺术出版社，1989年。
52. 何怀宏：《生态伦理——精神资源与哲学基础》，河北大学出版社，2002年。

53. ［澳］雷蒙德·盖塔：《哲学家的狗》，江俊亮、沈杭译，人民文学出版社，2004年。
54. ［美］伊丽莎白·马歇尔·汤玛士：《狗的秘密生活》，符芝瑛译，光明日报出版社，1999年。
55. 舒伟：《中西童话研究》，吉林大学出版社，2006年。
56. 紫竹：《中国传统人生哲学纵横谈》，齐鲁书社，1992年。
57. 陈建宪：《神话解读：母题分析方法探索》，湖北教育出版社，1997年。
58. 张德昭：《环境伦理学的内在价值范畴研究》，中国社会科学出版社，2006年。
59. 刘守华：《中国民间故事类型研究》，华中师范大学出版社，2002年。
60. 王连儒：《志怪小说与人文宗教》，山东大学出版社，2002年。
61. 徐翠先：《唐传奇与道教文化》，中国妇女出版社，2000年。
62. 刘逸生：《谈狐说鬼录》，江苏古籍出版社，1992年。
63. 牟钟鉴：《中国宗教与中国文化》，中国社会科学出版社，2005年。
64. ［英］爱德华·泰勒：《原始文化》，连树声译，上海文艺出版社，1992年。

作 品

1. 吴宗蕙主编：《动物小说选》，宁夏人民出版社，1988年。
2. 王敏主编：《动物小说选》，辽宁少年儿童出版社，1990年。
3. 沈石溪：《沈石溪动物小说自选集》，重庆出版社，1992年。
4. 周晓、唐代凌编：《动物小说选》，云南少年儿童出版社，1992年。
5. 刘先平：《刘先平大自然探险长篇系列》，中国青年出版社，1996年。
6. 沈石溪：《中国动物小说大王沈石溪文集》，江苏少年儿童出版社，1997年。
7. 《中国最新动物小说》，湖南少年儿童出版社，1997年。

8. 《金狮王动物小说》，新蕾出版社，1998年。
9. 《黑森林丛书》，海燕出版社，2000年。
10. 《中国少年环境文学创作丛书》，花山文艺出版社，2001年。
11. 《世界动物小说精选》，中国文联出版社，2001年。
12. 《中国当代动物小说》，北京少年儿童出版社，2001年。
13. 梁泊：《人类的朋友》，甘肃少年儿童出版社，2001年。
14. 常新港：《一只狗和他的城市》，接力出版社，2002年。
15. 沈石溪：《鸟奴》，上海文艺出版社，2003年。
16. ［美］杰克·伦敦：《荒野的呼唤》，蒋天佐译，外国文学出版社，1981年。
17. ［美］杰克·伦敦：《雪虎》，蒋天佐译，外国文学出版社，1982年。
18. ［日］惊鸠十：《惊鸠十动物小说全集》，二十一世纪出版社，2001年。
19. ［加］E.T.西顿：《西顿野生动物故事集》，蒲隆译，译林出版社，2001年。
20. 王泉根主编：《儿童文学名著导读》，东北师范大学出版社，2002年。
21. 张美妮、金燕玉主编：《中国儿童文学精品文丛》，新世纪出版社，2003年。
22. ［加］查尔斯·乔治·道格拉斯·罗伯茨：《野地的亲族》，韦清琦译，陕西人民教育出版社，2005年。
23. 李庆辰：《醉茶志怪》，齐鲁书社，2004年。
24. 〔清〕纪昀：《阅微草堂笔记》，齐鲁书社，2007年。
25. ［苏联］特罗耶波利特：《白比姆黑耳朵》，曹苏玲、粟周熊、李文厚译，人民文学出版社，1999年。
26. ［法］圣·埃克苏佩里：《小王子》，柳鸣九译，湖南少年儿童出版社，2008年。
27. ［英］吉卜林等：《人狗情》，人民文学出版社，2006年。

28. ［南非］库切:《动物的生命》,北京十月文艺出版社,2006年。
29. 姚力主编:《与狼共舞》,珠海出版社,2005年。
30. ［英］理查德·亚当斯:《飞向月亮的兔子》,蔡文译,人民文学出版社,2005年。
31. ［美］布伦达·彼得森:《冉造方舟——与动物共生》,程佳译,译文出版社,2006年。
32. 郭耕:《鸟兽物语》,北京出版社,2002年。
33. ［美］杰弗里·马森:《狗不是爱情骗子》,庄安祺译,广西师范大学出版社,2005年。
34. 格日勒其木格·黑鹤:《黑焰》,接力出版社,2006年。
35. ［美］埃里克·奈特:《灵犬莱茜》,人民文学出版社,2006年。
36. 沈石溪:《野犬姊妹》,幼狮文化事业股份有限公司,2003年。
37. 姜戎:《狼图腾》,长江文艺出版社,2004年。
38. ［美］吉姆·凯尔高:《义犬情深》,光阑、赵坤译,外语教学与研究出版社,2012年。
39. ［美］吉姆·凯尔高:《迈克传奇》,丁素萍、张鹏鹏译,外语教学与研究出版社,2012年。
40. ［美］吉姆·凯尔高:《雪地狂奔》,舒伟、徐亚男译,外语教学与研究出版社,2012年。
41. ［美］詹姆斯·奥利弗·柯伍德:《灰熊王》,涂明求译,外语教学与研究出版社,2013年。
42. ［加］查尔斯·罗伯茨:《荒野上的野生家族》,稻草人童书馆译,中央广播电视大学出版社,2015年。
43. ［加］查尔斯·罗伯茨:《浴血狼王》,稻草人童书馆编译,中央广播电视大学出版社,2016年。
44. ［加］查尔斯·罗伯茨:《足迹追踪》,稻草人童书馆译,中央广播电视大学出版社，2016年。

45. ［加］查尔斯·罗伯茨：《空中之王》，稻草人童书馆编译，中央广播电视大学出版社，2016年。

46. ［加］查尔斯·罗伯茨：《丛林启示录》，稻草人童书馆译，中央广播电视大学出版社，2016年。

47. ［加］查尔斯·罗伯茨：《红狐》，江建利、徐德荣译，二十一世纪出版社，2014年。

期刊文章

1. 徐剑艺：《论人与动物的艺术关系及其在新时期小说中的体现》，《当代文艺思潮》1986年第1期。
2. 王晓峰：《当代小说的人与动物世界》，《辽宁师范大学学报（社会科学版）》1987年第6期。
3. 唐先田：《探索动物世界的儿童文学作家刘先平》，《新观察》1988年第16期。
4. 福兴，瞿睿：《把人生放到动物身上写——读近年来出现的一组动物小说》，《南都学坛》1988年第2期。
5. 方克强：《动物小说中的原型情感》，《文学评论》1988年第4期。
6. 何联华：《李传锋动物小说初探》，《中南民族学院学报（哲学社会科学版）》1989年第6期。
7. 於可训：《动物小说的新探索》，《长江文艺》1990年第1期。
8. 彭斯远：《〈母狼紫岚〉审美情趣纵横谈》，《红岩》1990年第4期。
9. 付凯林：《动物与审美》，《四川外语学院学报》1993年第3期。
10. 几亮等：《对人类自身命运的关照——笔谈〈混血豺白眉儿〉》，《红岩》1994年第5期。
11. 朱自强：《从动物问题到人生问题》，《儿童文学研究》1997年第3期。

12. 刘杰英：《动物小说审美的人文价值》，《儿童文学研究》1997年第2期。
13. 张卫明：《狼的话题》，《解放军文艺》1997年第1期。
14. 汤锐：《讴歌人与自然的史诗——读刘先平"长篇系列大自然探险小说"》，《江淮论坛》1997年第2期。
15. 曹文轩：《动物小说：人间的延伸》，《儿童文学研究》1997年第1期。
16. 徐肖楠：《人与自然关系的启示——近年自然小说的一个侧面》，《兰州大学学报（社会科学版）》1998年第1期。
17. 施荣华：《新时期动物小说的嬗变——兼论沈石溪的创作》，《云南师范大学学报》1998年第6期。
18. 金晖：《动物的灵性人格的光辉——从〈红奶羊〉看沈石溪动物小说的审美追求》，《杭州教育学院学报》1998年第3期。
19. 韩进：《大自然法则与人类文明——评"中国最新动物小说"丛书》，《儿童文学研究》1998年第4期。
20. 谢清风：《还给动物一个世界——评金曾豪的动物小说新作〈苍狼〉》，《儿童文学研究》1998年第2期。
21. 彭斯远：《中国当代动物小说论》，《重庆师范学院学报（哲社版）》2000年第3期。
22. 张美妮：《人与动物都是自然中的一员——读〈"双把儿铁锅"卡琦娅〉》，《中国少年儿童出版》2001年第1期。
23. 刘守华：《人与动物 同舟共济——"感恩的动物忘恩的人"解析》，《西北民族研究》2001年第2期。
24. 施荣华：《沈石溪动物小说生命文化的美学追求》，《云南师范大学学报》2001年第6期。
25. 钟宏颖：《似曾相识燕归来——浅谈儿童动物小说的崛起》，《雅安教育学院学报》2002年第1期。
26. 金炳华：《情寄自然谱新篇》，《中国少年儿童出版》2002年第3期。

27. 翟泰丰：《大自然探险与文学形状的探索》，《中国少年儿童出版》2002年第3期。

28. 殷国明：《"狼文学"：从原型到传奇》，《中国比较文学》2002年第4期。

29. 朱宝荣：《杰克·伦敦"狗的小说"与自然主义》，《荆州师范学院学报》2002年第3期。

30. 张金梅：《大自然文学的生态智慧》，《湖北民族学院学报（哲学社会科学版）》2002年第6期。

31. 唐英：《从动物小说的兴起看我国儿童文学的发展》，《西南民族大学学报（人文社会科学版）》2003年第8期。

32. 付梓：《走进沈石溪》，《滇池》2003年第10期。

33. 季群玉：《曲笔雁狗猫直秉人间态——试析沈虎根动物小说的特色》，《文艺理论与批评》2003年第3期。

34. 何冬梅：《动物性与人性的剧烈撞击——评当代小说中的动物叙述视角》，《辽宁师专学报（社会科学版）》2003年第3期。

35. 钟吉娅：《论杰克·伦敦的动物小说》，《文学季刊》1994年第9期。

36. 殷国明：《西方"狼文学"及其神话渊源》，《暨南学报（哲学社会科学版）》1995年第1期。

37. 焦建平：《杰克·伦敦身后的狼群——〈野性的呼唤〉解析》，《西北大学学报（哲学社会科学版）》1999年第2期。

38. 钟吉娅：《一个挣不脱的"圈"——从杰克·伦敦的动物小说探索其内心世界》，《国外文学》2001年第2期。

39. 梅春：《在惊鸠十的精神家园里徜徉》，《中国少年儿童出版》2001年第3期。

40. 关春玲：《学科与流派近代美国荒野文学的动物伦理取向》，《国外社会科学》2001年第4期。

41. 胡君靖：《关于动物小说美学特征的思考》，《鄂州大学学报》1995年第2期。
42. 申丹：《视角》，《外国文学》2004年第3期。
43. 何群英：《一篇动物小说佳作——评〈冰河卜的激战〉》，《当代文坛》1988年第4期。
44. 张智华：《中国文学中精灵形象的演变与发展》，《中国社会科学》2000年第4期。

报纸文章

1. 刘捷：《动物故事的解放力量〈野地的亲族〉》，《文艺报》2001年6月12日。
2. 束沛德：《打开一片新天地——读〈生命状态文学丛书〉》，《中国文化报》2001年10月24日。
3. 何西来：《方敏"生命系列"小说的价值——读〈生命状态文学丛书〉的几点感想》，《文艺报》2001年4月3日。
4. 樊发稼：《动物小说创作的可喜收获》，《中华读书报》2001年5月30日。
5. 樊发稼：《"大自然文学"的新成果》，《人民日报》2001年6月16日。
6. 徐鲁：《生命与成长的另类观察：常新港的最新小说〈一只狗和他的城市〉》，《中华读书报》2002年12月4日。
7. 王舒妹：《动物小说的意义——评"黑森林丛书"》，《中华读书报》2001年10月24日。
8. 尔东：《寻找自然的脚印——评刘先平"大自然探险系列"》，《中国图书商报》2002年1月3日。
9. 胡丽娜：《寻找诗意的栖居地——评方敏的〈大绝唱〉》，《中华读书报》2002年5月22日。

后记

人由动物进化而来的历史先在地决定了人对动物的关注。当你注视着动物的眼睛时,不知你有没有冒出过这些念头:它在想什么?它想干什么?它能感觉到什么?出于对这些的兴趣,我选择了动物小说这个研究命题。

在文学作品中,动物作为人的艺术创作对象,走过了渔猎时代的动物神话,农业时代的动物寓言、童话和传说,直至现代的动物小说。动物文学是和文学的其他门类一样古老的文学,当原始人狩猎归来,给族人讲述今天的打猎故事时,动物文学便诞生了。到了二十世纪,动物小说大为兴盛,世界范围内出现了很多动物小说佳作。动物小说的繁荣兴盛及其所承载的文化心理、民族特色、审美特色,生态伦理等使之成为批评关注的一个重点。本书从文化和文学的层面,从审美、叙事、宗教、生命哲学、生态伦理等几个方面进行研究,将动物文学与民族文化传统和民族心理特征相结合,既体现其地域本质,又观瞻其跨时空特色。

写作的过程中时时被动物的忠义、节气、坚韧、执着所感动,也时时被众多关爱动物、亲近自然的人所感动,正是他们坚持不懈的努力,使我们的动物兄弟得以受到比较公正的对待,使我们的地球家园开始得到应有的保护,人与自然其乐融融的"至德之世"不再是一个遥远的梦想。大自然迤逦多姿，丰富神秘，写作过程中，不时有一种走进原始森林、高山草场、湖泊湿地，与动物兄弟亲密接触的冲动，从内心深处涌起回归自然的渴望。私底下，也把这次写作看成一次对自然的回归。

因为资料有限等各方面原因，该研究还有较多尚待改进之处和补充之处，期待以后有机会进行修订。

在写作的过程中，导师王泉根教授以及本专业的吴岩老师、陈晖老师对我进行了非常认真的指导，提出了非常宝贵的意见。天津理工大学的舒伟教授也给了我无私的帮助。深深感谢这些治学严谨的前辈！

在作家出版社的大力支持下，本书得以出版。在理论著作出版困难的当下，作家出版社的领导高瞻远瞩，集结出版儿童文学理论作品，这种出版情怀令人敬仰。